KB098767

새사람 되고파

새사람 되고파

1판 1쇄 발행 | 2017년 9월 20일

지은이 | 이재춘
발행인 | 이선우
펴낸곳 | 도서출판 선우미디어
등록 | 1997. 8. 7 제305-2014-000020
02643 서울시 동대문구 장한로12길 40, 101동 203호
☎ 2272-3351, 3352 팩스: 2272-5540
sunwoome@hanmail.net

값 12,000원

※ 잘못된 책은 바꿔 드립니다.
※ 저자와의 협의하여 인지 생략합니다.

이 도서의 국립중앙도서관 출판예정도서목록(CIP)은 서지정보유통지원시스템 홈페이지(http://seoji.nl.go.kr)와 국가자료공동목록시스템(http://www.nl.go.kr/kolisnet)에서 이용하실 수 있습니다.(CIP제어번호: CIP2017024266)

ISBN 978-89-5658-578-3 03810

새사람 되고파

이재춘 수필집

선우미디어
sunwoomedia

머리말

나는 문인도 아니요 수필가도 아닙니다. 내일 모레 米壽가 가까워진 이 나이에 雜文같은 隨筆集을 낸다는 것이 걱정도 되며 부끄럽기도 합니다. 그렇다고 나의 삶과 생각이 모범적이었다고 내세울 것도 하나 없는, 다만 서민 그대로의 생각과 느낌을 기록했을 뿐입니다. 아름다운 自然과 꽃들을 보고 사진으로 남기고 싶은 마음같이….

우리는 世上에 태어나 요람에서 무덤까지 기나 긴 여정의 巡禮者이며 또한 외로운 나그네입니다. 그대와 나는 살아남기 위하여 얼마나 고달픈 몸으로 엉겅퀴와 돌짝밭을 일구어가며 살아왔습니까. 지난 날 일제 치하의 생활과 김일성이 남긴 야욕의 전쟁 6 · 25는 이가 갈리고 뼈가 쪼개지듯 증오의 DNA가 우리 몸속에 천추의 한으로 새겨져 있습니다.

우리는 지금 어떻게 살아야 할지? 무엇이 보람 있게 살아가는 것인지? 이 잡풀 같은 生命이 어떻게 자라나가야 할지? 영원한 것이 어디에 있으며 꿈과 希望이 어디에 있는 것인지?

우리는 祖國을 떠난 移民者! 이민자의 父母들이 어떻게 忠實하게 살아왔는지를 子女들에게 알려야 하지 않을는지요. 그래서 자신들의 과거와 체험들을 살려 후세들에게 잘 사는 길을 열어주고 싶은 심정일 뿐입니다.

우리 모두 人間의 순결한 良心으로 돌아오는 그날이 곧 새사람이 되는 것이라 생각이 됩니다. 이 册을 내기 위하여 주저할 때마다 아낌없이 힘과 격려를 보내주신 존경하는 하정아 선생님, 그리고 황숙이, 최창환 선생님에게 眞實된 마음으로 感謝를 올리는 바입니다.

| 차 례 |

머리말 4

이재춘의 작품 세계 / 하정아
가락과 향취로 독자의 감성을 흔드는 수필 240

격동의 시절 체험기

깨어진 의사의 꿈 10
6 · 25 이야기 20
집으로 가자! 집으로 가자! 28
엘리야와 까마귀, 그리고 뽕나무와 오디 47
어머님의 유산(遺産) 53

미국 이민생활과 간병기

정든 고향 떠나 이역만리 64
아빠야? 엄마 바꿔! 70
내 영혼 쓰러질 때 버팀목 사랑 77
쟁반 80

삶의 단상 I

매일 매일 기도로 새해를 내 마음속에 가득 채워보자 ······ 86
언제나 엄마 품은 따뜻했다 ······ 91
네 이웃이 누구이더냐 ······ 94
사단아 물러가라! ······ 99
運命과 攝理 ······ 101
'홀비'는 외로운 것인가? ······ 106
불러도 대답 없는 이름이여! ······ 111
겸손한 눈과 마음 ······ 114
소통(疏通) ······ 118
진리(眞理)란 무엇인가? ······ 122
양털같이 하얀 필터가 되고 싶다 ······ 125
Bible Capsule ······ 129
부활 ······ 132

삶의 단상 II

새해 새 아침의 기도 ······ 136
고독과 교회 생활 ······ 139
소리 ······ 143
정답은 오직 하나 ······ 147
가서 너도 이와 같이 하라 ······ 151

"내가 보았노라!" …… 155
흙은 우리들의 고향 …… 159
나는 흙 …… 163
왜 글을 씁니까 …… 167
서울의 현주소와 선한 공동체(1) …… 170
서울의 현주소와 선한 공동체(2) …… 172
'카고팬츠'와 '위스파' …… 175

기행문

필리핀 여행 동행기 …… 182
봄의 향기 데스칸소 …… 187
Death Valley …… 190
캐나다 기행(1) …… 197
캐나다 기행(2) …… 202
레드우드 …… 206

아직도 남은 이야기들

추모사(追慕辭) …… 214
사랑하는 종문이 동생에게 …… 216
개똥참외와 주차장 …… 225
아버지가 걸어 놓으신 문패 …… 229
周岩 趙燦基 君에게 …… 235
사랑하는 아내 신금녀에게 …… 238

격동의 시절
체험기

깨어진 의사의 꿈

– 나의 학창시절

東海의 元山은 참으로 아름답고 깨끗한 항구였다. 8 · 15해방 후 중학교 때 황해도 재령으로 시집간 누님 댁을 방문했던 나는 元山에서 형님과 같이 여름방학을 즐긴 적이 있었다. 38線이 생긴 이후 元山은 강원도 도청 소재지가 되었고, 정부는 우선 급한 것이 특수 인재였기에 도청 소재지마다 각종 전문학교를 세우고 있었다. 金化에서 태어나 金化에서 자란 나에게 어머님은 늘 "너는 커서 예수님과 같이 의사가 되어, 불쌍한 사람을 도와주라." 하시었다. 꿈과 매력의 항구인 원산을 가본 적이 있는 나에게 원산은 이미 나의 애인이었고, 가슴과 영혼을 갈라놓을 수 없을 만큼 깊은 연민을 안고 있었다. 그래서 원산의학전문학교에 가기로 결심을 하였다. 조용한 항구 원산의 아침은 참으로 찬란하고 아름다웠다. 끌어안을 듯 솟아오르는 太陽은 정열의 스페인 女人보다 더 붉은 얼굴로 물들어 있었고, 평행선을 그을 듯 녹색의 명사십리는 스페인 투우사를 사로잡을 듯한 그 女人의 눈썹보다 더 아름다웠다. 그리고 지금 막 항구를 떠나는 것인지, 막 오고 있는 것인지, 새벽의 정적을 깨는 고동 소리와, 푸른 바다와, 푸른 하늘에 어울리는 갈매기의 춤추는 모습들은 나의 꿈을 키우고 뜻을 세우기에 아주 좋은 美港으로 보였다.

드디어 5대1이라는 관문을 뚫고 입학한 나는 8각의 레닌모를 쓰고, M자가 달린 배지를 달고, 원산의학전문학교의 어엿한 학생이 되었다.

어느 날 Anatomy(해부학) 시간이 되었는데, 사과상자만한 붉은 상자가 책상 위에 놓여 있었고, 어릴 적 만화책에서만 보던 바이킹 해적의 해골 그림이 그려져 있었다. 아직 죽은 사람을 한 번도 본 적이 없는 16세의 나는 그저 소금에 절인 배추같이 숨소리가 죽어 있었고, 참새 새끼마냥 가슴만이 발딱거리고 있었다.

'이 뚜껑을 열자마자 죽은 사람이 나올 터인데 … 어쩌나? 도깨비 같은 해골, 달걀 같은 귀신, 드라큘라 같은 귀신 ….'

분초를 헤매다가 드디어 뚜껑을 열어야 할 찰나가 되었다. 열고 보니 다행히 해골은 없었고 사람의 목뼈, 가슴뼈, 손가락뼈, 다리뼈들이 가득가득 채워져 있었다. 해부학 선생님은 몇 가지 주의를 내리고는 밖으로 나가시었다.

"첫째, 될 수 있으면 많이 그릴 것. 둘째, 정확히 그릴 것. 셋째, 집에는 절대로 가지고 가지 말 것."

등이었다. 나는 우선 기다랗게 생긴 팔뚝뼈부터 엄지와 검지의 두 손가락으로 집어 올리었다. 그리고는 마음속으로

'너의 이름은 무엇이었지? 남자냐 여자냐? 왜 어떡하다 죽었니?'

하고는 멀찌감치 내 팔목에 대어보고는

'나보다 큰 것을 보니 나이가 많은가 보구나.'

라고 중얼거리었다. 학생들에게는 요즘과 같이 그 흔한 고무장갑도 없었던 그 때, 사람의 뼈를 여러 시간 만진 손에서 나는 야릇한 냄새 때문에 그 날 저녁부터 밥을 먹을 수가 없었다. 밤잠을 자려고 누웠는데도 야릇한 그 냄새가 나서 죽은 귀신이 내 손 끝에 붙어 있는 것만 같아 잠이 오지를 않았다. 중학교 시절 석가모니의 전기를 읽어 본 나는 그가 城의 4대문 밖을 구경하고 인생이 무엇인가를 생각했듯

'재춘아! 너도 나같이 된다. 너는 이런 곳에 절대로 오지 마라!'

하는 환청이 머릿속에서 지워버리려고 노력하면 노력할수록 계속 나의 뇌리를 조이고 있었다.

그 다음 어느 날, 습기 찬 공기에 시큼털털한 냄새가 나는 반 지하실로 된 실험실에 들어가게 되었는데, 이곳은 실험실이 아니라 사람의 시체를 각 뜬 인간 도살장의 전시장이었다. 사람의 얼굴을 반쪽으로 갈라놓은 흉측한 괴물, 껍질을 벗긴 호두처럼 생긴 하얀 색깔의 뇌, 염통 · 허파 · 콩팥 · 간 · 자궁 등 온갖 인간들의 장기들이 자동차 부품상의 부속품들보다 더 많았다. 게다가 일 개월이 된 아기 벌레부터 열 달이 찬 아기가 병 속에 담겨 있었고, 큰 쇠통 안에 담겨진 여자 시체는 약물에 퉁퉁 불어, 귀신 같은 모습 그대로였다. 나는 입에서 계속 나오는 침을 꼭 뱉어야만 했는데, 그 침을 도로 삼키자니 퍽이나 힘이 들었다.

어느 비가 줄줄 내리던 일요일, 느닷없이 산타클로즈 할아버지가 나의 하숙집을 찾아왔다. 문을 열고 보니 같은 학급의 강원도 인제 출신인 박인철이가 아닌가. 머리와 옷은 흠뻑 젖어 있었고, 산타 할

아버지의 선물 보따리보다 더 큰, 누런 담요 보따리를 내려놓았는데 그 속에는 책과 가방, 신발, 온갖 옷가지가 널브러져 있었다.

"이게 웬일이야?"

"어, 지난주 해부학 시간에 말이야. 대퇴골 하나를 슬쩍 했지."

"그래서?"

"집에 와서 공부하다가 양말들과 같이 뭉쳐서 책상 틈에 끼워 넣고는 학교에 갔었는데."

"그런데 왜?"

"그런데 주인아줌마가 방 청소를 하다가 양말이 있어 빨아주려고 당기는 순간에 ⋯."

"그래서?"

"그만 대퇴골이 툭 튀어나왔나 봐."

"'에그머니! 이런 못된 놈이 다 있나? 우리 집을 다 망쳐 놓으려고 작심을 했나!' 하면서 혼비백산이 되었다고 하더군."

"그래서?"

"당장 쫓겨났는데, 오늘 하룻밤만 재워 줄 수 있니?"

"어어, 우선 들어와."

그리고 나는 아줌마에게, 이 학생이 하숙비가 좀 늦어 내어쫓겼다고 말하고는 하룻밤을 같이 잘 수가 있었다. 학교 공부는 점점 강도가 높아져 숙제는 물론, 거의 매일 아침 세수할 때면 코피가 터져 대야의 물을 붉게 물들이는 일이 병가지상사이기도 했다.

어느 날 수업 중 위생복으로 갈아입고 아래층 해부실로 내려오라는 전갈이 왔다. 내려가 보니 떡상같이 긴 책상 위에는 40대로 보이는 여인이 한 개의 시멘트 벽돌을 벤 채 I자 형으로, 실오라기 하나 걸치지 않고 누워 있었다. 나로서는 생전 처음 보는 여인의 나체! 나는 흥미롭다기보다

"사람이란 도대체 무엇인가?"

를 생각하게 했다. 이윽고 교수님은 입을 열었다.

"이 女人은 이름도 모르고 나이도 정확히 모른다. 길가 좌판장에서 연시를 사먹고 그 자리에서 즉사했다. 그래서 내무성에서 사인을 조사하라 하여 여기에 오게 되었다. 사인을 조사하여 보았더니 감 씨가 후두의 기관지를 막아서 질식사한 것이 드러났다. 그 원인을 다 알았으니 이제부터는 우리들의 교재로 해부에 들어간다."

그리고는 칼을 들었다.

"복부에는 백선(白線)이라는 것이 있다. 복부를 많이 째야 할 때는 혈관도 적고, 신경도 적고, 근육 조직도 드문 이 백선부터 짼다. 알겠냐?"

하며 둘러보는 순간, 교수님은 한 여학생이 시멘트 바닥에 침을 뱉는 것을 보았다. 교수님은 칼을 책상 위에 내던지고는 피 묻은 장갑 낀 손을 높이 들며 소리를 질러댔다.

"야, 이 가시나야! 당장 나가! 당장 집에 가란 말이야! 너는 의사가 될 자격이 없어!"

하며 분을 삼키지 못하였다. 그리고는

"지금은 우리가 시체를 앞에 놓고 기도는 안 하지만 이 분은 우리를 위하여 몸소 교과서가 되어 두 번 죽는 인생으로 우리 앞에 누워 있다. 모두가 참으로 감사해야 한다."

하며 일장 훈시를 하고는 다시 칼을 들었다. 그 女人은 허리가 잘리고, 양쪽 넓적다리가 잘리고, 목이 잘리고, 머리와 얼굴은 반쪽으로 잘리고, 자궁과 생식기가 반쪽으로 잘리었다. 그리고 선생님은 요도에 요지를 꼽으며 말하였다.

"이 요지가 몇 cm가 될 것 같으냐?"

"4cm 같습니다."

"그래, 여자는 4cm이고 남자는 보통 6cm가 된다. '여자가 웃다가 오줌 싼다'는 말은 이래서이다. 이 요지 위에 무엇이 있느냐?"

"네, 방광이 보입니다."

"그래. 여자가 아기를 배면 아기의 오줌도 어머니가 걸러내므로 자주 소변을 보게 되며, 조그마한 자극에도 빤스가 젖는 일이 생기는 것이다."

하며 학생들을 웃기기도 하였다. 일이 다 끝나자 시체의 몇몇 부분만 포르말린 그릇에 담그고는 그 나머지는 학교 뒤뜰 야산에 묻게 하였다.

그 날 밤, 학교 기숙사에서 사는 같은 반 이수원이가 자면서

"와악! 와악!"

소리를 지른다고 하였다. 엊그제 해부한 그 여인의 끔찍한 모습이 자꾸 보인다는 것이었다. 심한 환시 현상이 나타났던 것이었다. 일주일 휴가를 받고도 눈동자가 삐딱하게 서 있어, 철원에 있는 사범전문학교로 당국이 보내고 말았다. 그 후 선배님의 지시에 따라 운동장 한 구석에 반으로 자른 드럼통 두 개를 돌 위에 얹어 놓고는 불을 피웠다. 지난날 그 女人의 시체를 도로 캐내어 드럼통에 넣고 삶으라

는 것이었다. 선배님들의 명령은 교수님들의 명령보다 더 무서운 것이 의학도들의 관례(?)였다. 고무장갑도 없이 삶아진 시체를 꺼내어 살과 인대 등을 뜯어내고, 뼈 안의 구멍에는 철사를 집어넣어 삶아진 신경 줄이며 혈관 등을 밀어서 뽑아 버렸다. 알코올 스펀지로 뼈를 닦아내는데

"야, 이놈들아! 白骨이 되지 않으면 치도간이다. 알았냐?"

하였다. 합격된 뼈는 바이킹 족의 해골이 그려져 있는 붉은 상자 속에 담겨졌다. 어느 날 형님들이 이렇게 말을 해주었다.

"학교에는 냉동 시설이 없어, 이제 곧 겨울이 다가오면 너희들은 거의 매일같이 해부하게 된다. 그 시체는 내무성에서 보내오는 것이거든."

나는 생각해 보았다.

"왜 하필이면 내무성일까, 보건성이 아니고? 혹시 반동분자들의 시신일까?"

그리고는 바로 머릿속에서 지워버리고 말았다.

'너는 이런 곳에 오지 말라.'

는 생각이 들었기 때문이다.

이제 D데이는 오고야 말았다. 거의 매일같이 지하실로 시체가 들어오고 있었다. 전쟁을 의식했는지 학교에는 군사훈련이 생기고, 매일 밤 열 명씩 짝을 지어 나무총에 쇠창을 단 목총을 들고 학교에서 숙직을 하게 하였다. 그러나 오히려 신입생들은 즐거운 찬스로 여기고 있었다. 그것은 집에 가지고 갈 수 없는 해골을 들고 의학단어를 암기하며 공부할 수 있는 좋은 기회가 되었기 때문이었다. 더러는

책상머리에서 공부하다가 해골을 베고 잠이 드는가 하면, 선배 형님은 두개골 뚜껑에 콩을 넣고 볶아 먹기도 하였다. 볶은 콩을 다 먹고 난 선배님이 이번에는 꾸벅꾸벅 졸고 있는 후배를 보고

"야, 임마! 지하실에 내려가면 가마니 밑에 장작이 있는데 좀 가지고 와!"

하였다.

"네에."

하고는 채 잠도 깨지 않은 상태에서 지하실로 내려갔다. 잠시 후 선배님은 나에게 따라가 보라고 하였다. 지하실에는 늘 철망 속에 30촉짜리 전구가 켜져 있었는데, 누군가가 철망을 뜯고 전구를 훔쳐가, 지하실은 캄캄하기 그지없었다. 내려간 친구는 내 앞에 서 있었다.

"야, 장작이 없니? 그러면 그냥 올라가자."

하며 소매를 잡아끄는 순간, 이상한 느낌이 들기 시작했다. 그는 죽어서 서 있었다. 숨은 쉬고 있었으나, 혼백이 나가 죽어 있었다. 이층으로 이끌고 올라온 후 모두가

"야, 임마! 정신 차렷!!"

하며 온몸을 주물러 주었다. 한참 후 깨어난 그는 이렇게 말문을 열었다.

"내가 캄캄한 지하실에 더듬어 내려갔는데, 발목에 가마니가 채였어."

"그래서?"

"형이 가마니 밑에 장작이 있다고 했길래 손을 넣고 잡으려는 순간, 그것이 장작이 아니라 바로 여자 시체의 얼굴이었어."

나는 듣기만 하여도 등골이 오싹거리기만 하였다. 장난 치고는 너무 했다는 생각이 들었다.

봄이 되어 어느 날, 개교기념 행사로 골 표본을 만든다고 40여 명의 학생들과 선배님이 삽과 괭이를 들고 나섰다. 먼저 내무소에 들러 그 뜻을 전하고 공동묘지로 향하였다. 묘지관리인 할아버지가 좋은 곳이 하나 있다고 하며, 아주 친절히 안내를 하였다. 8 · 15 해방으로 일본인이 쫓겨 가면서 죽은 시체들을 50구나 묻었는데, 주인이 없으니 마음대로 캐가라는 것이었다. 모두가 삽과 괭이를 들고 묘의 봉을 헤치기 시작하였다. 어디서 냄새를 맡고 왔는지 까마귀는 머리 위를 돌며

"까욱! 까욱!"

지껄이고 있었다. 드디어 관이 나왔다. 그러나 관을 뜯을 만한 용기 있는 사람이 없었다. 나는

'저 안에 어떤 모습으로 시체가 누워 있을까?'

하는 호기심 속에 그저 숨을 죽이고 긴장하고 있었다. 드디어 인상이 험하게 생긴 선배 하나가 관의 틈 사이로 괭이를 밀어 넣고는

"하나! 둘! 셋!"

하고는 뜯지 못하고 모션(Motion)만 하고 말았다. 모두가 빨리 뜯으라고 독촉을 하자

"자! 이번에는 진짜 뜯는다!"

하고는 손을 한 번 높이 들더니

"하나! 둘! 셋!"

하고 관을 뜯자마자 재빨리 산 아래 작은 내천을 향해 뛰고 있었다.

나는

'저 선배가 관을 뜯더니 미쳤나보다.'

하였다. 그는 잠시 후 손을 툭툭 털면서 다시 올라오더니

"에잇, 재수 없어! 해골 속에 금이빨이 하나도 없지 않아!"

하며 쓴 웃음을 지었다. 선배는 치과에서 공부하는 학생이었다.

봄은 지나고 여름의 문턱인 1950년 6월 25일 아침, 긴급 뉴스라고 하며 마을의 스피커에서 큰 소리를 외쳐대고 있었다.

"오늘 새벽 4시에 남북 전쟁이 일어났습니다!"

라고 계속 방송하고 있었다. 이삼 일이 지난 후, 그렇게 조용하던 元山 하늘에는 계속하여 공습이 오고, 언제 장착해 두었는지 고사포가 하늘을 향하여 분수같이 포탄을 뿜어 올렸다. 하늘에는 띄엄띄엄 흰 구름만을 남기고, 비행기는 멀리멀리 사라져만 갔다. 이제 그토록 아름답던 元山에서의 나의 꿈은 산산이 깨어지고, 보기에도 흉악한 '6 · 25 号'라는 만원 열차에 실려 이곳저곳 돌아다니다가 오늘날 나는 미국 LA역에 던져진 존재가 되고 말았다.

인생의 갠지스 강으로 흐르고 있는 나는 강기슭 어느 곳까지 흐르다가 머물지 알지 못한 채 그저 하루하루를 살아가고 있다.

6 · 25 이야기

"대한민국 만세!!"

"대한민국 만세!!"

……

인민군은 북으로 후퇴하고, 내 고향 김화에는 대한민국의 국군이 몰려오고 있었다. 나는 감봉리의 형석을 파내던 땅굴 속에서 뛰어나와 목이 터져라

"대한민국 만세!!"

를 외쳤고, 어머님은 어느 사이에 허리춤에서 태극기를 꺼내들고 만세를 외치셨던 1950년 10월의 해방, 암울하고 억압된 공산당 치하에서의 가슴 터질 듯한 해방과 자유는 우리들로 하여금 더더욱 목이 터져라 하고 "만세"를 외치게 했던 것이다.

그 당시 나의 나이 16세, 잊으려야 잊을 수 없는 동족상잔의 6 · 25! 16세 이전에는 일본 식민지하에서의 제2차 세계대전으로 뼈와 피가 마르는 압박과 굶주림 속에서 살아왔고, 조국은 8 · 15로 해

방은 되었으나 38선이 생기면서 고향 땅은 공산당의 천지가 되고 말았다. 인간의 기본 권리마저 빼앗긴 채 숨막히는 정신적 억압과 육체적 부자유는 시민들로 하여금 말할 수 없는 공포 속에서 생활하도록 만들었다. 그러기에, 1950년 10월 국군에 의한 해방은 김화 주민들에게 더할 수 없는 환희와 희망을 안겨주어, 흥분이 고조되고 있었다.

국군은 계속 북진하였고, 몇 명의 헌병과 군복 차림의 경찰, 그리고 인민군이 버리고 도망간 아시바 총을 메고 자원입대한 우리 학도병으로 고향의 치안이 유지되고 있었다.

10월은 내 고향에서 열두 달 중 가장 만물이 무르익는 성숙의 달이다. 산천초목, 하늘과 땅 모두가 아름다운 색깔로 단장하여 색깔의 축제를 벌인다. 더욱이, 강원도 산골짝의 안개 자욱한 새벽 풍경이란 동자에게마저 시정을 자아내게 하고도 남음이 있을 정서가 깃들어 있었다. 그런데 안개 낀 새벽, 갑자기 동서남북의 야산에서 아시바 총, 따발총, 딱쿵총 소리가 요란하게 하늘을 갈기갈기 찢고 있었다.

사방에서는 마을의 개들이 짖고,

"와, 와,…"

하는 이상한 소리가 들려왔다. 나는 검지에 침을 발라 한지 창문에 구멍을 만들었다. 갈 건너 저편에서 인민군이 공격 태세의 몸짓을 하고 막 길을 건너고 있었다. 순간 나는

"어이쿠! 큰일났다! 인민군의 세상이 또 되었구나!"

그저 앞이 캄캄했다. 국군이 해방시키고 지나간 지 한 달도 못 되어 또다시 세상이 바뀐 셈이 되었다. 어머니는 대문 밖을 살피고 오

신 후, 세상이 뒤바뀌었으니 꼼짝 말고 방안에 있으라는 것이었다. 이유는 우리 형제가 패잔병을 잡는 학도병이었고, 집에는 총이 네 자루나 있었기 때문이었다. 이불을 다 개고, 아버지는 아무 말 없이 침통한 모습으로 아랫목에 좌정하시었다. 그 때 어머니가 헐레벌떡 다시 들어오시더니 형님과 나를 빨리 숨으라는 것이었다. 이렇게 독에 든 쥐나 다름없는데 어떻게 갑자기 숨으라는 말인가?

어머니는 의복 장의 의복을 다 들어내고 그 좁은 곳에 우리 두 형제를 들어가게 했다. 그리고는 그 위에 의복을 잔뜩 올려놓았다. 이것은 살자고 숨는 것이 아니라 죽으러 들어간 것이었다. 뒤주 속의 사도세자같이…. 오 분도 못 되어 튀어나왔다. 차라리 방에서 죽는 것이 나았다.

요번에는 어머님이 부랴부랴 의복 장을 30cm 정도 앞으로 잡아당기시더니 그 뒤에 숨으라는 것이었다. 잽싸게 두 형제가 들어갔다. 한결 숨통이 틔어 살 것 같았지만 의복 장 발틈 사이로 우리 두 형제가 움츠리고 앉은 네 발이 다 들여다보이지를 않는가? 가슴은 떨리고, 곧 이어 죽음의 공포가 미칠 것 같이 엄습해 왔다. 잠시 후

"쾅! 쾅! 쾅!"

"문 열엇! 문 열엇!"

하는 소리가 들려왔다. 인민군 패잔병의 소리였다. 순간 나는

'죽었구나!'

심장은 고동을 멈춘 듯 손발에 힘이 없고, 피부는 죽은 듯 싸늘해져만 갔다. 어머님이 대문을 따고 그들을 마중 나갔다.

"여기 국방군이 들어왔소?"

“어서 오십시오. 아니오, 들어와 보세요.”

그 후의 일은 어머님으로부터 들은 이야기이지만, 그는 부엌문을 열라고 하더니 독 뚜껑마다 열어보라 그러고는 몇 개의 가마니를 아시바 총검으로 쿡쿡 쑤셔보더니 그냥 돌아갔다는 것이었다.

‘오, 오, 하나님! 우리를 이렇게 살려주시다니!’

아침을 거른 우리에게 어머님이 밥과 된장국을 의복 장 밑으로 밀어 주셨지만 국만 몇 순갈 입에 떠 넣고는 밥그릇을 그대로 물려내었다. 이 죽음의 공포에서 누가 나를 구원해 줄 것인가? 시간은 자꾸 흘러갔으나 나의 호흡과 피는 거꾸로 흘러가는 것만 같았다.

점심때가 훨씬 지나서, 허리를 좀 펴보고 싶어 의복 장 뒤에서 기어 나왔다. 아침에 침 발라 뚫어놓은 구멍으로 밖의 세상을 내다보았다. 40대의 이웃집 아주머니가 인민군 두 명을 데리고 다니며 저 집이 국방군에게 밥을 해주었다고 손가락으로 가리키고 있지 않는가.

‘아, 아, 가룟 유다가 따로 없구나.’

나는 다시 숨을 죽이고 의복 장 뒤로 들어가 움츠려 앉아 머리를 두 무릎 사이에 처박고는 팔목으로 다리를 감쌌다.

‘저 아주머니가, 내가 학도병으로 총을 메고 국군과 어울려 다닌 것을 보지는 않았을까?’
하는 걱정이 태산같이 나를 짓눌렀다. 눈이 충혈이 된 패잔병들은 언제까지 있을 것인가? 지금 국군은 평양까지 갔다고 하는데 …, 구원의 총소리가 애타게 듣고 싶었으나 국군은 간 곳 없고, 어둠만이 또 깔리기 시작했다.

이튿날 밤부터 인민군 패잔병들은 곳곳에서 축제를 벌이는 듯 공중에 총을 쏘며 환호하고, 밤늦게까지 떠들썩하게 떠드는 소리가 들려왔다. 새벽 무렵, 모두가 잠자리에 들었는지 사방은 고요하기만 했다. 아침 동이 트기도 전에 어머님이 오셔서

"얘야! 인민군이 밤새 다 퇴각했나보다. 사방이 조용해."

하셨다. 기뻐하셔야 할 할아버지는 아직도 여전히 담담할 뿐 아무 말씀이 없으셨다. 한참 만에 어머님이 또다시 들어오셔서, 인민군이 퇴각하면서 농민으로부터 빼앗은 소에는 곡식을 싣고, 국군에게 부역한 사람들은 모두 잡아서 짐을 지게 하고는 끌고 갔다고 전했다. 그 후 끌고 간 사람들은 쑥고개를 넘어 모두 총살해 버렸다고 하시며, 이 곳 지방 유지였던 조 박사의 시체는 귀를 보고 그 부인이 찾아 왔고, 김 선생님의 시체는 손목의 문신을 보고 그 부인이 찾아 왔다고 하시었다. 그리고는

"예수님이 일찍이 베드로에게, 칼을 든 자는 칼로 망하니 칼을 칼집에 넣으라고 했어요."

라고 하시며, 너희는 이제부터는 총을 메고 학도병에 가지 말라고 충언하시었다.

낮 12시가 넘어 우리 두 형제는 의복 장 뒤에서 기어나왔는데, 허리고 무릎이고 어깨며 모두가 저리고 쑤셨다. 형님은 동지들의 소식이 하도 궁금해서 학도병 사무실로 나갔다. 그리고는 다시 동지들을 규합해서, 인민군 패잔병 토벌 작전에 또다시 들어갔다. 밀리고 밀치는 복수전이 일어난 것이었다. 그 후 삼 일도 안 되어 또다시 전과 같은 전쟁이 일어났다. 요번에는 개들도 안 짖어댔다. 철의 삼각지 '김화', 패잔병의 사단 병력이 이곳을 통과하여 평양으로 이동하고

있었다. 트럭도 많이 있었고, 말 탄 사람도 많이 있었다. 기나긴 패잔병의 행렬이 북으로, 북으로 이어져 갔다.

반나절이 그렇게 지나간 후, 또다시 마을은 공포 속에 정적이 흘러 밤이 되었다. 이튿날 아침, 근심에 가득 찬 어머님은

"얘야, 네 형이 간밤에 안 돌아왔구나! 혹시 시체라도 있으면 찾아와야 하지 않겠느냐?"

하시며 막내를 업고 다니던 띠를 건네주시며, 형의 시체라도 업고 오라는 것이었다. 나는 도살장에 끌려가는 심정으로 학도병의 본거지로 나갔다. 그 곳에는 철원에서 스리쿼터를 타고 왔다는 국군 헌병 다섯 명이 있었다. 그들의 눈에는 복수심보다 갑자기 들이닥칠 패잔병 때문에 모두 다 겁에 질려 있는 모습이었다. 국군은 다짜고짜 삽을 내 손에 쥐어주고는

"따라와!"

하며 고함을 질렀다. 나보다 나이가 든 민간인도 한 분이 있었는데, 우리 둘을 김화역 앞으로 끌고 갔다. 차디찬 시멘트 길 위에 쓰러진 20대 젊은 국군 헌병이 가슴에 손바닥만큼 피가 묻은 채 죽어 있었다. 뒤통수가 예쁘게 생긴, 아주 잘생긴 흰 얼굴이었다. 헌병이란 완장을 찼을 뿐, 철모도 구두도 총도 다 없었다. 국군 헌병 한 사람이 시체 앞으로 다가서더니 그의 목에 걸린 군번을 "탁!" 잡아당겨 끊고는 조그마한 노란 봉투에 넣었다. 그리고는 손톱과 머리카락을 칼로 몇 개 자르더니 그 봉투에 같이 넣었다. 헌병은 나에게

"빨리 묻어!"

하면서 호통을 쳤다. 둘이서 길가 고랑에다 번쩍 들어 넣고는 흙으로

대충 묻었다. 묻는다기보다 흙으로 얼굴을 가렸다. 나는 인간들의 잔인한 모습들을 너무나 똑똑히 목격했다. 다음은 역앞 다리 부근, 죽어 넘어져 있는 사람은 군인도 아닌 민간인이었다. 흰 바지 · 저고리에 검은 고무신이 걸려 있고, 다른 한 발의 검은 고무신은 3-4m 저쪽에 떨어져 있었다.

"묻어!!"

모래 위에 놓고는 얼굴과 가슴을 묻었다.

"따라 왓!!"

남산 뒤, 부근의 야산으로 데리고 갔다. 전쟁이라는 이 엄청난 인간들의 죄악상을 나는 너무나 어린 나이에 똑똑히 보고 말았다. 맨발의 30여 명 국군 헌병이, 하얀 빤스만 입고 손과 손들이 전선줄로 묶인 채, 총살로 떼죽음을 당해 있었다. 이들의 총살 죄목은 뭐란 말인가? 바닥에는 따발총의 탄피가 여기저기 흐트러져 있었다. 헌병은 손에 묶여 있는 쇠줄을 펜치로 끊은 후 손톱과 머리카락, 그리고 군번을 떼어, 사람 수에 따라 각각, 따로 따로 봉투에 넣은 다음, 우리들에게

"빨리 빨리 묻어!!!"

하며 악을 썼다. 인민군이 방어용 홀을 파놓은 구덩이에, 죽은 시체를 대충 대충 던져 넣었다. 국군 한 명이 소리를 버럭 지르며

"야! 이 새끼들아!! 암만 죽은 사람들이지만 가지런히 넣어야지 이렇게 넣으면 어떡해? 이 개새끼들아!!"

우리 둘은 웅덩이에 내려가 다시 차근차근 고쳐 넣고 대충 대충 묻어 주었다.

지금이라도 어느 곳에 그 부모님이나 형제들이 살고 있는지 알려주고만 싶어진다. 이름도 주소도 모르는 형제들을 이렇게 다 묻어버리고 말았다. 그 중 리더 같은 한 병사가

"가자!!"

하고 소리를 지른다. 헌병은 우리 손에서 삽을 빼앗듯이 낚아채고는 '수고'라는 말 한 마디 없이 스리쿼터를 타고 자기들만이 어디론가 사라지고 말았다. 여전히 태양은 빛나고 있었지만 마을은 쥐죽은 듯 무섭게도 정적만이 흐르고, 어디선가 죽은 사람들의, 죽은 망령들의 귀신들이 떼를 지어 나올 것만 같은 으스스한 바람이 불기 시작했다.

나는 집에 돌아와 어머님에게 띠를 건네며 형님의 시체는 못 보았다고 말한 후 아무 말도 하지 않았다. 원산의학전문학교에 다닐 때 해부학 교실에서, 아주 진지하고 엄숙한 분위기 속에서 시체 해부를 해보았다고는 하지만 이렇게 떼죽음당한 시체를 본 적이 없었고, 이렇게나 많은 시체를 만져본 적도 없었다. 그리고 죽은 사람을 묻어본 일도 없었다. 그렇게 지독한 욕을 받아보는 것도 처음이고, 그렇게 무섭게 성난 얼굴을 보는 일도 처음이었다. 그들은 누구이기에 마음대로 사람을 부리고 욕하고 사라지는 것일까? 어른들은 왜 죽어야 하는 전쟁을 하며, 누구를 위한 짓들인지 지금까지도 풀리지가 않는다. 죽은 청년의 부모는 누가 위로해줄 것이며, 그리고 손톱과 머리카락이 죽은 아들의 전부란 말인가?

그 후 형님은 식사할 때도 같이 없었고, 잠잘 때도 옆에 없었다. 어머님 눈에 흙이 들어갈 때까지 말이다.

집으로 가자! 집으로 가자!

6 · 25가 나던 해 1950년 10월초, 낙동강 전투에서 UN군에게 대패한 인민군 패잔병들과 38 이남으로 내려갔던 인민군 패잔병들이 태백산맥 줄기를 타고 북으로, 북으로 몰려오기 시작했다. 철의 삼각지 김화는 태백산맥에서 내려와 평양으로 가는 바로 그 길목에 놓여 있었다. 김화를 거쳐 강원도 이천, 그리고 황해도 수안을 지나면 바로 평양으로 갈 수 있는 길이 열리기 때문이었다. 김화에서 약 십리 북쪽에 자리잡고 있는 오성산은 높이가 1,062m나 되었으며, 그들이 말하는 국방군 장교 계급장 두 트럭 반 하고도 바꾸지 않는다는 전략적 요새지이기도 했다. 그러므로 오성산을 점령한다는 것은 그 당시 미국 정부가 평양을 곧 공격할 의사가 있다는 표시이기도 했다.

거룩한 신 다섯 분이 계신다는 오성산은 마치 손목을 구부린 손이 남쪽의 김화를 향해 놓여 있는 그런 형태를 하고 있었다. 그러니, 남쪽에서는 고지를 향해 진격해야만 했고, 북쪽에서는 고원으로부터 평지로 와서 남쪽을 향해 방어하기에 아주 적당한 천혜의 고지이기도 했다. 지금도 그 곳에는 쌍둥이고지, 삼각고지 등 굵직굵직한 고지가 다섯 손가락같이 김화를 향해 뻗어 있는, 절대적인 군사 요새지로, 철의 삼각지 꼭지점인 평강으로 가는 길목이 되어 있기도 했다.

그 당시 8군 사령부가 두 개의 사단 병력과 공군을 동원해서 전투를 개시한다고 한들 그 자체가 곧 자살 행위와 같다고까지 말하는 곳이기도 했다. 6 · 25가 나기 전부터 오성산 안에는 탱크와 대포를 포진할 수 있는 터를 닦아 놓았으며, 비행기까지 뜰 수 있는 땅굴이 있다는 말을 듣기도 했다. 그래서 오성산은 지금까지도 인민군들이 점령하고 있으며, 본래의 김화읍은 지금 완충지대로 되어 있다. (현재의 김화읍은 남쪽에서 새로 만들어 놓은 신도시이고, 이는 철원도 역시 마찬가지이다.)

1950년 9 · 28서울수복 이후 10월 초에는 벌써 국군과 UN군이 평양으로 가고 있었고, 이런 와중에서 어머님은 나를 데리고 마루 건너, 할아버지가 계신 사랑방을 또다시 노크하게 되었다.

"아버님! 주무십니까?"

"아니다."

"제가 재춘이 데리고 좀 들어가도 되겠습니까?"

본래 할아버지는 한의사이시었다. 6 · 25가 나던 그 해 7월쯤, 고등학교를 막 졸업한 형님이 인민군 징병검사에 가야만 했다. 인민병원에 가기 3일 전쯤, 어머님은 지금과 똑같이 형님을 데리고 할아버지 방을 노크한 일이 있었다. 형은 할아버지가 지어준 한약을 먹고 삼일 연속 설사를 해, 얼굴은 등겨같이 누렇게 뜨고 몸을 제대로 가누기조차 힘들었다. 그리고 어머님은 신체검사 하루 전, 건넛마을에 살고 있는 인민병원의 심원장님 댁을 방문해 토종닭 한 마리를 선물하였던 것이다. 그래서인지 인민군 징집 신체검사에서 형님은 결국 떨어지고 말았다. 이제 어머님은 나를 앞세워 또다시 할아버지 방문을 두들기고 계시었다.

방문을 열고 들어가신 어머님은 무릎을 꿇으시고 조용히 앉아 나지막한 음성으로

"아버님! 이 난리 통에 얘 형은 행방불명이 되었고, 이제 재춘이 마저 보낼 수는 없습죠. 그래서 내일 집을 떠나보내어 피신시키려고 합니다. 무슨 좋은 방책이 없으신지요?"

하고 여쭈었다. 흰 머리에 하얀 수염이 길게 내려진, 팔순에 가까운 할아버지는 다시 한 번 헛기침을 하시며 수염을 내리쓸더니 눈을 지긋이 감고 계시었다. 잠시 후,

"애야! 집에 감자 있지?"

"예. 있습니다, 아버님."

"찰밥에다 감자를 깎아 삶아서, 거기에다 빨간 진흙을 섞어, 세 가지를 짓이긴 후에 재춘이 왼쪽 무릎에 얹어 놓고 붕대를 감아 밤새 지나게 해라. 그리고 내일 아침 떠날 때에는 지팡이를 가지고 떠나거라."

"예, 아버님!"

어머님과 나는 꾸벅 절을 한 후 할아버지 곁을 떠났다.

이튿날 새벽 미명에 나를 흔들어 깨우신 어머님은 붕대를 푼 후 내 무릎을 보더니 그만 깜짝 놀라시는 것이었다. 피부가 우들우들 검붉은 색으로 부풀어 오른 것이 그 누가 보아도 썩어 문드러지는

모습이 되고 말았다. 나도 놀랐다.

"너 어떠냐? 무릎을 구부려 보려무나!"

"글쎄요, 아무렇지도 않네요."

"됐다, 됐어! 곧 떠나자!"

할아버지는 그렇게 하여 나의 일을 새옹지마로 만들어 놓으셨던 것이다.

안개 자욱히 내려앉아 사람의 그림자마저 보일 듯 말 듯한 1950년 10월초 새벽 미명에, 나는 지팡이 하나만을 들고, 어머님은 머리에 간단한 의복 보따리 하나만 이시고 막내 여동생 경옥이를 업으신 채 대문을 나섰다. 나는 어디로 가느냐고 묻지도 않았고, 어머님은 나에게 어디로 간다고 말씀하지도 않으셨다. 아직도 어두운 밤길 같은 골목길을 종종걸음으로 걸으시며 읍내리 작은 내천을 지나 한적한 들판이 나오니 언덕길로 바꾸시었다.

'도대체 어디로 가는 것일까? 그 쪽으로 가면 사과밭밖에 없는데.'

김화역 바로 뒤에는 약 4에이커의 사과밭이 있었는데 둘레에는 가시 철망과 무성한 아카시아나무로 둘러있었다. 사과밭 대문은 우리가 겨우 들어갈 만큼 열려있었고, 요란하게 짖어대는 개 소리만이 싸늘한 가을, 새벽안개를 찢을 듯이 울리고 있었다. 주인 아주머님이 송아지만한 셰퍼드 세 마리를 앞세우고 어머님을 마중 나왔다.

사과밭 깊숙이 들어가 중간에 이르니 남쪽으로 'ㄱ'자의 큰 기와집이 있었고, 북쪽으로는 'ㄴ'자로 된 큰 기와집이 있었다. 집 앞마당에는 양쪽에 우거진 등나무와 펌프가 있었고, 그 아래에는 평상이 각각 놓여 있었다. 그 둘레에는 막 시들어져가는 해바라기 몇 그루와, 빨

갖고 노란 백일홍 꽃들이 늦은 가을을 보내고 있었다.

어머님은 북쪽 문의 부엌으로 사모님과 같이 들어가시고, 나는 낯선 집의 방문을 열고 안으로 들어갔다. 아직도 이른 새벽이라 모두가 곤드레 잠들어 있는 어린아이들뿐이었다. 이제, 이렇게도 어둡고 깊은 죽음의 갈림길에서 살아남으려고 낯선 이곳까지 절뚝거리는 흉내를 내며 따라온 가련한 나의 모습이 이 집 아이들에게 보이지 아니함이 나에게는 천만 다행이라고 하면 다행이라고나 할까? 그나마 하나밖에 남지 않은 나의 자존심이 까맣게 무너지는 순간, 나는 나의 눈에서 눈물이 쏟아질 것만 같은 설움이 북받치고 있었다. 잠시 후 부엌에서 나온 어머님은

"이 에미가 너의 먹을 것을 이 댁에 다 대주고 있으니 걱정 말고, 국군이 다시 올 때까지 몸조심하고 여기에 숨어 있어라!"
하고는 곧 떠나시었다.

방구석에 앉아 몇 분쯤 지났을까. 하나 둘씩 일어난 아이들은 나를 보며 이상하다는 듯이 빙긋이 웃고만 있었다. 곧 둥근 밥상을 한가운데 펼쳐놓고, 밥과 김치, 그리고 북어국에다가 함경도 사람들이 즐겨 먹는 가자미식혜를 차려놓았다. 밥상 앞에 앉은 아이들은 그저 희희낙락, 천진한 모습들이어서, 그것이 나로 하여금 퍽이나 그들을 부러워하게 했다. 그런데 이 집에는 남자 어른이라곤 한 분도 보이지 아니하였다. 노모이신 할머니와 큰집 · 작은집의 여인네 두 분, 그리고 아이들뿐이었다. 나중에 안 일이지만 두 어르신님들은 9 · 28 이후 빨갱이 잔당들을 잡으러 다니다가 인민군 패잔병들이 김화에 몰려오던 날 밤, 국군 헌병과 경찰과 같이 경기도 연천으로 후퇴하였다는

것이다. 그래서 이 집 둘째 아드님인 초등학교 4학년생 이덕현이가 이 집의 차세대 어른이 된 셈이었다.

아침을 든 후 덕현이 어머님은

"재춘이 오늘은 별일 없으니끼니."

"방에서 아이들과 같이 놀다가 해가 지면 자리를 옮기찌비."

하시며, 소쿠리에 사과 한 아름을 방에다 놓고 나가시었다. 중학교에 다닌다는 단발머리의 덕현이 누나가 생긋생긋 웃으며

"이것은 왜금!"

"이것은 국광!"

"이것은 후지!"

하면서 특이한 함경도 악센트에다 그 감미로운 사투리 음색이 마치 나에게는 퍽이나 이국적인 기분을 자아내기도 했다. 단발머리 그녀는 코가 오뚝하고 움푹한 눈에 쌍꺼풀마저 있어, 서구적인 미인 그대로이기도 했다. 그러니 사과도 더욱 맛있었다.

그것도 잠시, 벌써 해는 서산으로 기울어지고, 나의 미래를 암시하듯 까마귀는

"까욱! 까욱!"

하면서 그 둔탁한 음률을 내 귓전에 남기고 어디론가 사라져 갔다. 이제 땅거미는 내려앉아 어두워지기 시작했다. 덕현이 어머니는 나를 데리고 어디론가 조용히, 그리고 조심스럽게 앞장서 가고 있었다. 아직도 어머님 곁에서 어머님 숨소리를 들어야 잠을 편히 잘 수 있는 내 나이에 지금은 낯선 이 집에 와, 앞일 모르는 운명의 밤을 맞이하니 그저 콧잔등이 시큰거리며 눈에는 눈물이 날 것만 같은 심정이었

다. 이 어두운 밤, 아직도 절뚝거리는 시늉을 하며 따라가야만 했다.

본채에서 약 50m쯤 떨어진 후미진 곳에 별채가 하나 있었는데, 사과밭에서 일하는 인부들이 소변을 보거나 변을 보는 곳이기도 했다. 남자가 소변을 볼 수 있는 1m 넓이의 시멘트 블록과, 그 옆으로 두 칸의 대변 보는 변소 칸이 있었다. 변소 뒤에는 농기구들과 빈 가마니, 그리고 볏짚을 쌓아둘 수 있는 허드레 곡간이 붙어 있었다. 덕현이 어머님은 그 헛간을 돌아 뒤쪽으로 가시더니 무릎을 꿇고 앉아, 사과 상자만한 넓이의 판자를 올리고 안으로 미니까 아주 좁은 곳에 두 사람이 겨우 눕거나 앉을 수 있는 공간이 있었다. 그러니까 변소와 헛간, 두 벽 사이에 있는 아주 좁은 비밀 아지트였다. 덕현이 어머니는 어두운 방구석을 향해

"지현에이! 심심할찌비? 친구 하나 데리고 왔다이."

하면서, 오늘부터 이곳에서 생사의 고락을 같이 하여야 한다고 다짐을 하고 곧 나가시었다. 정말 생명에 대한 보장과 희망이라고는 하나도 보이지 않는 곳에서 어떻게 지내야 할지, 그저 어둡고 캄캄한 늪 속으로 빠져들어가는 것만 같은 느낌이었다. 그래도 덕현이 어머니는 자기의 생명과, 아이들의 운명과 바꿀 만큼 간 큰 여인이었기에 나는 그저 고맙고 감사하기 그지없었다.

극비의 비밀 아지트! 방이라고 하면 어폐가 있을 정도로 마냥 좁은 양쪽 흙벽 사이에, 바닥에는 판자 몇 장을 깔아놓은, 어둡고 캄캄한 좁은 공간이었다. 그 위에는 얇은 요와, 둘이서 겨우 덮을 수 있는 이불뿐, 그것이 전부였다. 그 때 어둠 속에서 부스럭부스럭 누군가가 일어나 앉아, 어린이 손바닥만한 접시 등잔에 성냥불을 켜 갖다 댔

다. 나는 그 순간 아주 놀랐다. 정말로 까무러칠 것같이 놀랐다. 약 2년 전, 이 집 맏아들 이대현은 두 달 동안 보이지 않았던 동창이 서울에 갔다 왔다고 하며, 남조선에 있는 '청년 무궁화단'에 가입하라는 권유를 받았다. 바로 그 반동의 청년단 사건으로 각각 5년형을 받고 원산 와우동형무소에 갇혀 있던 손지현이가 아닌가? 나는 원산 의학전문학교에 다닐 때 같은 학급의 이용호 소개로 그의 고모네 집에 하숙하고 있었는데, 이용호의 형도 이 '무궁화단' 사건으로 원산 와우동형무소에 갇혀 있었기에 그들의 소식을 잘 알고 있었다.

'아아! 이런 자와 내가 여기에 같이 숨어 있게 되었다니!'

이제 인민군에게 발각되는 날에는 나도 똑같은 반동분자로 총살형을 받기에 꼭 알맞은 케이스가 되고 말았다.

'아아! 이것은 아닙니다, 어머님!'

하며 뛰쳐나가고 싶은 심정뿐이었다. 차라리 형무소 방에 있는 게 나을 것 같은 괴로움뿐이었다. 그러나 이제 와서 발버둥친다 한들 어찌하랴? 나는 잠시 후 마른 침을 꿀꺽 삼키고 물었다.

"형! 언제 여기 왔어?"

"한 주일 됐지."

손지현이는 학교 선배로 키가 크고 근육질의 육상 선수였다. 그의 꿈은 육상 선수로 올림픽에 나가 금메달을 한번 따보는 것이기도 했다. 아버지를 일찍 여의었고, 어머님은 김화 생창리 시장터에서 삶은 나물을 팔아 근근이 생활하며 이 외아들을 하늘같이 믿고 살아가는 여인이기도 했다. 서울에 갔다 왔다는 그 동창은 공산당의 끄나풀인 첩자였던 것이다.

그런 연고로 이대현 어머님은 손지현을 극진히 염려하고 자기 아들같이 사랑하고 있었다. 매일같이 새벽과 늦은 밤, 작은 쟁반에 밥공기 두 개와 김치를 가지고 와서도 꼭

"지현에이! 지현에이!"

하며 불렀고, 가끔 사과를 가지고 와서도 꼭 지현이만을 불렀다. 밤에 가지고 온 쟁반은 새벽에 가지고 가고, 새벽에 가지고 온 쟁반은 밤에 가지고 가셨다. 그런데 머리맡에 둔 빈 밥그릇과 쟁반 위로 쥐들이 소풍을 나왔는지

"찍! 찍! 땡그렁!"

소리를 내며 이리 뛰고 저리 뛰곤 하였다. 그 속에서도 우리 둘은 누운 채 이런 저런 이야기들로 소일했다. 어느 날 지현이는 원산 와우동 감옥소에서 일어난 일들과 그 지옥 같은 실화를 내게 들려주었고, 인민군이 북으로 후퇴할 며칠 전부터는 형무소 안에 남아 있는 사람들을 어떻게 죽였으며 자기는 어떻게 살아남게 된 사연들을 이야기할 때, 나는 온몸을 떨며 전율마저 느끼게 되었다.

오늘도 덕현이 어머니는 그 때 그 때마다 밖에서 일어난 동정과 뉴스를 전해주시며, 잔인할 대로 잔인해진 인민군 패잔병들이 김화읍을 접수한 후, 누군가가 국방군에게 밥을 해줬다고 신고만 하면 마구잡이로 총살을 감행한다고 전해주시기도 했다. 이제 하루, 이틀, 몇 주가 지났는데도 평양까지 갔다는 국군은 다시 아니 오고, 매일 매일 인민군 패잔병들만이 더더욱 김화에 몰려오고 있으니, 목말라 애타게 기다리는 우리들의 심정을 누가 알 것인가? 해가 뜨면 으레 하늘에는 하루 종일 UN군의 정찰 비행기가 맴돌고, 때로는 제트기

(쌕쌕기)가 날아와 김화역에 기총 소사와 폭탄을 퍼붓고 떠나갔다.

어느 하루, 지금도 이름 모를 단발머리의 여학생 덕현이 누나가 심심할 것 같으니 책이나 보라고 중학교 영어책을 들여보냈다. 손지현이는 작은 접시의 호롱불을 켜놓고 그 영어책을 매일 자기 혼자만이 보고 있었다.

'단발머리의 덕현이 누나가 아직도 내가 절뚝다리에 다리병신인 줄만 아는 모양이지?'

하는 질투심과 이기심으로, 나는 그 기름 접시를 엎어버리며

"우리를 위해 보라고 했지 어찌 너만 독차지해 보느냐?"

하며 그 안에서 말다툼이 일어나기 시작했다. 그것도 잠시, 똑같은 사지에서 서로 살아보려고 하면서 이게 무슨 짓이람 생각되어 곧 후회하기도 했다. 그 여인이 주고 간 영어책은 마치 신이 인간을 시험하기 위해 준 선악과처럼 느껴졌다.

매일 더욱더 심한 UN군 폭격에, 인민군 패잔병들은 몸을 숨기기 위하여 이제는 사과밭으로 들어오기 시작했다. 어깨에 따발총을 멘 인민군과 허리에 권총을 찬 장교가 들어와 덕현이 어머니에게

"내일까지 개를 다 없애시오!! 그렇지 않으면 개를 우리가 다 죽이겠소!!"

하고 떠났다고 한다. 남자 장정이라곤 한 명도 없는 이 집에 이제 수문장격인 셰퍼드마저 없애라고 했다니, 이 집과 이 사과밭을 누가 지켜줄 것인가? 그리고 우리는?

오늘도 새벽 미명에 덕현이 어머님이 밥을 들여보내 주시며, 아랫집 큰댁에 어젯밤 밤늦게 인민군 패잔병 일 소대가 왔다고 하시며,

변소는 이곳을 사용할 것이니 숨을 죽이고 아주 쥐 죽은 듯이 숨어 있으라는 간곡한 부탁을 하고 떠나시었다. 청천벽력 같은 이 소식은 하늘이 무너지는 것 같은 아찔함과 말할 수 없는 공포 속에, 나로 하여금 온몸을 떨게 하고 있었다.

'인민군 패잔병과 한울 속에 살다니….'

아, 아, 이제는 죽었구나! 하는 전율이 온몸을 감돌며 참으로 나로 하여금 미치게 만들어가고 있었다. 신은 무거운 짐을 다 내게로 가지고 오라 하셨는데, 어쩌면 나에게 이렇게도 무거운 짐을 지게 하는 것일까? 만약 우리가 발각되었다 하면 꽁꽁 붙들어 매여 가슴과 얼굴을 아시바 총검으로 마구 난자당할 것이라 생각하니 그저 무서움과 공포로 떨고만 있어야 했다. 아니나 다를까, 새벽 해 뜨기 전부터 인민군 패잔병들은 변소를 들락날락하기 시작하는데, 그 때마다 정말로 나는 피가 거꾸로 솟아 멎을 듯, 숨이 막힐 듯, 새털보다 더 가벼운 숨을 죽여 가며 손가락 하나 움직이지 않고 쥐 죽은 듯이 누워 있어야만 했다.

이제 인민군 패잔병들은 낮이나 밤이나 하루 종일 이 집에 머물고 있었다. 얇은 흙벽 하나 사이에 둔 변소, "딸각" 소리와 함께 나의 가슴은 면도칼날 위에 서 있는, 죽음 직전에 놓인 닭의 목줄과 다름이 없었다. 차디찬 현기증과 사색의 파란 빛이 눈에서 튀어나올 듯, 공포의 눈동자를 이리저리 굴리며 손안에 든 참새마냥 마구 가슴 뛰고 있었다.

"이제는 죽었구나!"

하는 공포의 떨림은 추운 겨울 사시나무 떨림보다 더 심했다. 나의 온몸은 저려오듯 마비되었고, 숨 죽여 살아보겠다는 가냘픈 호흡은 꼭 살아남으려는 '빠삐용'의 그 강력한 애절함보다 더 절박했다. 인민군 하나가 변소에 들어왔다 하면, 나의 머리끝부터 발끝까지 온 전신은 저려오고, 전신마비 아니 죽은 상태 그대로였다. 인민군이 이제나 나갈까? 저제나 나갈까? 하는 기다림은 일 초가 마치 어두운 칠흑 속에 갇혀 있는 지옥의 하루 같기도 했다. 그들은 허겁지겁 욕심을 내어 사과를 많이 먹고 설사를 하는 모양인지 하나가 나갔다 하면 또 하나가 들어오고, 또 하나가 나갔다 하면 또 하나가 들어오곤 하였다. 이와 같이 연속되는 스트레스와 긴장감은 나로 하여금 손발, 얼굴마저 차디차게 굳어지게 만들어가고 있었다.

오늘도 모두가 다 잠이 든 캄캄한 밤, 덕현이 어머니는 가마니와 볏단 사이로 조그마한 밥 쟁반을 들이밀면서, 인민군 패잔병들이 여기서 또 잔다고 하니 소리 내지 말고 아주 조심하라고 부탁 또 부탁하시고는 떠나시었다. 그런데 손지현이는 밤에 잘 때 가끔 기침을 하거나 코를 고는 습관이 있었다. 그래서 변소에 조용히 왔다가 조용히 가는 패잔병이 더더욱 무서웠다. 그들의 행동반경을 우리가 도무지 가늠할 길이 없기 때문이었다. 한번은 인민군이 변소에 들어와 '끙! 끙!' 소리를 내며 변비로 신음하는 소리가 났다. 나는 놀라 깨어

'저 놈이 언제 들어왔지? 혹시 지현이가 코고는 소리를 듣지 않았을까?'

하는 초조한 마음에 또다시 두려움과 공포에 휩싸이고, 말할 수 없는 스트레스가 나로 하여금 미치게 하였다. 그래서 이제는 '딸각!' 하는 변소 문 여는 소리가 났다 하면 나는 잽싸게 지현이의 옆구리를 '쿡

쿡!' 쑤셨고, 지현이는 번개같이 코고는 소리를 멈추곤 하였다.

'그러나 가끔 나오는 재채기와 기침은 어찌할 도리가 없지 않는가?'

음악 5선상에만 있음직한 한 음과 한 음 사이에서 나오는 한 음정이 다만 우리에게는 더 이상 목숨이 붙어 있느냐 아니면 죽느냐의 경각 속에, 이 전쟁만이 가져다주는 저주의 손길이 아니었던가?

이제는 한 소대가 가면 또 새로운 소대가 오고, 또 한 소대가 가면 또 다른 소대가 왔다. 밥을 먹다가 '딸각!' 변소 문 열리는 소리만 났다 하면 입안에 들어간 밥을 씹지도 못 하고 목구멍에 넘기지도 못한 채, 영화 필름이 멈추어 있듯이 그저 스톱(stop) 상태에 있어야만 했다. 양쪽 변소에 들어왔다 하면 둘이 다 나갈 때까지 온몸이 경직된 상태에서 쥐죽은 듯 눈감고 기다려야만 했다. 미물도 자기 죽음 앞에서는 몸을 떨며 도사리는데, 하물며 만물의 영장인 사람이 어찌 그보다 더하지 아니하겠는가?

인민군이 변소에 와 앉아 있을 때, 아주 드물게나마 재채기나 기침이 나올 때에는 이불의 모퉁이를 휘어잡고 입 속에 '콱!!' 틀어막기로 서로 약속이 되어 있었다. 혹 우리가 소변을 볼 때 인민군이 변소에 들어오면, 고추를 아귀가 넓은 병벽에 바짝 갖다 대고 가늘게, 아주 조심스럽게, 소리 없이 소변을 흘려보내기로 약속하였다. 대변은 보통 일주일에 한 번 보았는데, 머리맡에 있는 신문지를 접어서 깔고 그 위에다 일을 본 후, 작은 함석 세숫대야에 돌돌 말아 꾸겨 넣고 볏짚단 속에 감추어 두었다가, 가득 차면 덕현이 어머니에게 넘기곤 하였다.

11월에 들어서면서 나뭇잎들이 자꾸 떨어지기 시작하고 사과나무

잎마저 한 잎 두 잎 떨어져, 먼발치에서도 사과밭 안의 사람들의 동작이 훤히 들여다보이게 되어가고 있었다. 게다가 이곳 두 집에 주둔하고 있는 인민군 패잔병들이 주부들에게 항상 밥을 해달라고 부탁하고 있었다. 아침 해만 뜨면 UN군 제트기로부터의 기총소사와 폭격에, 이제는 온 식구들마저 생명에 위협을 느껴, 멀찌감치 떨어져 있는 반 지하의 사과밭 창고로 모두가 이사를 갔다. 이제 우리는 어떻게 더 이상 숨어 있을 수가 있을 것인가? 인민군 누군가가

"항공! 항공!"

하면 모두가 집안으로 뛰어 들어와 숨는데, 그것을 본 UN군의 공군기가 이 두 집을 폭격한다면, 우리 둘은 집 밖으로 뛰쳐나가지도 못한 채 꼼짝없이 갇혀서 새까맣게 그을린 개새끼마냥 죽어 있을 것을 생각하니 치가 떨려 눈물이 저절로 나오기 시작했다.

폭격할 때마다 지진이 나듯이 벽이 흔들릴 때는 무너질세라 떨며 마음 졸였다. 날씨는 점점 추워 오고, 의복을 입은 채 이불 속에 누워 있는 나에겐 보리쌀만한 이가 몸속에 득실거리기 시작했다. 가만히 누워 있다가도 이가 깨물면 나의 온몸이 자동적으로 움칠거리고 있었다. 어둠 속에서도 엄지와 검지를 가만히 옷 솔기 사이로 넣고 이가 이동하는 것을 감지해 재빨리 손톱과 손톱 사이에 잡아넣고 손톱으로 그냥 눌러대면 이는 터져 죽고 말았다. 그래서 나의 엄지와 검지의 손끝이 기분 나쁘게도 항상 피의 끈적끈적함이 끝날 날이 없었다. 샤워, 이발, 이빨 닦기 같은 단어는 정말로 우리 사전에 없었다. 아마 거지 중의 상거지요, 귀신 중의 상귀신이었을 것이다. 입 속은 바싹바싹 자꾸 타들어 오고, 그토록 눈에는 눈, 이에는 이로 원수를

갚겠다는 용기와 희망은 간데 온데 없이 흐려져 갔다. 왜 나는 죽음과 삶의 갈림길에서 이토록 고민하고 있는 것일까?

모두가 잠이 든 캄캄한 어느 날 밤, 덕현이 어머님이

"지현에이!" 하며 아주 나지막이 불러댔다.

"빨리 나오라이!"

엉겁결에 그 비밀 판자를 밀치고 한 많은 벽 속의 아지트에서 두 귀신들은 기어나왔다. 엷은 눈이 땅에 깔려 있는 것을 보니 아마 12월이 되었나 보다.

"따라오라이!"

지금이 몇 시인지도 모를 이 캄캄한 밤, 세 사람은 인민군이 볼세라 조심조심 기다시피 덕현이 어머님을 따라 또 어디론가 이동하고 있었다. 온갖 사과밭의 쓰레기가 산더미같이 버려져 있는 곳으로 가고 있었다. 그리고 그 쓰레기 무덤 부근에는 다 털고 남은 콩깍지 나무를 단으로 묶어 드문드문 배치해 놓고 있었다. 훤히 들여다보이는 사과밭 안을 가리기 위한 하나의 위장술이기도 했다. 덕현이 어머니는 쓰레기 무덤의 한 모퉁이에 앉은 채 손으로 쓰레기를 제치시는데, 그 속에서 가마니 조각이 나왔고, 또 그 가마니를 들추니 아주 작은 판자가 나왔다. 판자 뚜껑을 열고 빨리빨리 들어가라는 손짓을 했다. 손짓과 동시에 우리 둘은 땅 속으로 빠져 들어갔다.

'아아, 언제 이런 지하에 제2의 아지트를 파 놓았지?'

그저 놀랍고 고맙기만 하였다. 덕현이 어머니는 재빨리 작은 판자문을 닫고 돌아가시었다.

캄캄한 굴 속, 바닥 판자 위에 깔아 놓은 이불은 축축하다 못해 젖어 있었고, 어둠 속에서 허리를 좀 펴보려고 하니 머리가 천정에 닿아 앉아볼 수도 없었다. 천정이 활같이 휘어져 있었기 때문이었다. 어디가 어딘지 소경이 제 물건 더듬듯이 더듬어봐야 좌우가 감지될 뿐, 아무것도 보이지 아니하였다. 감사하다는 마음은 곧 사라지고

'아아, 이곳은 우리들의 죽음과 우리들의 무덤을 미리 준비해 둔 것 같은, "산 자의 지옥" 그대로이구나!' 했다.

'차라리 나사로의 무덤이나 니고데모의 무덤이었으면….'

인간에게 있어서 가장 잔인하고 가장 치욕스런 욕심인 이 전쟁의 권한을 누가 누구에게 부여했단 말인지? 이제 와서 사형이 기정사실화된 나에게 죄목은 무엇이며, 누가 원고이고 누가 피고인지만은 알려줘야 하지 않겠는가? 태초에 신은 인간에게 선악과를 따먹든지 혹은 따먹지 말라는 율법에 순종하든지 하는 문제에 있어서 자유 의지로 선택할 수 있는 권한을 부여했다고 하는데, 왜 그러한 신께서 인간에게 독수리나 비둘기의 날개를 갖도록 허락하지 않으셨는지? 이제라도, 번데기가 어둡고 캄캄한 누에고치 속에서 나와 나비가 되어져 하늘로 날아가듯이, 훨훨 날아가 보았으면 하는 마음이 간절하였고, 온갖 잡생각만이 머릿속에 감돌며 그저 죽고만 싶어졌다.

나는 어른이 되면 의사가 되어, 자가용차를 몰고 사랑하는 애인과 더불어 자연을 마음껏 구경하러 다니는 것이 꿈이라면 꿈이기도 했다. 그리고 박물관에도 자주 가며, 그림도 마음껏 그려보는 것이 또 꿈이라면 꿈이기도 했다. 그러나 꿈은 산산이 부서지고, 이제 와서, 죽음의 그늘 앞에 서 있는 운명과, 내일도 살아 있으리라는 기약도 없는 이 죽음의 땅굴 속에서 하늘 우러러 원망하고 있는 것이 아닌

가? 언제나 입을 벌리고 있는 땅속이 내 집이라면 원망 없이 그 길로 가야 하지 않겠는가? 흑암의 지옥 같은 이 어둡고 절망적인 땅굴 속에서 구차스럽게 사느니 차라리 죽어버리자! 사형이 이미 선고된 인생, 어차피 죽을 수밖에 없는 인생! 죽음 그 자체가 피할 수 없는 성스러운 길이라면 일찍 가나 늦게 가나 마찬가지 아니겠는가?

며칠이 지나갔는지 모르는 이 시각에, 죽어가는 반딧불보다 더 흐릿한 빛이 내 눈에 들어오기 시작했다.

'이거, 내가 죽었다 깨어났나?'

잠시 후 정신을 가다듬고서야, 아아, 천정에 이 작은 구멍(1인치 파이프)이 있었구나, 지금이 정오쯤 된 낮이로구나 하고 깨닫게 되었다. 바로 저 구멍이 우리들의 몸에서 가냘프게나마 피가 흐르도록 만들어주는 빛이었구나 하며 생명에 빛과 공기가 얼마나 고마운 것인지를 다시 한 번 깨닫게 되었다. 분명, 빛은 생명임에 틀림없었다. 이제 변소 옆 아지트보다 정신적으로 안정은 되나 이런 습기 찬 곳에서는 며칠도 못 살다가 병이 생기어 죽어갈 것이라는 느낌이 들기 시작했다. 우리가 여기서 살아 나갈 수 있다는 희망보다, 어둡고 캄캄한 이곳이 바로 우리들의 무덤이 되며 '산 자의 죽음의 무덤'이 될 것이라 생각하며 온몸을 떨기도 했다.

이곳에 온 후로 우리 둘 사이에는 전혀 대화가 없었다. 죽음의 공포가 촌각에 놓여 있는 마당에서 무슨 말이 오갈 것이 있겠는가? 죽음 앞에 있는 어둠은 인간들의 모든 말을 삼키고 말았다. 진정 빛이 없으면 말도 없게 마련인가보다. 빛이 없으면 이 세상에 외로움도 고독함도 희망도 꿈도 생명도 아무것도 없음을, 빛이 없으면 시간과 공간마저 캄캄한 무덤 속에서 사라져 감을 또 한 번 실감케 했다.

여전히, 모두가 잠자는 어두운 밤이 되면, 덕현이 어머니는 밥을 가지고 오셨다. 이제는 밥 쟁반이 아니라 둥글뭉실한 주먹밥 몇 덩어리뿐이었다. 어느 때는 아침도 건너뛸 때가 한두 번이 아니었다. 이곳에 온 후 그만큼 밖의 사정이 급박하게 돌아가고 있음을 짐작케 했다. 그리고

"지현에이!"

"지현에이!"

하며 그 부드럽고 다정했던 목소리도 사라지고 말았다. 그만큼 목숨 걸고 숨죽여 조용히, 그리고 아주 빨리 주먹밥을 전하고 가야 할 촉박함이 그녀 앞에 놓여 있었기 때문이었다.

무거운 짐 다 버리고 나를 따르라고 하시던 신은 이제 12월이 되면서 우리를 버리고 떠나시었다. 우리를 숨겨주던 생명의 품속 같았던 안개를 다 걷어 가시고, 우리에게 생명줄과 같은 나뭇잎들마저 이제 다 털어 가시고 말았다. 지금 땅위에는 그 누구도 자기의 발자취를 지울 수 없는 하얀 눈으로 덮이고 있고, 그래서 덕현이 어머니의 그 발자국은 우리의 목숨을 앗아갈 수 있는 유일하고 명확한 증거물이 되고 말았다. 신은 이제 와서 우리에게 무엇이 더 있다고 무거운 짐 버리라 하신단 말인가?

이 춥고 습한 땅속에 온 지도 몇 날이 지났을까? 천정의 쪽문을 "톡! 톡!" 두들기는 소리가 났다. 모두가 잠든 이 캄캄한 겨울밤에, 덕현이 어머니가 아니라 이제는 나의 어머님이 하얀 눈 위에 구부려 앉아 조심스럽게 나를 부르고 계시었다. 빨리 나오라는 손짓에 이것

이 꿈인지 생시인지 내가 나를 의심하고 있었다. 밖에는 하얀 눈이 내려 있었고, 그 빛에 반사되는 물체만이 나의 눈에 가시화되고 있었다.

'평화를 위해 이 세상에 오셨다는 크리스마스 이브에도 이렇게 하얀 눈이 많이 내려 있었겠지?'

석 달 동안 샤워는 고사하고 머리 한 번 깎지 못하고 세수 한 번 하지 못한 나는 엉금엉금 기듯 밖으로 나왔는데, 나오자마자 "풀썩!" 눈 위에 주저앉고 말았다. 아니, 눕다시피 되고 말았다.

'아직도 내 나이 16세 청춘인데, 이렇게도 무릎에 힘이 없다니?'

석 달 동안 햇빛을 못 보고 캄캄한 굴속 같은 땅속에만 누워 있었으니, 무릎에 힘이 없어 일어날 기력마저 상실되었음은 기정사실이 아니었던가? 아니 영양부족에 비타민 결핍이 되어 있었다. 어머님이 번개같이 힘차게 나를 끌어 일으키시더니 목이 멘 낮은 음성으로

"집으로 가자! 집으로 가자!"

하시는 것이었다. 어머님은 나를 부축하여, 무릎까지 하얗게 쌓인 사과밭 눈을 밟으며 집으로! 집으로! 오고 계셨다. 나는 저 하늘 우러러 신음하듯 긴 긴 한숨을 내어 쉬며, 그렇게도 생명 줄을 같이 했던 손지현을 땅속에 홀로 둔 채 아무 말 없이, 정말 아무 말 없이 어머님 팔에 의지해 집으로 오고 있었다.

엘리야와 까마귀, 그리고 뽕나무와 오디

"최 형! 왜 그렇게 하늘만 쳐다보고 긴 한숨만 쉽니까?"

"이 군! 내 고향이 대구야. 전쟁 통에 아버지 따라 이곳까지 왔는데, 고향에 가고 싶어!"

나는 16세, 최 형은 26세의 청년, 그의 아버지는 대구에서 열렬한 공산주의자로 좌익 활동을 하다가 6·25 전쟁 통에 아들만 데리고 이북으로 피난 온 둘만의 가족이었다. 최 군 역시 우리 집 방공호와 아래·윗집에 살고 있었다.

기록에 의하면, 1950년 10월 15일부터 11월 15일까지 한 달 사이에 30만이라는 중공군이 이 땅에 와 전쟁하다가 2만 5천 명이 죽었고, 국군은 2천 5백 명이 죽었다고 한다. 이와같이 치열한 전투 속에서 당시 '철의 삼각지' 내 고향 김화읍도 B29의 폭격으로 완전히 초토화되어, 마을의 주민 모두가 산골짝에 올라와, 방공호를 파고 목숨을 이어가고 있었다.

인민위원장 명령에 의하면, 모두 다 죽은 나뭇가지의 삭다구니 외에는 불을 피우지 못하도록 되어 있었다. 그 당시 연기가 나는 곳이면 으레 제트비행기가 날아와 폭격을 가하기 때문이었다. 산골짜기의 방공호마다 새벽 미명에 가장 먼저 일어난 사람이, UN군이 버리고 간 까만 전화 줄로 연결되어 있는 줄을 잡아당기면 줄에 매달린 깡통에서

"딸랑! 딸랑!"

소리가 나면 즉시 일어나 불을 피워 밥을 지어 먹어야만 했다. 밥이라고 해야 중공군이 차고 다니는 전대 같은 부대 속에, 콩과 강냉이가루로 만든 미숫가루였는데, 비를 맞아 썩어 있거나 누렇게 떠서 먹지 못하는 것을 배급받은 것이었다.

두 번째로 서울을 적에게 빼앗긴 1951년 1월 4일의 1·4후퇴 이후 2월, 3월, 4월, UN군의 반격으로 북상하기 시작은 했으나 매일같이 비행기 폭격만 더 심해졌고, 먼 곳에서

"쿵덩 쾅! 쿵덩 쾅!"

하는 대포 소리만 요란할 뿐, 그렇게 기다리고 고대하던 UN군은 나타나지 아니하였다.

그러던 중 5월 들어서면서 흰 바지 쪼가리에 때가 꾀죄죄한 청년 두 명이 하나는 총을 메고, 하나는 쇠꼬챙이가 달린 나무총을 들고, 팔뚝에는 붉은 띠를 두르고 방공호에 나타났다. 그들은 북으로 피난 가라고 방공호마다 찾아다니며 백성들을 북으로 몰아내고 있었다. 어머님과 여동생이 발진티푸스 열병으로 세상을 떠났고, 식구 모두가 영양부족에 열병을 앓고 난 후라 잘 걷지를 못하는 형편인데, 나는 그저 난감하기만 했다. 두 청년이 와서

"동무들은 왜? 아직도 아니 갔소? 내일 아침 또다시 왔을 때 그대로 있으면 모두 다 총살이오!"
하고 돌아갔다. 이튿날 아침 아버지는

"재춘아, 하룻밤만 뒷산에 가서 자고 내일 내려오려무나."
하시며 얼개 망태에 누비이불 하나만 뎅그렁 집어넣어 주시었다. 나는 하는 수 없이 그대로 순종하기로 했다. 그것이 60 여 년간 이렇게도 피를 말리는 이산의 가족이 되게 할 줄이야 누가 꿈엔들 생각했으랴!

얼개 망태를 메고 뒷산을 오르는데 갑자기 숲속에서 두 명의 인민군이 총을 들고 튀어나오면서

"이 새끼 뭐야? 아직도 북으로 가지 않고!"
하는 것이었다. 동생하고 어제도 이곳에 와 나무를 했는데, 언제 이렇게 많은 인민군이 왔는지 나도 놀랐다. 가는 곳마다 나무로 위장된 대공포가 있었고, 인민군 보초가 서 있었다.

"야, 이 새끼! 어기적대지 말고 빨리빨리 지나가라잇!"

버럭 소리를 지르고 있었다. 하는 수 없이 또다시 북으로 가는 수밖에 없었다. 집에서 멀어져 갈수록 가엾은 식구들이 자꾸 생각나 눈물이 나기도 했다.

고개를 넘어 어기적어기적 걸으며, 하루 종일 십 리를 걸어 소라리라는 마을에 왔다. 소라리에는 사람이라곤 하나도 없어 유령의 마을 그대로였다. 텅 빈 이 마을은 조용하다기보다 오히려 으스스하고 무섭기만 했다. 적막의 늪 속에서 해가 뉘엿뉘엿 지면서 더욱 더 무서워져가고 있었다. 나는 너무나 배가 고파 어느 빈 초가로 들어갔는

데, 부엌 한 구석에 가마니가 있어 열어보니 껍질을 깐 도토리가 가득히 있었다.

"아아, 됐다!"

하며 입에 넣어 씹었는데 너무나 쓰고 떫어

"이런 것을 사람들이 어떻게 먹었지?"

하며, 하는 수 없이 또 굶을 수밖에 없었다. 힘에 지쳐버린 나는 빈집 한 구석에서, 가지고 온 누비이불을 덮고 자고 있는데, 밖에서 자꾸만 이상한 소리가 들려오기 시작했다. 이런 마을에는 죽은 귀신들이 도깨비가 되어 밤이 되면 나온다고 들었는데, 말 그대로 도깨비들이 왔나? 하고 살그머니 문틈으로 내다보았다. 수많은 중공군들이 이 달밤에 총과 박격포를 메고, 이산에서 저 산으로 이동하고 있었다.

'이것 큰일났군! 죽음 앞에서 돌이킬 수 없는 몸이 되었구나. 이런 것까지 다 보았으니….'

이제 들키기만 하면 나는 총살될 것이 뻔해, 온몸에 몸서리가 나기 시작했다. 지친 나는 그래도 또 잠이 들었다. 갑자기

"슈우욱!! 쾅!!"

세상을 뒤집을 듯한 굉음이 들리더니 흙벽은 나를 때려 덮고, 문짝이며 지붕이 다 날아가, 하늘만이 훤히 보이고 있었다. UN군의 포탄이 이 집 마당에 떨어진 것이었다. 놀람과 겁에 질린 나는 삶의 위기감과 공포에 떨고 있었다. 이곳에 와, 아무도 모르는 곳에서 맞을 죽음이 그저 슬퍼지기도 했다.

'이 밤이 지나면 나는 처형장에 끌려가 죽든지 살든지 집으로 꼭 돌아가리라!'고 결심을 했다.

이제 먼동이 트고 새벽이 왔다. 양쪽 산등 숲속에서는 중공군들이 떠드는 소리가 들리기도 했다. 힘없이 일어나 먼지를 털고, 얼개 망태를 메고, 마을의 남쪽을 향해 걸어 나오고 있었다. 마을을 막 벗어나려고 하는데, 갑자기 대여섯 마리의 까치들이 날아와 머리 위에서 뱅뱅 계속 돌며

"까치! 까치!"

목청을 다해 울고 있었다. 죽은 시체를 파먹기 위한 무리렸다.

'이상하다, 이런 전쟁터에서…. 이제는 어디에선가 중공군이 총을 들고 숲속에서 튀어나와, 남쪽으로 가는 나를 죽이려고 하는 것은 아닌지?'

온몸이 오싹하며 솜털이 서기 시작했다. 겁에 질린 나는 가던 길을 멈추어 서서 눈을 크게 뜨고 주위를 살피기 시작했다. 오른쪽을 보니 작은 뽕나무밭이 있었다. 그 밑에 가 눈을 들고 위를 보니, 뽕나무 가지마다 보라색과 까만 오디들이 주렁주렁 달려 있었다. 하늘에는 비행기가 떠돌고, 땅에는 포탄이 터지고, 서로 간에 사람 더 많이 죽이려고 미쳐가는 이 마당에, 나는 빨리 이곳을 벗어나야 산다는 것도 까맣게 잊은 채 뽕나무 위로 올라가, 그 동안에 허기진 배를 오디로 허겁지겁 채우기 시작했다. 나는 오디를 얼마나 오랜 시간 따먹었는지?

오늘 아침 홀렌백 공원에서 조깅을 하다가 뽕나무 밑을 지나게 되어 눈을 들어 보니, 빨갛고 까만 오디들이 가지마다 주렁주렁 달려 있었다. 1951년 5월이 생각났다. 그리고 하나님께서 까마귀를 사용해 엘리야를 먹여 살린 기적도 생각났다. 죽느냐 사느냐 하는 그 위

험한 최일선에서 오디로 먹여 살리신 사랑의 하나님! 그리고 위대하신 하나님! 그 외에도 만나와 메추라기와, 바위 속에서 샘물을 내어 자기 백성을 살리신 그런 하나님!!

"저가 예수께서 어떠한 사람인가 하여 보고자 하되 키가 작고 사람이 많아 할 수 없어 앞으로 달려가 보기 위하여 뽕나무에 올라가니 이는 예수께서 그리로 지나가시게 됨이러라 예수께서 그 곳에 이르사 우러러보시고 이르시되 삭개오야 속히 내려오라 내가 오늘 네 집에 유하여야 하겠다 하시니 급히 내려와 즐거워하며 영접하거늘 … 예수께서 이르시되 오늘 구원이 이 집에 이르렀으니 이 사람도 아브라함의 자손임이로다"(눅 19: 3-10).

어머님의 유산(遺産)

우리는 미국에 이민 온 후 30여 년간 그리고 지금까지도 아파트에서 살고 있다. 건넛집 아파트에서는 일주일이 멀다하고 두세 번씩 오줌 싼 하얀 이불을 베란다에 걸쳐 햇빛에 말리고 있다. 옆집 희서의 집에는 네 살 난 아들과 두 살 난 딸, 그리고 젊은 부부가 살고 있다.　　나는 아침에 일어나면 시원한 공기가 그리워 창문을 열고 우리 집 베란다로 발을 옮기는 것이 그날에 첫 번째 하는 일이기도 하다. 건너편 하얀 이불에 노란색의 제주도 같은 오줌 미술품을 보고 나 혼자 빙그레 웃는다. 지금 21세기가 되었는데도 내가 여섯 살 때까지 하던 그 일에 똑같은 동창생이 있다는 것이 퍽이나 신기하고 흥미로운 일이기도 하다.

세월은 변해도 사람은 변하지 않는가보다. 그 옛날에 나같이 키를 머리에 뒤집어쓰고 이웃집에 소금을 구걸하러 가면 괜찮을는지? 밤마다 나의 앞에는 요강이 있어 오줌을 그곳에 내갈겼는데 그것이 꿈속이었으니 생리 현상일까? 자연 현상일까? 촉촉한 잠자리를 피해

다시 옆으로 눕고 새벽을 맞이했는데 누님과 어머님의 벼락이 머리 위로부터 떨어지는 것은 인과응보요 당연지사이기도 했다.

"너는 몇 살이 돼야 이불에 오줌을 안 싸게 되니?"

나의 답은 이것이었다.

"??"

우리 집은 아버님이 정미업을 하시는 고로 약 2천 평 땅에 삼성정미소와 집 그리고 텃밭과 벼 가마니를 쌓을 터 외에 100여 평의 넓은 마당이 동남향을 향해 있었다. 그래서 이웃 어린이들이 언제나 따뜻한 햇볕이 있는 우리 집 앞뜰에 와서 자치기, 벽돌 치기, 딱지치기, 구슬치기, 말 타기, 공놀이 등을 했다. 친구들과 어울려 장난기가 심한 나는 그들과 놀다 보니 자연히 한 패거리가 되어가고 있었다. 자연스럽게 좌장이 된 나는 나보다 두 살 위인 형뻘 되는 참모들과 서너 명씩 조를 짜서 헤어졌다 모였다를 반복하고 동서남북 마을로 쏘다니면서 콩서리, 자두 서리, 밀 서리, 감자서리, 심지어 오이 서리와 무서리까지 하면서 해피 깔깔 패거리가 되어 가고 있었다.

우리가 사는 동쪽으로 개천 너머 암정리가 있었는데 언제나 그쪽 패거리와 우리는 라이벌 상태였다. 그래서 나는 우리 패거리(풀뿌리 패거리)에게 하나로 강하게 단합시키고 용기 있는 담력을 키워주고 싶었다. 참모 회의를 열고 암정리 패거리와 싸움을 하자고 제안했다.

우리 팀은 변함없는 의리와 용기가 있었다. 일요일 정오쯤 다리 위에서 격투하기로 하고 나보다 두 살 더 먹은 덩치 크고 힘깨나 쓰는 강진구와 이승원을 앞세우기로 했다. 이승원에게는 쓰바 (칼 손잡이 앞에 꼽는 둥글고 딱딱한 쇠가죽)에다 붕대를 감은 후 손에 쥐게 하고 강진구에게는 W자형의 쇠붙이를 발바닥에 단단히 매어 주었다. 나의 물귀신 작전이었다.

격투에서 접전이 시작되었다. 티격태격 하더니 강진구가 적의 넓적다리를 힘차게 걷어차니 상대는 S자형으로 몸을 비틀면서 '팍!' 쓰러지고 말았다. 남은 한 명이 그 모습을 보더니 겁이 났던지 뒤를 보며 도망치고 말았다. 우리들은 "반사이!, 반사이!(만세! 만세!)"를 외쳐댔다. 모두 다 집으로 데리고 와 팔뚝 굵기로 토막 낸 칡뿌리 한 개씩과 겻불에 구운 감자 한 개씩을 하사했다. 두 장군에겐 하나씩 더 주었다. 그 후부터 싸웠다 하면 우리 팀이 언제나 승리했다.

요번에는 감봉리 산 중턱에 있는 참외밭에 가서 참외 서리를 하기로 결정을 보았다. 잘 익은 참외는 주인이 다 따갔는지 덜 익은 참외밖에 없었다. 꿩 대신 닭이라 옥수수를 따다가 돌과 돌 사이에 수북이 쌓아놓고 그 위에 마른 솔잎과 가랑잎을 얹은 후 불을 질렀다. 아뿔싸! 불은 삽시간에 산불로 번지기 시작했다. 나는 웃통을 벗어 불길이 가는 곳마다 때려눕히기 시작했다. 모두 다 웃통을 벗어 불길 가는 곳마다 때리기 시작했다.

몇 분 후에 산불은 다 꺼졌으나 의복마다 까맣게 구멍이 났고 옷은 걸레 조각같이 되어 있었다. 이웃 부모님들이 집에 찾아와 항의했음은 물론이었다. 어머님은 오늘은 또 무슨 짓을 했느냐고 하며 매를 들었다. 나는 무릎을 꿇고 두 손으로 잘못했다고 싹싹 빌면 매는 그것으로 끝이 났다.

이제 초등학교 4학년이 되면서 8 · 15 해방을 맞이했다. 표범이 자기의 얼룩진 피부를 바꿀 수 없음 같이 나도 좌장을 버릴 수가 없었다. 해방이 되어 강원도 도소재지인 철원에서 '8 · 15 해방 기념 전시회'가 열리고 있었다. 참모 회의를 열어 볼 것, 놀 것 많다는 그곳에 가기로 합의 결정했다. 나는 3명씩 4개의 조를 짜서 김화 전철역 전후좌우에서 철원 가는 전철을 몰래 타기로 약속했다. 그리고 김화역에서 막차 시간표를 수첩에 적어 놓았다. 철원 역에서 내려 모두가 참으로 신기하고 재미있는 놀이와 구경을 마음껏 즐기고 놀았다. 수첩에 적어 놓은 막차 시간에 맞추어 나는 모두 다 데리고 철원 역에 갔으나 역원이 말하기를 막차는 벌써 떠났다는 것이었다.

큰일 났다. 대원들의 저녁은커녕 돈도 한 푼 없는데 어디서 잔다는 말인가? 나도 모르게 오오! 하나님 하면서 눈물이 날 지경이었다. 내가 수첩에 적어 놓은 시간은 김화역에서 떠나는 막차 시간표였다. 나를 믿고 따라온 그들에게 너무나 고맙기도 하고 부끄럽기도 했다.

이튿날 아침 꼬마들이 불쌍한지 역원이 공짜로 차를 태워 김화역까지 보내주시었다. 우리 집은 벌집 쑤셔 놓은 듯 공기는 험악했고 이웃집 아낙네들의 항의 때문에 어머님은 몸 둘 바를 몰랐다고 전해 들었다. 항상 문지방 위에 놓인 세 개의 싸리 채찍이 그날도 빠짐없이 톡톡히 자기 의무와 권리를 행사하였음은 두말 할 나위가 없다.

해방 8월 15일 이후, 10월이 되면서 소련 군인들이 따발총과 아시바 총을 메고 트럭을 타고 몰려오기 시작했다. 그들은 공장마다 들어가 각종 기계들을 다 뜯어 가고, 심지어 전봇대에 올라가 변압기까지 떼어가고 있었다. 공산당 패거리들은 팔뚝에 붉은 완장을 차고 독버섯 같이 이곳저곳에서 무섭게 번지고 있었다. 내무소, 정치보위부, 수리조합, 그리고 번듯한 빌딩 앞에는 김일성과 스탈린 사진을 붙여

놓고 백성들에겐 강압적인 전제 정치를 하기 시작했다. 주민들과 학생들은 매일같이 이승만, 김구 타도를 외치며 데모대에 강제로 동원되기도 했다.

이제 나는 중학생이 되었다. 레닌, 스탈린, 김일성 사진을 제대로 잘 그려 학교에서 벽보 주필이 되면서 두각을 나타내기 시작했다. 가슴과 팔뚝에 붉은 줄이 3개가 그려진 딱지를 붙이고 학생들 중 누구라도 나에게 거치적거리면 큰 코 다칠 만큼 위세가 등등했다. 아침마다 모든 학생들은 우리 집 마당에 모여 줄을 서서 내가 인도하는 대로 학교에 가야만 했다.

그런데 학교에서는 토요일마다 자아비판 시간이 있었다. 살생부(블랙리스트)에 내 이름이 적혀 있다는 것을 나는 꿈에도 생각해 본 적이 없었다. 양씨 성을 가진, 혼자 대구에서 도망 온 20세가 조금 넘은 공산당원 교감이 있었는데 교실 뒷좌석에 앉아 다리를 꼬고 팔짱을 끼고 있다가 눈을 부라리며

"이 동무! 나와서 자아비판 하시오!"

하는 것이었다. 나는 단 위에 올라가 지난주 청소 도구를 만들어 오지 않은 것에 대하여 자아비판을 했다.

"이 동무! 그것이 아니요! 지난주 밤에 어머니하고 교회에 가지 않았소! 그것에 대한 자아비판이요!"

나는 갑자기 고압선에 감전된 듯 온 몸이 오싹했다.(금요일 밤이었는데 누가 그것을 보고 찔러 고자질을 했을까? 더러운 놈 같으니…)

집에 와 어머님에게 자초지종을 말했더니 어머님은 눈을 지그시 감으시더니 말씀하셨다.

"그래, 앞으로 너희들은 교회에 따라오지 마라. 그 대신 저녁에 집에서 가정 예배를 드릴 터이니 빠지면 안 된다."

어머님이 매일 새벽마다 부뚜막 아궁이에 불을 지펴 놓고 그 앞에 앉아 경건한 마음으로 기도하는 모습을 나는 종종 보았다. 어머님은 아브라함과 이삭, 노아, 모세, 그리고 예수님에 대하여 많은 이야기를 들려주셨다.

그리고

"너희들은 커서 무엇이 되고 싶으냐?"

종종 묻기도 하셨다. 나는 할아버지가 한의사이시니까 나도 커서 예수님같이 불쌍하고 병든 사람들을 치료하는 의사가 되고 싶다고 말하니 어머님은 만족한 듯 안면에 미소를 띠면서

"그래, 내가 속치마(비단치마)를 팔아서라도 너를 의학 공부 시킬게."라고 대답하셨다. 그리고 "너희들은 꼭 아침저녁 예배를 드리는 집에 장가를 보낼 거다."

라고도 말씀하시었다. 그런데 원산 의학 전문학교에 가려면 첫째 출신성분이 좋아야 했고, 둘째 학업성적과 볼세비키 공산당사 교과목이 90점 이상이 되어야 추천서를 받을 수 있었다. 이제 나는 풀뿌리 패거리 장난을 깨끗이 접고 열심히 공부해야만 했다. 밤이 깊도록 수학과 화학 그리고 물리학을 열심히 공부하며 양 교감이 보라는 듯 공산당사도 열심히 외우기 시작했다.

무더운 여름 원산에서 말라리아에 걸려 그 쓰디쓴 경계랍 약을 먹으며 응시장에 들어갔다. 이튿날 합격자의 번호와 이름이 적힌 종이가 벽에 걸리기 시작했다. 나는 호주머니에서 번호표를 꺼내어 들고 두세

번씩 번갈아보며 합격자, 나의 이름을 찾아냈다. 5대1의 관문이었다.

제일 먼저 뛰어간 곳은 우체국이었다. "이재춘 원의전 합격 어머님"이라고 11자에 맞추어 전보를 쳤다. 그동안 그렇게도 많이 어머님 속을 썩인 나는 어머님의 은혜를 조금이나마 갚은 듯 가슴 후련해 나도 모르게 눈에 눈물이 고이고 있었다. 그 다음에 간 곳은 자장면을 파는 중국집이었다.

8·15 이후, 많은 기술자들과 지식인들이 38선 이남으로 이주하였으므로 이북에는 인재 고갈 상태이기도 했고, 모든 생필품들이 낙후된 상태이기도 했다. 그래서 원의전에도 시체를 보관할 만한 냉장고도 없었고 시체 해부를 할 때도 제대로 된 장갑마저도 충분하지 못하였다. 그러므로 겨울이 다가오는 11월 중순부터 이듬해 3월 중순까지 시체를 해부 해야만 했다. 우리는 그동안 11구의 시체를 해부했다.

어느 날 해부학 윤 교수님이 40세 정도의 여인의 시체에서 검고 긴 머리카락을 뒤로 휙! 제치고는 그녀의 이마를 스테인리스 톱으로 쓱싹 좌우로 자르는데 여인의 머리가 흔들흔들 할 때는 산 사람의 머리를 자르는 것 같아 나는 온몸에 소름이 끼치기도 했다. 요번에는 하얀 뇌를 꺼내어 손바닥에 놓더니 예리한 칼로 토막토막 두부 썰듯이 하고는 하나하나씩 제쳐가며 색깔을 보고 이 여인은 석탄 가스로 인해 사망했다고 설명하기도 했다. 그녀의 위를 칼로 자르고 그 내용물을 목이 긴 스테인리스 국자로 퍼 올릴 때에는 내 속에서 구역질이나 토할 것만 같기도 했다.

해부가 끝난 시체들은 학교 뒤뜰에 묻었다가 봄이 되면 반 드럼통에 넣고 삶아 뼈만 추려서 해골을 붉은 통에 넣고 골 표본을 만들어 시간마다 맨 손으로 집어 들고 공부를 했다. 뼈에서 나오는 누런 기름 때문에 손이 끈적끈적함은 물론 일주일이 지나도록 비누로 씻어도 그 야릇한 냄새 때문에 밥을 먹을 수가 없어 큰 곤욕을 치르기도 했다. 뼈의 오목한 곳은 핏줄의 동맥이 지나간 곳이고, 오들 도들 돌기가 있는 곳은 인대가 붙었던 자리고, 구멍이 있는 곳은 신경줄이 지나간 곳이고… 한 덩어리 뼛조각에 있는 그 많은 이름을 라틴어와 한문으로 외어야만 했다. 시간마다 퀴즈 시험으로 인해 아침이면 세숫대야의 물이 모세가 저주한 핏물 같이 벌겋게 물들어 있곤 했다.

요번에는 건강한 30대 정도의 남자 장정의 시체였다. 나는 가슴의 늑골을 자르고 헤쳐 심장을 꺼내들었다. 심장을 갈라 좌심실과 우심방을 열었는데 그 안에 애기 손가락만한 근육 기둥이 있었고 그 끝에 나일론 실 같은 것이 있었다. 실 끝에 얇은 판막이가 붙어 있어 피가 역류 되지 않도록 작용하고 있었다. 그 애기 손가락 같은 근육 기둥이 밤낮을 쉬지 않고 80년 내지 백년을 우리 몸 안에서 오므렸다 이완 되었다 하면서 새로운 피를 우리들의 온 몸으로 보내는 작용을 하고 있는 것이었다.

"내가 주께 감사하옴은 나를 지으심이 신묘막측(神妙莫測) 함이라"(시 139:14)고 과정 공부시간에 가르치신 어머님의 말씀이 생각이 났다. 그리고 언제나 어머님께서

"너희들은 꼭 아침저녁 예배를 드리는 가정집에 장가를 보내겠다."고 하신 말씀도 생각이 났다.

오늘날 인공지능과 맞먹는 AI나 로봇이 따뜻하고 사랑이 지극하신 어머님의 은혜를 대신할 수가 있을까? 지금 우리 삼형제는 모두 다

돈독한 SDA 여인들과 결혼하여 행복한 가정을 꾸리고 있고, 나는 세 딸과 손자 넷, 손녀 둘을 거느리고 주님의 은혜 아래 건강하고 행복한 삶을 영위하고 있다. "높고 높은 하늘이라 말들 하지만 나는 나는 더 높은 것 또 하나 있"으니 그것은 어머님께서 나에게 물려주신 예수님의 사랑의 유산(遺産)임을 잊을 수가 없다.

“내가 주께 감사하옴은

나를 지으심이

신묘막측(神妙莫測) 함이라” (시 139:14)

미국 이민생활과
간병기

정든 고향 떠나 이역만리

할리우드 장로병원에서 일하는 나는 30여 분을 달려, 집사람이 일하는 병원에 온다. 임산부나 부인병 환자는 저녁 다섯 시가 지나야 그들의 업무가 끝나므로, 그 후에야 예약을 하고 병원에 찾아오게 되어 있었다. 그러므로 집사람은 언제나 6시나 7시가 되어야 손을 털고 일을 끝내게 될 수밖에 없었다. 그 때쯤 되면 5번 프리웨이는 항상 커다란 주차장이 되게 마련이었고, 한 시간여 달려 집에 오면 저녁은 8시나 9시쯤 되어야 먹게 되었다. 그러므로 생리적 현상으로 일어나는 저혈당인 나는 정서적으로 불안정해, 항상 차안에서 집사람과 짜증스러운 말만 오고 갔고, 유쾌한 대화의 날이라곤 별로 없었다. 그런데 오늘 따라 집사람은 명랑하고 애정 깊은 대화로 그 지루한 시간을 소화시키고 있었다.

프리웨이를 벗어나 곁길을 지나자마자 집사람은 조용하고 무게 있는 어조로, 마치 죽음을 앞에 둔 사람이 무슨 유언이나 남기려 하듯 심각한 표정으로 돌변했다. 말인즉

"단골로 오는 산부인과 환자 한 분이 귀 병원에서 유방암 엑스레이(X-Ray) 진찰을 받고 싶은데, 자기 이름으로 예약을 좀 해달라는 부탁을 받고 예약을 해주었는데, 그분이 오늘 따라 갑작스런 일로 오지 못한다고 하여 대신 유방암 X-Ray를 촬영해보았는데, 놀랍게도 유방암에 걸려 있다는 진단을 받았다."
는 것이었다.

아닌 밤중에 홍두깨 같은 소리였다. 나는 그 말이 무슨 말인지 도무지 믿을 수가 없었다. 아니 정말로 믿고 싶지도 않았다. 고향 떠나 이역만리, 땅 설고 낯설고 풍습과 언어마저 통하지 않는 미국에 와, 자식들을 데리고 살아보려고 그토록 자존심을 밑바닥에 깔아뭉갠 채, 온갖 육체적 고통과 쓰라린 가슴을 쓸어안으며 외로운 싸움으로 살아왔는데, 원자탄보다 더 두렵고 무서운 암에 걸리다니? 아아, 주님! 아직도 세 병아리들이 사시나무 가시 둥지에 몸을 웅크린 채 제자리도 못 잡았는데, 우리를 이렇게 만드시다니? 지축을 가를듯한 폭풍 전야에 검은 구름은 휘몰아쳐오고, 하늘은 나의 영혼을 갈기갈기 찢어낼 듯 정말 미칠 것만 같게 했다.

중고차 혼다 어코드를 주차한 후, 차 안과 밖의 불을 다 끄고, 집사람이 옆에 있는 것도 마다한 채, 나는 흐느껴 울기 시작했다. 우리가 그토록 바라던 꿈의 나라 미국, 전쟁이 없고 자유와 꿈과 희망과 행복이 가득한 풍요로운 나라 미국, 자녀들이 활기차게 마음껏 뛰놀고 가슴 펴 웃을 일만 있을 것 같았던 미국, 그토록 우리는 행복의 꿈과 평화의 꿈, 그리고 희망의 꿈을 가득 안고 고국을 떠나 이역만리 이곳에 왔는데, 나와 아이들은 미국에 간다고 행복의 꿈을 꾸듯 마음도 뛰고 가슴도 뛰었던 그런 나라, 이웃들도 모두가 부러워 "위하여!"를 외치며 고급 레스토랑에서 송별회를 열어 주었던 이 나라, 하나님은 어이해 이토록 큰 시험과 고통을 나에게 주는 것일까? 나는 토해내듯 오열하며 엉엉 또 엉엉 울기 시작했다.

6 · 25 때 B29의 폭격과 기관총알이 비오듯 쏟아져 죽음과 삶이 코앞에 놓여 있을 때도 나는 이렇게는 울지 않았다. 사랑하는 어머님과 여동생이 죽어, 가마니에 둘둘 말아, 언 땅을 헤치며 땅속에 묻을 때도 나는 이렇게는 울지 않았다. 인민군에 쫓겨 흙벽 하나 사이에 둔 변소 뒷간에 숨어 참새마냥 가슴 두근거리고, 사시나무 떨 듯 무릎이 부딪쳤을 때도 나는 이렇게는 울지 않았다. 인민군 패잔병들이 집에 들이닥쳐 죽이려 할 때, 공포로 가득한 눈동자 이리저리 굴려가며 의복장 안에 들어가 숨이 막혀가는 때도 나는 이렇게는 울지 않았다. 폭격으로 집이 무너져 온몸을 덮치고 한참 후에 깨어나, 옆에 있던 동생이 날아간 것을 안 후에도 나는 이렇게는 울지 않았다. 어머님 돌아가신 후 일인분 묽은 죽에, 들에 나가 길가의 길짱구 뜯어 오인분 죽을 만들 때도 나는 이렇게는 울지 않았다. 방공호에 쌀 한 톨 없고 콩알 반쪽 없는 6 · 25의 벼랑끝 생활 속에서도 나는 이렇게는 울지 않았다. 영양부족으로 방공호 속에서 여동생이 죽어 누워 있는데, 눈과 입, 코와 귀에 쉬파리의 쉬가 노랗게 슬어 있어, 그것을 꼬챙이로 파내면서도 나는 이렇게는 울지 않았다. 민간인으로서 UN 군에게 포로로 잡혀 모진 심문을 받고, 철조망 안 그 넓은 들에서 신문지 한 장 덮지 못한 채 떨며 잘 때에도 나는 이렇게는 울어본 적이 없었다. 부모 잃고 실향도 슬픈데, 12월의 칼바람 부는 매서운

추위, 서울의 길가에서도 나는 이렇게는 울지 않았다.

서울위생병원, 밤마다 환자의 오줌 똥 받아내며, 학교에 와 졸기만 한다고 교무실에 불려가 교감에게 꾸중을 듣던 때도 나는 이렇게는 울지 않았다. 파란 국군복에 까만 물감 들인 교복을 입고 덕수궁 골목길을 비바람 맞으며 말없이 길을 걸을 때도, 나는 이렇게는 울지 않았다. 코와 귀가 떨어져 나갈듯한 겨울날 남산에 올라가, 오늘밤은 또 어디에 가서 잘까 하는 피눈물 나는 괴로움 속에서도 나는 오늘과 같이 이렇게는 울지 않았다. 이북에서 피난 온 외로운 고학생, 회사에서 퇴출당할 때에도 나는 이렇게는 울지 않았다. 대학에 입학하고 등록금 없어 애타게 구걸할 때도 나는 이렇게는 울지 않았다.

미국에 이민 와 세 자녀의 아비로서 이민자의 집 없는 슬픔 속에서도, 나는 이렇게는 울지 않았다. 뼈가 쪼개지듯, 가슴 찢어지듯, 목에 피가 맺히듯, 나는 목 놓아 계속 울었다. 아내의 목숨이 더 이상 붙어 있느냐? 아니면 죽느냐? 의 갈림길에서 이 이민의 슬픔이 가져다주는 저주의 손길을 대하고 칠흑같이 변한 내 속 마음을 저 하늘은 아랑곳하지 않고 진정 외면하는 것일까? 그렇다고 이 쓰레기 같은 나의 인생을 그냥 감내하기에는 너무나 슬픈 이야기들 … , 목 놓아 울고 있는 나에게, 집사람은 오히려 아무 말 없이 꼭 껴안고 위로하고 있었다. 나는 울 때마다 우는 만큼 강해지고 싶었다.

세 딸들은 숙제를 하고 있는 것인지? TV를 보고 있는 것인지? 집 밖은 그저 조용하고 캄캄하기만 했다. 나는 흐르는 눈물을 닦고 아무 일 없었던 듯이 벨을 눌러 집안에 들어섰다. 침대에 누웠으나 미국에 이민 온 꿈은 산산이 허공중에서 부서지고, 손발은 차디차게 얼어,

솜털이 무섭게 일기 시작했다. 말없이 침대에 누워 수 시간을 보낸 후

"고향 떠나 이역만리 미국에 와서 울지 않은 사람 있으면 나와 보라."

는 어른들의 말씀이 조용히 내 귓전에 울리기 시작했다.

이튿날, 나는 아내의 유방암이 도무지 믿기지 않아 내가 일하는 할리우드 장로병원에 가 재진을 의뢰했다. 10분, 20분이 왜 그리도 긴지? 입술은 자꾸 타 들어오고, 애간장은 말라 정말 미칠 것만 같은 심정으로, 머리를 땅에 박고 숨을 죽여 기다리고 있었다. 잠시 후 X-Ray 여기사가 빨간 카네이션 두 송이를 들고 나와 하나는 아내에게, 하나는 나에게 안겨주며

"유방암이 틀림없습니다. 아주 초기에 발견하게 되었으니 희망을 갖고 용기를 잃지 마세요."

하고는 뒤돌아섰다. 나는 가느다란 희망마저 꺾인 채 또 한 번 눈앞이 캄캄해졌다.

그 후 이 병원에서 수술하기로 하고 날짜를 잡았다. 주치의 Dr. Su는 사무실로 찾아와 백지에 그림을 그려가며 어느 부위를 어느 정도 수술해야 재발을 막을 것인지 설명해 주며, 나를 안심시키려고 열과 성을 다했다. 이제 어찌하랴? 모든 것을 의사와 하나님에게 맡길 수밖에 없지 않겠는가? 수술은 잘 되었고, 아내는 삼 일 후에 퇴원했다. 어머니가 아픈 중에도 맏딸은 병원에서, 둘째는 델타 항공사에서, 셋째는 가정교사로 수고하며 모두가 다 대학을 졸업했다. 그 후 2년 만에 세 딸을 다 시집보내고, 우리는 보다 홀가분한 상황에서

경제적으로도 여유가 생기기 시작했다.

그 옛날 나의 꿈은, 어른이 되면 의사가 되어 주말이면 가족과 함께 자동차로 여기저기 관광을 다니면서 보다 새로운 것 느끼고 배우며, 그림도 그려보고, 글도 마음껏 써보는 것이었다. 이제 집사람은 정신적으로나 육체적으로 건강해졌기에, 오랜 꿈을 펼쳐 보기로 작심했다. 지난날 미국 이민 생활에서의 역겨웠던 괴로움 다 접어버리고, 이제는 연휴 때나 휴가 때가 되면 으레 관광 지도를 펴 갈 곳을 찾아 정하며, 그 옛날 어릴 적 소풍 가기 전날의 흥분된 마음 그대로 들떠 있기도 했다.

이제 따뜻한 두 손 마주 잡고, 우리는 캘리포니아 주를 중심으로 네바다, 애리조나, 유타, 콜로라도, 와이오밍, 뉴멕시코, 워싱턴 DC, 나이아가라, 캐나다, 멕시코, 일본, 중국, 영국, 프랑스, 스위스, 이탈리아, 심지어 북한까지 유명하다는 곳은 어디든지 찾아다녔다. 이 얼마나 자유롭고 복된 나라에서의 축복과 행운의 연속이었던가. 미국! 이제 미국이라 하면 이민의 슬픔은 깡그리 사라지고 제2의 조국이 되었다. 내 몸 백골이 진토 되어 이 땅에 묻을진대, 이 땅에서의 의무와 책임, 그리고 사랑과 충성을 다하고만 싶어진다.

이북에서 밤마다 숨어 예배드리고 소리 죽여 찬미 부르던 공포를 지나 이 얼마나 우리들의 자유로운 신앙을 함양할 수 있는 그런 나라인지, 그저 하나님으로부터 받은 축복에 대해 감사할 뿐, 그 고마움을 다 표현할 길 없다. 내 눈의 눈물 씻겨주신 그 이름 복된 예수! 날 구원해주신 그 이름 복된 예수! 아아, 감사합니다. 나의 주여!

아빠야? 엄마 바꿔!

내 일생 잊으려야 잊을 수 없는 2010년 12월 29일 오후 3시, LA의 7가와 매그놀리아에서 아내와 친구가 타고 가던 차는 대형 교통사고를 일으켜, 운전하던 친구는 배가 터져 USC 병원 응급실로 운송되자마자 세상을 떠났다. 옆 좌석에 같이 타고 가던 아내는 안전벨트가 뱃속으로 파고들어가 창자가 끊어지고, 간이 파열되었으며, 팔다리가 부러지다 못해 수십 조각으로 부서졌다. 의사들은

"수술하다 남의 피를 70병 정도 수혈하다 보면 보통 다 사망하는데, 신금녀 씨는 100병을 맞고도 기적같이 살아났다."

라며 혀를 내둘렀다.

'발 없는 말이 천 리 간다.'

더니, 그 끔찍한 교통사고 소식은 사람들의 입과 입을 통해 회자되어, 이틀도 안 되어 수만 리 떨어진 한국에서까지 상황을 물어왔다.

아내는 눈을 감은 채 온몸에는 플라스틱 튜브가 13개나 꽂혀 있었다. 코로도 입으로도 숨을 쉴 수가 없어 가냘픈 목에 새끼손가락이

들어갈 만큼 구멍을 뚫고서야 겨우 하늘의 생기를 공급받을 수가 있었다. 양쪽 다리에는 여러 개의 쇠꼬챙이를 박아 서로 줄로 연결되어, 하체는 도무지 요지부동 상태였고, 그러다 보니 욕창이 생겨, 엉덩이에서는 진물이 나기 시작했다. 게다가 허파에서 생기는 노폐물과 가래는 1,2분도 지나지 않아 계속 목구멍을 막는고로, 숨이 막히는 소리를 내며 마치 간질환자같이 온몸을 떨었다. 간호사가 언제나 곁에 있는 것도 아니었기에, 세 딸은 집안일은 다 제쳐놓고 매일같이 번갈아가며 엄마 곁에서 목구멍의 가래를 걸러내었다. 그 후 아내는 긴 호흡을 내쉬며 편안한 모습으로 변해가고 있었다.

오늘은 벌써 6번째 큰 수술을 위해 수술실로 들어가는 날이었다. 아내의 배에는 근육이란 하나도 없어서, 때문에 내장이 자꾸만 빠져나와서 거기에다 인공 피부를 씌웠는데, 2주 이상 지나면 썩는 고로 환자의 허벅지에서 피부를 떼어내어 창자를 덮어씌워야 하는 큰 수술이었다. 그 동안 쓰리고 아픈 고개를 넘고 넘었는데, 오, 하나님! 아직도 몇 개를 더 넘어야 하는지?

나는 입에 거품을 물고 싶도록 하늘이 원망스럽기만 했다. 한없이 어지러운 몸과 천근같은 발걸음을 이끌고 매일같이 중환자실로 출퇴근하며, 가시덩굴 속에 내 몸이 끼어 있는 듯, 마냥 쑤시고 아파 오기만 했다. 이렇게 하늘마저 까맣게 무너지고 입술이 다 타들어 가는데, 신은 자비나 동정의 눈물 한 방울 없이 그렇게도 잔인하게, 맷돌보다 더 큰 납덩이를 내 어깨 위에 올려놓은 것인지?

환자를 볼 때마다 측은하고 가엾고 불쌍하기 짝이 없었다. 의사의 말로는 98%는 죽음, 50%는 정신박약자가 될 거라는데 …. 그 말이

자꾸 환청이 되어
"여보, 나나 당신이나 과연 그런 모습으로 어떻게 살아갈 수가 있단 말이오? 당신도 매일의 기도가 '하나님, 왜 나를 데려가지 않습니까?'라고 했듯이 우리 모두 끝장냅시다!"
라고 중얼거리기도 했다.

오늘도 세 딸들은 엄마 곁에 앉아
"엄마! 엄마 이름 뭐야?"
"아빠 이름 뭐야?"
"딸들의 이름을 대봐?"
"손자들의 이름은 뭐야?"

계속 질문을 던지고 있었다. 딸들은 모두가 두 자녀들을 몸소 길러보더니, 더욱더 엄마의 사랑이 얼마나 높고 큰 것인지 그 참 뜻을 느끼는 것 같았다.

벌써 몇 달째인가? 오늘도 내 눈꺼풀은 자동으로 열리고, 햇살이 동공 속으로 파고들어왔다. 이제 해가 뜨고 해가 짐이 정말로 나는 지겹도록 싫기만 했다. 내 몸 이렇게 불타고 있어 연기로 가슴은 질식되어 가고, 그 불꽃으로 염통이 타들어 가는데 ….

그렇게도 애틋하게 나를 이끌어주고 위해주시는 나성중앙교회 여성선교회원들, 그리고 교우님들, 생각하면 할수록 그렇게도 착한 사람들을 어찌 꿈엔들 잊을 수가 있을 것인가. 그대들의 따뜻한 손으로 일일이 내 손에 $100, $200, $300 … 쥐어주신 어머님들, 누님들. 정말로 내 한평생 그들의 이름을 되새기며 꼭 기억하리라!

그래서 교회는 하늘보다 높고 바다보다 깊은 어머님 같은 품이었고, 예수님은 우리들을 한울 속에서 서로 사랑하는 형제들로 만들어 가고 계시나보다.

98%의 죽음, 50%의 정신박약이라는 의사의 진단 속에서도 아내는 기적같이 살아났다. 기적이란? 하나님 안에서만이 일어날 수 있는 특권이자 자비요 권능이었다. 하나님께서 살아 계심을 입증하는 것임을 나는 마음속으로 깊이 깨닫게 되었다.

아직도 아내의 배 위에는 세 개의 똥자루가 달려 있고, 발에는 양쪽에 보조대가 버티고 있는데, 매일같이 USC병원으로 많은 응급환자가 오기 때문에, 아내는 중환자실에서 하우톤(Hawthone)에 있는 캄튼 양로병원으로 쫓겨나갈 수밖에 없는 신세가 되고 말았다. 그곳의 90%가 흑인 환자에 흑인 간호사들이었다. 아직도 간에서는 진한 갈색의 액체가 계속 호스를 타고 흘러나오고, 대소변을 침대 위에서 해야만 했기에 누구 하나 따뜻이 맞이하여 주는 사람이 없었다. 게다가 배에 뚫어놓은 세 개의 구멍에서 스며 나오는 오물 냄새 때문에, 어느 누구도 방에 들어오는 것을 꺼려했다. 몸 하나 제대로 움직일 수 없기에, 대변을 보고 항문을 닦아 달라고 주문하면

"그것은 네가 스스로 할 일이지!"

하며 변기를 "쾅!" 방바닥에 던지기 일쑤였다. 사람들은 다른 양로원으로 옮기라고 권했지만 그것은 우리와 같은 프롤레타리아들에겐 그림의 떡이었기에 가슴이 무척 아프기만 했다. 말할 수 없는 멸시와 수모를 겪으면서 얼마나 많이, 아내는 울면서 스위트 홈을 그리워했던 것일까.

2011년 12월 8일 오전 11시, 두 딸의 도움을 받으며, 집을 나간

지 꼭 일 년 만에 아내는 집으로 돌아왔다. 나는 현관문을 박차고 나가 차에서 내려오는 아내의 손을 잡고, 가슴속에서 흘러나오는 눈물로 여과 없이 눈시울을 적시고 말았다. 아내는

"남자가 울기는 왜 울어?"

하며 중얼거리고 있었지만, 나는 그 동안 마음속 깊이 쌓였던 만 가지 앙금이 한 순간에 날아간 듯 기쁘기만 했다. 안식일 오후에는 세 딸과 세 사위, 그리고 여섯 손자녀들이 집에 다 모여, 상다리가 부러져라하고 큰 잔치를 열었다. 만면에는 보름달 같은 미소가 환하게 비치고, 서로 지난날들의 이야기로 꽃을 피웠다. 벽에는

"사랑하는 우리 할머니 웰컴 홈!!"

이라고 써붙여 있었고, 예쁜 꽃들과 화분도 놓여 있었다. 늦은 밤 모두가 돌아간 후, 캠핑장의 모닥불이 까맣게 꺼지고 재가 된 듯, 고적함과 쓸쓸함이 집안 구석구석에서 흘러나기 시작했다.

이제부터 공은 내게로 넘어왔다. 나는 환자의 모든 일거수일투족을 도와야 했고, 고통으로부터 편안하게 돌봐야만 했다. 의사의 처방에 따라, 가장 중요한 아내의 변비를 예방하는 것부터 시작해, 매끼마다 주스와 메타뮤실, 오렌지 주스, 그리고 말린 자두, 게다가 일생동안 복용해야 하는 갑상선 약부터 각종 휴지, 물, 대소변, 잠자리까지 서브하는 일이 시작되었다.

똑같은 수발이라도 건강한 사람의 수발과 환자의 수발은 하늘과 땅 차이이기도 했다. 남편으로서, 간호사로서, 식모와 파출부의 일까지 해야만 했다. 아내는 입원한 후부터 입맛도 달라지고 식성도 까다로워져, 요리 솜씨 없는 내가 어떻게 그것을 맞추고 영양을 공급

해야 할지 걱정이 되기도 했다. 하루가 지나면 또 내일의 일이 걱정되어, 날이 갈수록 스트레스가 쌓이기 시작했다. 걷기운동과 목욕, 빨래, 집안 청소, 배큠, 설거지, 그리고 시장도 봐와야 했다. 아직도 배 위의 세 곳에서는 말할 수 없이 역한 회저 냄새와 대변 냄새로 온 집안을 도배하여, 귀신도 코를 쥐고 달아날 정도이기도 했다. 아내가 참으로 가엾고 측은하고 안쓰러웠지만

"긴 병(病)에 효자 없다."

했듯이, 날이 갈수록 나도 한계를 느껴 닭살이 돋기 시작했다. 부부간에도 공통분모를 만들어 산다는 것이 그렇게 쉽지만은 않아, 서로 가시 돋친 말도 오고 가기 시작했다.

세상 남편들이 세 가지 타입이 있어 그 첫째는 애처가요, 둘째는 기처가요, 셋째는 경처가라고 하였다. 나는

"땡! 땡!"

종소리만 나면 놀라 달려가고,

"여보"

라고 부르기만 해도 24시간이 모자라게 몸이 오싹해져 달려가다 보니, 집안의 왕자였던 내가 이제는 경처가로 변하고 말았다.

그런데 업보 같은 이 와중에서도 나는 아주 큰 진리를 하나 발견하게 되었다. 문을 열고 집에 들어서는 딸들은

"엄마!"

부터 찾았고, 엄마 곁 소파에 앉아 오래 된 친구를 만난 듯 반말을 섞어가며 서로 웃고 떠들썩하게 두세 시간을 보내고 있었다. 역시 나는 개밥에 도토리가 되어, 내 방에 들어가 신문을 보든지 낮잠을

청하기도 했다. 볼품없는 옥수수수염이 그렇게도 옥수수 알을 영글게 했건만, 하루 두세 번씩 걸려오는 전화도 언제나

"아빠야? 엄마 바꿔!"였다. 그리고는 3,40분을 끄떡없이 웃고 떠들며 노닥거리고 있었다.

'세상의 엄마와 딸들!'

이 땅위의 남정네들이나 혹은 목사님이나 장로님들이라도 부인하고 사별하거나 이혼하면, 남자들은 남남이 될 수도 있지만 엄마와 딸들 사이에는 절대로 그렇지가 않다. 자녀들과 엄마 사이에는 인간으로서 도저히 끊으려야 끊을 수 없는 사랑의 힘이 그들의 피 속에서 따뜻한 DNA로 흐르고 있는 것 같다. 그래서 그들에게는 '엄마!'라고 부를 수 있는 실체가 꼭 있어야만 하고, 그것이 그들의 꿈이요 희망이요 삶의 행복이기도 했다. 언제나 그들의 마음속에 '엄마'가 내재하고 있을 때만이 마르지 않는 평안의 강이 흐르고 있었다. 어머니의 그 위대한 사랑은 참으로 크고도 높았다. 그것은 거역할 수 없는 천륜이요, 참된 인간의 도리이기도 했다. 그래서 세상의 '엄마'들은 진정으로 자녀들에겐 '지상의 하나님'이 됨을 나는 그제야 깊이 깨닫게 되었다.

내 영혼 쓰러질 때 버팀목 사랑

USC병원 중환자실에서, 사랑하는 아내는 벌써 석 달째 혼수상태, 시속 80마일보다 더 무서운 속도로 달리다 시멘트벽에 충돌!! 그 충격으로 곤두박질친 혼다 승용차의 운전자는 세상을 달리 했고, 아내는 발목부터 무릎뼈가 부서지다 못해 으스러져 여덟 개의 쇠줄로 서로 연결되어 있었다. 터지고 찢어진 배 위에는 플라스틱 호스가 열세 개나 걸려 있었고, 말할 수 없는 아픔과 고통 속에서 아내는 가엾사리 죽어가는 하나의 나무토막 그대로이기도 했다. 아직도 뜨지 못한 눈, 호흡도 제대로 가누지 못해, 사슴같이 가느다란 목에 구멍을 뚫고서야 겨우 숨을 쉬기 시작했다.

매일같이 아픈 사람을 병상 위에 두고 뒤돌아서 떠나는 나와 세 딸들은 그저 눈물겹도록 가슴은 쓰리고, 터지도록 아프기만 했으니, 그 누가 이 마음 다 알 수가 있을까? 울고 울어도 뻥 뚫린 가슴은 그 속을 메울 길 없고, 밤마다 먹는 수면제만이 나를 위로해주고 재워주는 유일한 벗이기도 했다.

이제 누가 만지기만 해도 피가 튀고 터질 듯한 가슴을 부여안고, 끝없이 거센 바람 몰아치는 아득한 사막 길을 외로이 걸어갈 때, 나는 참으로 세상만사가 그저 캄캄하기만 했다. 어쩔 수 없는 인간, 이렇게 울며 하염없이 떠내려가는 영혼은 지푸라기라도 붙들고 싶은 심정으로 흐느적거리고만 있었다. 이제 납덩이보다 더 무거운 업보를 어깨에 메고, 무쇠보다 더 강인한 쇠사슬을 발목에 걸어 한 걸음, 두 걸음 옮기며, 내 인생의 벼랑 끝에서 톨스토이의 마지막 길과, 소크라테스의 마지막 길을 선택하기로 결심도 해보았다.

USC병원 중환자 대기실에서 끝없이 흐르는 눈물을 머금고 벽을 의지해 목을 눕혀 기대고 있을 때, 호주머니 속에서 핸드폰 벨이 요란스럽게 울렸다. 그것도 밤 8시!

"장로님! 지금 어디에 계십니까? 박진용 목사입니다. 우리 위스파나 갑시다!"

그리고 차를 몰고 병원에 오셨다.

이 영혼, 목말라 쓰러져가는 긴긴 사막의 미로에서 이렇게도 하늘이 내려준 오아시스를 만난 그 기쁨과 환희를 어이 잊을 수가 있겠는가! 여리고의 깊은 산골짝에서 만난 강도보다 더 잔인한 펀치로 내 가슴은 찢어지고 피멍이 들어 있는데, 이렇게도 다시금 나타난 선한 사마리아인(눅 10:33-35)과 교회 성도님들의 따뜻한 사랑이 있었기에 내 영혼은 한 가닥 희망과 용기로 살아날 수가 있었음을 지금도 두고두고 감사할 따름이다.

위스파! 샤워를 하고 제 일탕, 제 이탕에 몸을 담그니, 굳어졌던 근육이 풀어지듯 뼈 마디마디가 시원하기 그지없었다. 스팀 사우나

(Steam Sauna), 드라이 사우나(Dry Sauna), 그리고 이층에 올라가 옥돌찜질방, 황토찜질방, 소금찜질방, 가마솥찜질방을 두루 다니고 나와, 마루 위에 매트를 깔고 베개를 베고는, 두 사람은 곤드레 잠이 들고 말았다. 집에 오니 새벽 1시!

어둡고 캄캄한 가시밭길, 내 영혼 쓸쓸히 혼자 서 있어 바람에 쓰러져갈 때, 목사님은 나의 버팀목이 되어, 이 몸속에서 다시금 샘물과 같은 물이 솟아나게 하셨다. 잊으려야 잊을 수 없는 아름다움! 그것도 한두 번이 아닌, 일곱 번이나 위스파의 문턱을 넘나들며, 찌들었던 마음과 영혼을 씻어내고, 새롭고도 깨끗한 영혼을 목사님은 주셨다. 하나님의 사람 엘리사와 나마만을 생각하며(왕하 5:8-15) 감사한 마음, 한이 없었다.

사랑에는 말이 필요 없었다. 오직 몸으로 보여주는 것뿐이었다. 그저 옆에만 있어줘도 마음이 편안하고 행복감으로 가슴이 촉촉이 젖으면 그것으로 만족하는 것이기도 했다. 진정 사랑이란 인간의 만남의 채널을 통해서, 얼어붙었던 마음속이 다시금 따뜻한 피가 흐르도록 보듬어주는 일이라 생각이 들기도 했다.

"룻이 가로되 … 어머니께서 가시는 곳에 나도 가고 어머니께서 유숙하는 곳에서 나도 유숙하겠나이다 어머니의 백성이 나의 백성이 되고 어머니의 하나님이 나의 하나님이 되시리니"(룻 1:16).

주님, 저도 영원히 그렇게 되기를 원하옵니다!

쟁반

내가 초등학교 3학년 때의 일이다. 그러니까 약 70년의 세월이 흘렀다. 30대의 젊은 남성이 나무로 된 긴 쟁반을 왼쪽 어깨로 메고 바른쪽 한 손으로 서커스단의 마술사같이 자전거를 타고 달려오고 있었다. 그는 정미소를 경영하시던 아버님 앞에서 자전거를 멈추더니, 그 긴 나무 쟁반을 내려놓았다. 그 안에는 함석으로 된 고깔모자를 씌운 냉면 그릇이 예쁘게 두 줄로, 모두 열 개가 들어 있었다. 뚜껑을 열어보니 갓 뽑은 메밀국수 위에 쇠고기 몇 조각과 계란, 배, 무김치가 시원한 국물과 잘 어우러져 나의 목젖을 유혹하고 있었다. 아버지는

"이것은 정미소 일꾼들의 중참이다. 너는 저 함지박의 사리를 들고 엄마한테 가서 동치미국물에 말아먹어라."

라고 하시었다. 섭섭했으나 어찌할 도리가 없었다. 시원한 동치미국물에 냉면을 다 먹고 난 후, 어머님은 그 함지박에 통배추김치를 하나 가득 채워 담더니 아버지께 갖다드리라고 심부름을 시키셨다. 나

는 어머님께

"김치는 왜 채워 담았어요?"

라고 물었다. 어머님은

"이놈아, 선물을 받은 그릇에, 그냥 빈 그릇을 보내는 것이 아니다."

라고 말씀하시었다. 어머님은 냉면집 과부 아줌마와 예부터 잘 아는 사이였고, 게다가 어릴 때부터 강릉에서 법도와 예의 있는 집안에서 교육을 잘 받아, 보고 배우신 분이셨다.

1950년 6·25가 난 후 다섯 달이 지나간 어느 날이었다. 중공군이 이 아름다운 조국 강산에 이십만 명이 몰려왔고, 두 눈이 충혈된, 악이 가득 찬 인민군 패잔병들이 기관총을 쏘며, 안개 낀 새벽 내 고향 강원도 김화에 쳐들어왔다. 두 형님은 이미 38선 이남에 가 있었고, 나는 어머님의 지시에 따라, 잘 알고 지내던 김화역 뒤에 있는 사과밭으로 피신해야만 했다. 그 곳 사과밭 중턱에 있는 땅속 비밀 아지트에 '손'이라는 청년과 둘이서 숨어 있었다. 앉지도 못하고 누워 있어야만 하는 땅굴이었다. 그 당시 반동분자들한테 밥을 날라다 준다는 것은 즉석에서 처형할 수 있는 사형감에 속했다. 그러나 덕현이 어머니는 캄캄한 밤 12시를 틈타 쟁반에 밥과 김치, 그리고 숟가락 두 개를 놓고, 가마니 위에 쌓아둔 쓰레기 더미를 헤치고 아지트의 뚜껑을 두들기고 있었다. 그것은 하루에 한 번이 고작이었다.

한 달, 두 달, 석 달이 지나 눈이 내리던 어느 겨울밤, 어머님이 오셔서 아지트의 문을 두들기셨다.

"이제 집에 가자!"

하시며 나를 불러내시었다. 나는 굴에서 나오자마자 눈 위에 풀썩 주저앉고 말았다. 무릎에 힘이 하나도 없어서였다. 어머님은 팔을 벌려 번개같이 나를 끌어안으셨고, 나는 어머님 어깨에 얹혀 눈길을 헤치며 집으로 오고 있었다. 그 때 나는 정말로 죽든 살든 집에 오고 싶은 마음뿐이었다. 굴속에 숨어 있을 때 나와 미스터 손을 먹여 살린 그 쟁반, 오늘날까지도 나의 마음과 머릿속에 각인되어 있는 그 사랑의 쟁반! 이제 그와 같은 쟁반이 또다시 내 앞에 나타나고 있었다.

2010년 12월 29일 아내가 교통사고를 당하고 난 후, 전교인들의 정성 어린 기도와 여성선교회원들의 그 따뜻했던 쟁반을 영 잊을 길이 없다. 내 가슴속에 영원히 간직하고 싶은 눈물겨운 사랑의 쟁반이었다. 그런데 요즘은 이틀에 한 번씩 스테인리스 쟁반에 미역국, 멸치볶음, 브로콜리, 콩나물들이 주문도 안 했는데 꼬박꼬박 집으로 배달되고 있었다.

'이웃이 사촌보다 낫다.'

라고 하더니, 조애실 집사님의 정성 어린 쟁반에 무엇이라 그 고마움을 표현할 길이 없다.

쟁반은 역시 인간과 인간을 따뜻하게 연결해 주는 사랑의 벌린 손임을 다시 한 번 느끼게 했다. 쟁반은 운두가 얕고 동글납작한 그릇이라고 되어 있지만, 그 어느 그릇과 비교할 수 없을 만큼 사랑이 깊고 높고 넓음을 이제야 깨닫게 되었다. 쟁반은 옛날부터 남을 위해 서브하는 종들의 전유물이었다. 그래서 고관대작이나 양반들은 손에 쥐지도 아니했다. 종교가 위선이 아니라면, 이제는 집사님도 장로님도 목사님도 쟁반을 들 때가 되었다. 예수님은 이 땅에 종으로 오셨다고 스스로 말씀하시었다(마 20:28). 포도즙도 떡도 서브하시고, 심지어 발까지 씻어주는 종으로 오셨다.

이제는 보름달만 쳐다보면 그 따뜻했던 정성 어린 성도님들의 기도와 여성선교회원님들의 쟁반이 떠올라, 그 얼굴 하나하나씩 내 가슴속에 남아, 두 눈에 눈물이 고이게 하고 있다. 그리고 오늘도 배달된 조 집사님의 쟁반이 생각나 내 외로움 떨쳐버리고, 아름다운 인간의 향기가 마냥 그리워진다. 나도 남은 이 여생을 쟁반같이 살고 싶다.

“주는 것이 받는 것보다 복이 있다 하심을
기억하여야 할지니라” (행 20:35).

삶의 단상 I

매일 매일 기도로 새해를 내 마음속에 가득 채워보자

새해를 맞아 나는 소파에 파묻혀 깊은 사색과 고민 속에 빠지고 말았다. 진취적이고 역동적이며 강함을 상징한다는 청마(靑馬)의 2014년이 밝아왔다.

지난 세월, 때로는 분명 나이는 먹고 겉모습은 다 큰 사람인데 말이나 행동에 나이 값을 제대로 못 함을 보고 슬플 때도 있었고, 일주일에 한 번 만나 목소리만 들어도 반갑고 정다운 사람이 있었는가 하면, 이름만 떠올려도 짜증나는 사람이 있었음을 깨끗이 떨쳐버리고 싶어졌다.

그리하여 새해에는 진심으로 우리 모두 선한 일에 열심하고 이것이 작심삼일의 관성이 되지 않고 새 희망 새 결심으로 새롭게 된 우리 모두의 모습을 보고 싶어졌다. 교회의 어떠한 모임에서든지, 새해에는 다른 사람을 배려하며 다른 사람을 인정하고 옳은 길로 나아갈 방향을 보여주는 그런 어른들을 보고 싶어진다.

날이 갈수록 각박해져가는 이민 생활, 산다는 것이 끊임없이 다가오는 수많은 하루하루를 염주알같이 꿰어지게 해야만 하는, 때로는 외롭고 고달픈 나날임에는 틀림없는 것만 같다. 오늘날까지 수천 년, 수만 년 해가 뜨고 해가 지는 하루하루의 모퉁이에 한낱 너와 나는 티끌같이 살아 서서 일 년이 지나고 또 일 년이 지나고 또 오늘 하루 해를 서산으로 넘기며 살아가고 있다.

회칠한 그리스도인이 되지 않으려고, 오늘도 나는 선한 사마리아 사람을 생각해 본다. 제사장도, 레위 사람도 양심을 저버리고 자기의 본분을 유기했지만, 선한 사마리아 사람은 힘과 뜻과 정성을 다하여 자기의 이웃을 자기 몸과 같이 돌본 것을 명상해 본다. 누구나 사랑받는다는 것은 참으로 행복한 일이다. 언제나 내편이 되어줄 사람이 있고 또한 응원받고 있다는 든든함이 있기 때문이다. 주는 기쁨과 나눔의 기쁨을 알게 되면 세상에서 누구보다 행복의 큰 의미를 알게 됨이 참으로 신비할 지경에 이르게까지 됨을 예수님은 말씀하고 계신다.

"주는 것이 받는 것보다 복이 있다 하심을 기억하여야 할지니라" (행 20:35).

'한국인이 죽기 전에 꼭 해야 할 17가지'를 저술한 Dr. 염창환 씨의 글을 몇 자 발췌해본다. 그는 2,000여 명의 암환자만을 돌보는 의사였다.

이제 막 22살의 여명환(가명) 군은 삼대독자로서 일류대학에 재학중이었다. 키도 크고, 눈도 서글서글하고, 수염도 거뭇거뭇하게 잘생긴 미남이었다. 너무나 공부밖에 모르는 그에게는 주위에 친구조차 없어, 부모님은 늘 그것이 걱정이 되기도 했다. 오래 전부터 대변에 피가 섞여 나왔으나, 그는 별것 아닌 스트레스로 생기는 것이라 여기고 공부에만 열중했다. 차일피일 검사를 미루다가 대학 3학년 여름방학 때에 종합병원에서 검진을 받았는데, 대장암이었다. 암은 이미 전이가 되어, 간에도 깊숙이 퍼져 있었다. 간과 장을 대수술하고 열두 차례나 항암치료를 받았으나, 암은 모든 수고와 고통을 비웃기만 했다. 대개 암환자는 우울증에 걸리는데, 우울증은 환자의 의지를 꺾을 뿐만 아니라 몸 상태를 아주 나쁘게 만들 수가 있어, 암만큼 무섭고 위험하기 짝이 없는 일이기도 했다. 어느 날 아침 의사가 회진할 때, 영환 군은 쑥스럽게 웃으며 의사에게 말을 걸었다.

"제가 대학교 1학년 때 도서관에서 공부하고 있는데, 어떤 아주머니가 급하게 도서관에 들어서자마자 절박한 목소리로 '피 A형! 피 A형!' 하며 소리쳤지요. 그래서 얼떨결에 그 여인과 도서관 옆 병원에 따라가 생전 처음 헌혈을 했어요. 그의 8살 아들은 살아났습니다. 내가 태어나 생전 처음 남을 위해 도와준 일이 그 후 제 삶을 많이 바꿔 놓았지요. 누군가를 돕는다는 것이 이렇게도 기분 좋은 것인줄 몰랐거든요. 앞으로 그렇게 살고 싶습니다. 선생님, 사후 저의 안구를 기증하고 싶습니다. 다른 장기도 생각해 보았지만 암환자는 줄 수가 없대요. 유일하게 기증할 수 있는 게 안구래요. 그래도 선생님 다행이지요? 아무것도 남길 수 없으면 어쩌나 했는데, 이젠 마음이 편해요."

일주일 후 그는 세상을 떠났고, 그의 눈은 이 땅위에서 빛이 되었다. 저자는 이 세상 누구보다 큰 행복의 의미를 알게 해주었던 그 학생의 말이 아직도 귓가에 생생하게 울리고 있다고 했다. 오늘 하루 우리는 어떻게 하면 선하게 살 수 있을까? 웃고 사랑하고 서로 따뜻한 손 어루만지던, 아직도 젊고 씩씩한 벗들이 교회의 한 자리, 또 한 자리씩 비워갈 때, 인생으로서 여미어오는 외로움과 고독을 참을 길이 없기도 했다. 그러기에 구원과 재림과 영생이란 희망 속에 오늘 하루를 선하게 살고 싶다. 오늘날 건물은 높아졌지만 인격은 낮아지고, 길은 넓어졌지만 사람과 사람 사이에 사랑은 줄어들고 말았다.

"주님, 가라지를 뽑으리까?"

가시 같은 잡초를 뽑을 권한을 하나님은 우리에게 부여하지 않으셨다. 심리학자 말대로, 우리가 작심삼일의 관성이 되지 아니하려면, 사람은 외부에서 힘이 가해지지 않는 한 자기의 현상태를 유지하려고 한다고 하였다. 그래서 같은 동작을 삼천 번 이상 해야만 된다고 하였다.

나는 대학을 다닐 때 흑석동에서 가정교사를 하였다. 2층 다다미 방에서 살던 나는 아침에 일어나면 신선한 공기를 마시기 위하여 습관대로 창문을 열어젖히곤 했다. 좁은 골목 울타리 너머 수녀원이 있었는데, 하얀 고깔모자에 검은 드레스를 입은 한 수녀가 아침이면 언제나 마루 위에 무릎 꿇고 오랜 시간 기도하고 있었다. 어느 하루 흑석동 시장 길에서 그 수녀를 만나게 되었다.

"수녀님! 무슨 소원이 그렇게 많아 매일 아침 그렇게 오랜 시간을 두고 기도하십니까?"

"Mr. Lee라고 하셨지요?"

"네."

"Mr. Lee, 오늘 하루 남을 미워하지 않고, 남을 사랑하고, 또 시험에 들지 않게 해달라고 기도하지요. 매일 매일 오늘 하루 그렇게요!"

참된 그리스도인이 되려면 우리도 다니엘과 같이 매일 기도 속에서 살고 또 기도 속에서 죽어야만 하리라고 생각이 든다. 이미 내 속에 세속적인, 내성화된 DNA를 깨치려면 내 자신이 그리스도 반석 위에 부딪쳐 깨지는 피나는 참회가 필요하기 때문이다.

기도만이 우리의 승리의 잣대가 되어야 한다. 매일 아침 하루하루의 기도가 하나님의 마음을 내 마음속에 품는 일이 되어야 한다. 기도는 나를 비워야 하나님의 마음을 채울 수 있다는 겸손의 행위이기도 하다. 기도는 이웃을 무심하게 지나가려는 나의 마음을 그리스도의 마음으로 순화시키려는 지상명령이기도 하다.

"(야곱이) 꿈에 본즉 사닥다리가 땅위에 섰는데 그 꼭대기가 하늘에 닿았고 또 본즉 하나님의 사자가 그 위에서 오르락내리락하고 … (하나님이 가라사대) 내가 네게 허락한 것을 다 이루기까지 너를 떠나지 아니하리라 하신지라 … 이는 하나님의 전이요 이는 하나님의 문이로다"(창 28:12-17).

갑오년 새해, 떠오르는 태양을 가슴에 품은 우리들은 옷깃을 여미고 겸허한 마음으로 하나님 앞에 매일 아침, 또 매일 아침 무릎을 꿇고 기도하기로 하자!

언제나 엄마 품은 따뜻했다

오 년 전, 나는 오리 깃털 위에 글을 써, 매일 아침 조깅할 것을 스스로 서약한 적이 있었다. 그래서 오늘 아침에도 '홀렌백 파크' 연못으로 조깅을 나섰다. 호수같이 잔잔한 연못, 솟아오르는 분수, 따뜻한 봄날 햇빛을 맞으며 물위로 헤엄쳐 다니는 거위와 청둥오리, 그리고 많은 철새들이 한가로이 호숫가에 노닐고 있는 모습이 보기 좋았다.

부활절을 앞두고 청둥오리들이 새끼를 까기 시작했다. 한 마리의 청둥오리 어미가 까만 솜털 위에 노란 줄이 박힌 오리 새끼 여섯 마리를 깠는데, 연못가에 헤엄쳐 다니는 그 모습이 퍽이나 귀엽고 대견스럽게 보이기도 했다. 이삼일 후 또 한 마리의 오리가 여섯 마리의 오리 새끼를 깠다. 그런데 무슨 연고인지 그 이튿날 다섯 마리가 되고, 또 그 이튿날 네 마리가 되었다.

보기도 좋게, 청둥오리 부부가 기르는 여섯 마리의 오리 새끼는 살이 토실토실해, 벌써 약병아리만큼이나 커 보였다. 그러던 며칠 후, 네 마리만 남은 오리의 어미가 죽어 연못가 한 모퉁이에 둥둥

떠 있는 것을 보았다. 졸지에 네 마리의 오리 새끼는 어머니를 저 세상에 보내고 고아가 된 셈이 되었다. 그 후에도 이 네 마리는 서로 곧잘 어울려 다니더니 또 하나 죽어 없어지고 세 마리가 되었다. 세 마리가 두 마리가 되고, 이제는 한 마리만 남게 되었다.

작년에도 한 마리의 어미 오리가 새끼를 열두 마리를 깠다가 동네 고양이들에게 잡아먹히고, 날아다니는 솔개나 매에게 잡아먹히고, 병에 걸려 죽고, 결국에는 세 마리만 살아남아 성장된 오리가 된 것을 보기도 했다.

홀로 된 그 오리 새끼! 쌀쌀한 봄추위에 퍽이나 왜소해진 이 한 마리 오리 새끼는 부들부들 떨며, 이 세상에서 살아남기 위해 억척같이 먹이를 찾아, 요리조리 헤엄쳐 다니고 있었다. 나는

'그래, 오리 새끼야, 굳건히 잘 살아라!'

하며 속으로 중얼거렸다. 살아 있는 동물, 그리고 인간으로서도 가장 참기 어렵고 무섭게 몸에 닥쳐오는 것은 바로 '외로움'과 육체적 '고통'이다. 그런데 이제 이 한 마리의 오리 새끼에게도 '외로움'이라는 그림자가 찾아오고 있었다.

이제 나는, 아침마다 그 한 마리의 오리 새끼에게 관심이 집중되어 가고 있었다. 과자와 빵을 부스러뜨려 주며, 그 날의 선한 일을 한 것같이, 그것으로 나는 나 자신을 만족해하기도 했다. 그러던 어느 날 아침, 그 한 마리의 오리 새끼는 영 보이지를 아니하였다. 퍽이나 서운한 마음으로 쓸쓸히 집에 돌아오며,

"어딘가에 잘 살아 있겠지?"

하였다.

그 후 일주일쯤 지나 또 다른 한 마리의 오리 어미가 다섯 마리의 오리 새끼를 까, 연못에 나타났다. 고아가 된 이 한 마리의 오리 새끼가 '외로움'을 떨쳐내기 위해 그들 무리 속에 어울려 보려고 졸졸 따라다녔다. 아니나 다를까, 전번에 여섯 마리의 새끼 오리를 둔 부부 오리가 하듯이 물고 쪼며 결국 왕따를 시키고 만 것과 똑같은 행동을 취하고 있는 것이었다. 이 한 마리 오리 새끼는 쫓기며 쫓기면서도 그 외로움과 무서움을 이기기 위해 또 따라다니며 또 따라다니며 어울리고 싶어했다. 그것을 본 나는 그 억척스럽게도 질긴 이 한 마리의 오리 새끼 이름을 '깡다구니'라고 지어주었다.

그 후 새끼 오리 다섯 마리의 어미가 그 '깡다구니' 오리 한 마리를 더 보태 여섯 마리를 모두 다 자기 품에 따뜻이 안고, 봄날의 햇볕을 받으며 파란 잔디 위에 다소곳이 앉아 있는 모습을 보게 되었다. 퍽이나 만족한 나는 그 옛날 그렇게도 따뜻했던 '나의 어머님 품'이 생각나, 또다시 어머님이 그리워지기도 했다.

나는 예수님께서 '99마리의 양을 두고 한 마리의 잃은 양'을 찾으러 나가시던 '자비'와 '사랑', 그리고 '은혜'가 무엇인지 묵묵히 명상하며, 조금이나마 그 마음을 이해하게 되었다.

오늘 아침부터 이제 나도 그 '깡다구니'와 같이 보다 씩씩하게 허리를 꼿꼿이 펴고 조깅을 해야겠다고 결심을 해보기도 했다. 그리고 매일 아침 '깡다구니'가 어떻게 자라고 있는지 보기 위하여 부지런히 조깅을 나서기도 했다. '깡다구니'와 다섯 마리의 오리 새끼 모두가 건강하고 힘차게 자라 성숙된 오리가 되기를 간절히 기원하며, 내일 아침에도 나는 우리 '깡다구니'를 보기 위해 조깅을 나설 것이다.

네 이웃이 누구이더냐

6 · 25동란으로 원산의학전문학교를 중퇴한 나는 38선을 넘어 서울위생병원에서 일을 했다. 피비린내 나는 처참한 6 · 25 전쟁으로 죽은 시체들과 상이용사들을 나르던 1953년 봄, 나는 환자 치료차 드레싱 트레이를 들고 서울위생병원의 새 병동 203호실 A침대 옆에 섰다. 침대 옆에는 30대쯤으로 보이는 시골 아낙네가 검은 때가 묻은 흰 저고리 치마에 잔뜩 근심 어린 표정으로 앉아 있었고, 그 옆 의자에는 열 살쯤 되어 보이는 어린 아들이 앉아 있었다. 침대에 누워 있는 아버지 얼굴에는 검은 모래알들이 곰보 환자의 곰보딱지보다 더 많이 울퉁불퉁 박혀 있었다. 게다가, 천정만을 올려다보며 부릅뜨고 있는 두 눈은 하얀 막을 덮어씌운 듯 소경보다 더 가엾고 무서워 보였다. 그 환자는 바른쪽 가슴에 지뢰 파편이 박혀 폐에 구멍이 뚫린 환자였다. 나는 피와 고름으로 얼룩진 패드를 새 것으로 갈아주어야만 하겠기에 가슴에서 패드를 떼었는데, 그 순간 환자는

"악 악! 헉 헉!"

하며 큰 소리로, 빨리 패드로 구멍을 막아달라고 소리를 지르기 시작했다. 허파 속으로 들어간 공기가 뚫린 폐 구멍으로 새어나오는 것이 퍽이나 괴로웠던 모양이었다. 서둘러 페니실린 오인트먼트를 바르고 패드를 새것으로 갈아주고는 가슴 띠를 매주었다. 그리고 솔루션 페니실린 주사를 엉덩이에 놓아주고는 병실을 나섰다.

1953년, 휴전 회담이 진행되는 와중에서도 전선에서는 치열한 전투가 계속되던 중, 이 환자는 민간인으로서 국가의 부름을 받아 중부전선 백마고지에서 싸우는 국군들에게 줄 주먹밥을 등에 지고 나르던 중이었다. 그는, 괴뢰군이 지뢰를 매설하고 소나무와 소나무 사이를 가로지르는 코일을 설치해 두었는데, 그 줄에 자기 일행의 발이 걸려 그의 옆에서 지뢰가 터지는 바람에 자기가 이렇게 되었다고 이야기를 들려주었다. 소경이 된 아빠와 가난에 쪼들린 아내, 그리고 학교를 그만두게 된 그 아들이 눈에 선해, 나는 하늘을 보며 원망하고 하루 종일 우울해 땅만 보고 걸었다.

오늘도 일선에서는 치열한 전투가 계속되어 매일같이 고지에서 피와 흙, 그리고 먼지로 얼룩진 군인들이 가득히 트럭에 실려 서울위생병원에 왔다. 그들은 응급 치료를 받고는 이삼일이 지나면 으레 대구로 후송되고 있었다.

요번에는 본관 15호실 독방, 국군 대위가 입원하고 있었다. 이근화 의사는 병실 문을 열고 들어서자마자 환자에게

"똥 쌌어?

"방귀 꿨어?"

하고 묻는 것이었다. 환자는

“아니오.”

라고 대답했다. 나는 홑이불과 담요를 제치고 그 군인의 오른쪽 발 수술 부위를 들쳐 보였다. 국군 대위인 그 군인은 괴뢰군이 매설한 지뢰를 밟아 바른쪽 다리의 무릎 위까지 절단한 환자였다. 나는 ‘저렇게 무릎 위까지 잘랐으니, 의족을 해도 걸을 수가 없을 터인데’ 하며, 피와 고름으로 누렇게 젖어 있는 패드를 떼니, 절단한 넓적다리 부위의 피부가 밤사이 썩어 들어가고 있었다. 이근화 의사는 핀셋과 칼, 그리고 가위로 마취도 없이, 그 즉석에서 썩은 피부를 싹둑싹둑 도려내기 시작했다.

환자는 목침 만하게 남은 넓적다리를 하늘 위로 치켜올렸다 내렸다 하며 아프다고 큰 소리를 버럭버럭 지르기 시작했다. 그 후 나는 페니실린 파우더를 뿌려주고 새 패드로 감싸주고는 솔루션 페니실린 주사를 엉덩이에 놓아주었다.

2015년 8월 4일 오전 7시 35분경, 경기도 파주시 군내면 비무장 남쪽 철책 동문에, 휴전회담을 무시한 채, 생쥐 같은 괴뢰군이 들어와 몰래 매설한 목함 지뢰가 터져 하재헌(21세) 하사의 두 발목과 김정원(23세) 하사의 우측 발목을 잘라가는 강도를 당했다. 입만 벌렸다 하면 어버이 김일성과 김정일을 외치며, ‘민주주의’, ‘한민족끼리’, ‘한핏줄’ 하면서도 어뢰로 천안함을 폭파해 대한민국의 해군 장병 40여 명의 젊은 목숨을 앗아가고, ‘아웅산 테러’, ‘칼기 폭파’, ‘연평도 포격’으로 민간인을 죽이고, 그도 모자라 이번에는 목함 지뢰를 매설해 두 젊은이의 다리를 잘라 갔으니, 이것이 ‘같은 민족’, ‘한핏줄’, ‘내 형제’, ‘내 이웃’이란 말인가?

이북에 가서는 소속 교회조차 하나 못 밝히고, 예수 믿으란 말 한마디 못 하는 지도자들, 그것이 은퇴자들의 소일거리라면, 이산가족도 아니면서 혹은 우쭐대는 관광이라면, … 혹은 튀고 싶은 얄팍한 명예욕이라면, 방북 다시 한 번 새롭게 생각하고 심도 있는 자성이 필요하리라 생각이 들기도 한다.

5년 전, 나는 LA 근교 세인트 루이스 스트리트에서 살았다. 거기에는 큰 연못이 있었고 거위, 그리고 많은 오리와 각종 새들과 낚시꾼이 있었다. 나는 매일 아침마다 40여 분씩 그 곳 연못을 돌며 조깅을 했다. 해마다 봄이 되면 알을 낳기 위해 암놈의 큰 잉어들이 연못가로 모여든다. 그 때 한 젊은 멕시칸 청년의 낚시에 팔뚝만한 검고 붉은 큰 잉어가 잡혔다. 나보다 늦게 조깅하러 나온 한 일본인 여인이 그 곳을 지나가다 잉어를 팔라고 딜(deal)을 하고 있었다. 나는 속으로

'이 더러운 연못에서 잡은 잉어를 먹으면 간이나 폐 속에 디스토마가 생길 터인데.'

하며, 걱정 반, 흥미 반으로 그 옆에 서서 바라만 보고 있었다. 젊은 청년은 손바닥을 하늘로 치켜 올리며 "$5"라고 하였다. 일본인 여인은 $5을 주고 그 검붉은 큰 잉어를 샀다. 청년이 자리를 뜬 후, 일본인 여인은 잉어를 연못 속으로 다시 넣어주며, 옆에 서 있는 나를 바라보며 빙긋 웃고는 제 갈 길로 떠나가 버렸다. 그 날 아침 계속 조깅을 하면서 '말 못하는 하찮은 미물이나 짐승에게까지도 저렇게 그 여인은 참된 이웃 노릇을 하고 있는데, 나는 그런 사람이 못 되었구나!' 하는 자책에 떨떠름한 기분이었다.

“그 사람이 자기를 옳게 보이려고 예수께 여짜오되 그러면 내 이웃이 누구니이까 예수께서 대답하여 가라사대 어떤 사람이 예루살렘에서 여리고로 내려가다가 강도를 만나매 강도들이 그 옷을 벗기고 때려 거의 죽은 것을 버리고 갔더라. 마침 한 제사장이 그 길로 내려가다가 그를 보고 피하여 지나가고 또 이와 같이 한 레위인도 그 곳에 이르러 그를 보고 피하여 지나가되 어떤 사마리아 사람은 여행하는 중 거기 이르러 그를 보고 불쌍히 여겨 가까이 가서 기름과 포도주를 그 상처에 붓고 싸매고 자기 짐승에 태워 주막으로 데리고 가서 돌보아 주니라 .그 이튿날 그가 주막 주인에게 데나리온 둘을 내어주며 이르되 이 사람을 돌보아주라 비용이 더 들면 내가 돌아올 때에 갚으리라 하였으니 네 생각에는 이 세 사람 중에 누가 강도 만난 자의 이웃이 되겠느냐”(눅 10:29-36).

친구들이여, 그대의 참된 이웃은 누구이옵니까? 묻고만 싶다.

사단아 물러가라!

유대 나라 어느 마을에 뛰어난 손재주를 가진 소매치기가 살고 있었다. 그가 장가를 간 후에 자기보다 더 훌륭한 손재주를 가진 두꺼비 같은 소매치기 아들 하나 낳기를 간절히 원했다.

부인이 드디어 아기를 가져 이제 열 달을 채워, 집으로 조산원을 모시게 되었다. 쩌렁쩌렁 울음소리를 내며 한 아들이 드디어 이 세상에 태어났다. 아버지는 입이 함지박만큼 벌어지며 그 기쁨을 감출 길이 없었다.

그런데 아뿔싸! 이게 웬일인가? 장차 유명한 소매치기가 되려면 손가락이 완전해야 하는데, 오른손이 오그라져 있어 곰뱅이 손이 되어 있지를 않는가. 실망한 아버지는 고민 끝에 외과 의사를 찾아가 오그라져 있는 손을 수술하기로 했다.

이제 수술 날짜를 정해 오그라져 있는 곰뱅이 손가락을 수술했다. 아뿔싸! 이게 또 웬일인가? 고사리와 같은 아기의 손바닥에는 반짝 빛나는 금반지 한 개가 들어 있었다. 새로 태어난 아기는 나오면서

벌써 조산원의 금반지를 슬쩍 소매치기를 했던 것이다. 아버지는 놀라 기뻐하며

"그러면 그렇지! 나보다 더 유명한 소매치기였구나!"

라고 외쳤다.

"그 여자가 그 나무를 본즉 먹음직도 하고 보암직도 하고 지혜롭게 할 만큼 탐스럽기도 한 나무인지라 여자가 그 실과를 따먹고 자기와 함께 한 남편에게도 주매 그도 먹은지라"(창 3:6).

인간들의 '욕심(慾心)'으로 가득 찬 오늘날과 같은 이 세태를 나는 무엇으로 표현해야 좋을지? 이 世上에 平和가 없고 언제나 삶의 고통과 비애와 끊임없는 재난이 있는 것은 人間들의 이기심인 '慾心'에서 시작되었다. 이제 각 나라마다 빈부의 격차는 심화되어가고, 부유층의 욕심은 점점 더하여 일감모아주기 등 심지어 골목의 노점상들이 하던 아이스크림 장사까지 빼앗더니 근래에 와서는 커피 · 피자 · 빵가게까지 문어발식 장사로 '慾心'을 더해가고 있다. 무자비한 동물의 세계에서만 볼 수 있는 '약육강식(弱肉强食)'그대로이다.

"시험하는 자가 예수께 나와서 가로되 … 이 돌들이 떡덩이가 되게 하라 … 내게 엎드려 경배하면 이 모든 것을 네게 주리라 이에 예수께서 말씀하시되 사단아 물러가라"(마 4:3–10).

우리는 이 世上의 모든 '慾心'과 '시험'으로부터

"사단아, 물러가라!"

하신 예수님의 용기로, 주먹 불끈 쥐고 외쳐보기로 하자!

運命과 攝理

70년 전 내 나이 어렸을 때였다. 아이들이 울 때 "순경이 온다."하면 울음을 딱 그쳤고, 8 · 15 후에는 "고재봉이가 온다." 하면 아이들이 울음을 '뚝' 그쳤다고 한다.

고재봉이는 군대에서 자기를 괴롭힌 상사를 살해하기 위하여 어느 날 밤 부대를 탈영해 그를 괴롭힌 장교의 집을 찾아가, 부엌에 놓여 있던 도끼를 들고 방으로 들어가, 잠자고 있던 두 부부와 아이들의 머리를 차례로 내리쳐, 한 가족을 모두 살해했다. 그런데 고재봉이를 괴롭힌 장교는 이미 딴 마을로 이사를 갔고, 그 집에는 다른 장교가 새로이 이사를 왔다가 그런 참혹한 봉변을 당했다. 그것이 죽은 사람들의 운명이었을까? 아니면 하나님의 섭리였을까?

6 · 25는 우리 민족 모두에게 말할 수 없는 참혹한 수난의 사건이었다. 나는 38 이북 김화(金化)에서 수없는 굶주림에 시달리고 수십 번 생사를 넘나드는 쓰라린 경험을 하였다. 그 와중에서 사랑하는 어린 여동생과 어머님을 잃었다. 그리고 지금은 63년이란 긴 세월이

지났음에도 누님, 동생과 생이별한 채 가슴 아픈 세월을 영위하고 있다. 여기에 이북 해주의 동생으로부터 온 편지를 몇 자 소개하려고 한다.

자나 깨나 만나보고 싶은 형님에게!

그간 안녕하십니까. 조카들도 모두 평안하십니까. 올해 우리 민족은 수천 년 역사에서 처음으로 높이 모신 어버이 수령님을 잃은 비통함을 금할 수 없지만, 위대한 김정일 장군님을 높이 모심으로 슬픔을 힘과 용기로 바꾸어, 어떤 광풍이 불어도 조국을 지키고 통일을 위하여 힘차게 전진하고 있습니다.

형님께서 보내주신 편지와 사진을 반갑게 받고 9월에 회답을 하였는데, 받아보셨는지요. 형님의 편지를 저와 온 가정이 몇 번이나 읽어보았는지 모릅니다. 사진을 받고 보니 금시라도 사진 속에서 모두 튀어나와 얼싸안고 기뻐하고 싶은 심정 누를 길이 없어, 보고 또 봅니다. 하루라도 못 보면 견딜 수 없습니다. 전혀 소식을 모를 때는 생사 여부만 알아도 한이 없을 것 같더니, 정작 소식을 알고 편지를 받고 사진을 보니 하루라도 빨리 만나보고 싶은 생각에 온통 잠이 오지 않습니다. 눈을 감아도 형님 모습, 눈을 떠도 형님 모습, 지난 생활과 온통 형님 생각뿐입니다. 40년이 지나도록 한 형제가 한 번도 만나지 못했으니, 그 그리움을 무엇에 비기겠습니까.(하략)

1994년 12월

형이 무척 사랑하는 동생 올림

불과 백여 리밖에 떨어져 있지 않는 해주시를 지척에 두고 63년이란 긴 세월이 흘러도 혈육이 한 번도 만나지 못함이 하나님의 섭리란 말인지? 아니면 운명이란 말인가?

나는 30년 전, 땅도 물도 선 이국 미국 땅에 이민 와 정말 외롭고 가슴 쓰리게 가족을 위하여 앞만 보고 살아왔다. 그러나 뜻하지 않게 아내는 유방암에 걸렸고, 게다가 2년 전에는 대형 교통사고로, 운전하던 여집사님은 유명을 달리했다. 아내는 팔다리뼈가 부서지고, 배창자가 튀어나오고, 광대뼈가 부러져 얼굴이 내려앉기도 했다. 나는 하늘이 무너지듯 마냥 캄캄했고, 아내는 지금도 평지에 앉지도 못한 채 지팡이를 짚고 겨우 걷고 있다. 이것이 하나님의 섭리였을까? 아니면 운명의 장난이었을까?

셰익스피어의 햄릿, 맥베스, 오슬로, 레미제라블의 장발방, 오 헨리의 마지막 잎새, 괴테의 베르테르 등은 모두가 다 운명이란 말인가? 아니면 섭리란 말인가?

며칠 전 라오스에서 강제로 북송당한 9명의 가엾은 탈북 청소년들의 생명이 위태롭게 되어가고 있다. 무엇 때문에 그렇게도 모진 운명에 처했단 말인가? 인간 역사의 흐름 속에서 이런 비극들이 집집마다, 나라마다 어제 오늘의 일만이 아니라는 것이 나에게는 더욱 슬픔을 자아내게 하고 있다.

6 · 25 이후, 나는 남한에 내려와 삼육재활원에 가볼 수 있는 기회가 여러 번 있었다. 차마 표현할 수 없는, 많은 원생들의 흉하게 일그러지고 찌그러지고 절뚝거리는 모습을 보게 되었다. 6 · 25 전쟁으로 더 많은 아이들이 이곳에 버려진 상태이기도 했다.

부산에 있을 때는 오륙도 부근에 있는 나병환자 촌에 가본 적이 있다. 그들의 피부는 잿빛으로 변해 있었고, 코도 손가락도 없이 눈은 찌그러져, 차마 사람의 모습이라고는 찾아보기 힘들만큼 흉한 모습이었다. 섭리와 운명, 어느 쪽이었을까?

제2차 세계대전 때, 독일은 유태인의 많은 돈과 재산을 빼앗기 위하여 600만 명이나 학살했다. 젊게 보이는 사람은 죽이지 않고 일을 시키니까, 유태인 남자들은 유리조각만 보면 주워서 자기 몸의 털을 깎고, 자기 손가락을 물어뜯어 피를 내어 입술과 얼굴에 발랐다. 지금도 폴란드 아우슈비츠 가스 살인실에는 벌거벗긴 채 유태인 남녀들이 피나는 손톱으로 벽에 글을 써서 남겨놓은 것이 있다고 한다. 그 글들은 "God, God, God"뿐. 그 때 하나님은 과연 그곳 아우슈비츠에 계셨을까? 유태인들은 얼마나 파란 하늘을 보게 해달라고 외쳤으며, 얼마나 시원한 공기를 마음껏 마실 수 있게 해달라고 포효했을까? 목사님들이 말하는 묵인의 섭리, 허락의 섭리, 절대적 섭리 등 구구한 설명을 나는 알고 싶지도 않다. 유태인들에게 물어보라. 그것은 당해본 당사자만이 아는 일이기 때문이다.

지금도 운명과 섭리 가운데, 나는 내 자신이 이 세상에서 어디에다 나의 존재를 세워야 할지 혼미스럽기 그지없다. 이 세상에 나 자신이 존재하고 있다는 그 자체가 슬픈 운명처럼 느껴지기도 한다. 하나님 외에 스스로 창조한다는 것은 다 悪인 것만 같다. 솔로몬은 지혜를 달라고 했다.

섭리와 운명은 동전의 양면처럼 느껴지기도 한다. 그래서

"주인이 이르시되 가만 두라 가라지를 뽑다가 곡식까지 뽑을까 염

려하노라 둘 다 추수 때까지 함께 자라게 두라"(마 13:29).
고 했다.

자비와 은혜와 사랑이 가득한 하나님이 하늘에서 내려주시는 비는 '하나님의 섭리'에 속하며, 내린 물을 잘 다스림과 못 다스림의 몫은 땅위에 사는 인간들이 하여야 할 몫으로 '운명'이라고 느껴졌다. 정치가들은 산골짜기에 내린 비를 들로 밭으로 잘 인도하여, 온 지구의 가족들이 서로 평화스럽게 살게 하는 것을 보고만 싶어진다. 조용한 음성으로

"나는 포도나무요 너희는 가지니"(요 15:5)
라는 말씀이 지금 나의 정곡을 찔러오고 있다.

‘홀비’는 외로운 것인가?

오늘도 아침 6시 기상, 칠순 넘은 ‘홀비’가 홀로 공원의 숲속을 거닐며 고향이 그리워서

“나의 살던 고향은 꽃피는 산골….”

“아아, 목동들의 피리 소리들은….”

“구름도 울고 넘는, 울고 넘는….”

등을 부르며, 힐끔힐끔 쳐다보는 멕시칸 아낙네들은 아랑곳하지 않고 걷고 있다.

이곳 홀렌백 공원에도 단풍잎이 노랗게 떨어져내려, 나의 외로운 발걸음마다 한 잎, 두 잎 깔아주고 있어, 가는 세월 덧없음이 마냥 쓸쓸하게만 여겨진다. 누군가가 말했듯 가을은 왜 쓸쓸하고 고독해지는 것일까? 그리고 사람들은 무엇 때문에 때때로 고독을 사랑하는 것일까?

예수님은 그 뜨거운 중동의 사막 언덕에서 고독을 체험하셨고, 바울은 로마의 감옥에서 고독했다. 요한은 파도치는 밧모 섬 해변 바위

위에서 참으로 외로웠다. 아마 고독이란 이렇게 외롭고 쓰라린 여정을 거쳐, 무엇인가 보다 새롭고 아름다운 것을 창조하려는 애틋한 모티브의 원동력이 되는 것인지?

2007년 10월 23일부터 11월 3일까지 고국 강원도 정선군 임계면에서의 의료봉사 및 선교활동을 위해, 여성선교단 30여 명이 LA를 떠나게 되었다. 27일 밤, 선발대 선교회원을 제하고도, 25명의 회원들과 그들을 전송하러 나온 식구들이 교회 주차장 뜰에 모였다. 김세희 집사와 자원봉사자들의 수고로 우동과 군고구마로 모두가 저녁을 배불리 먹었다. 김기현 장로 왈

"이 장로님, 이렇게 홀아비들만이 남아 쓸쓸해서 되겠습니까?"

"아, 그렇군요. 그러면 홀아비 클럽을 만들어서 저녁이나 한 끼 먹읍시다."

"그것 좋습니다."

이 선교 여행의 총책임자이신 임정 목사님이 끼어들면서 말씀하신다.

"그것, 홀아비 클럽은 너무하네요. '아'자를 빼고 '홀비클럽'이라고 하면 어떨까요?"

"그것 참 좋네요."

그래서 국민 경선도 없이 자천, 타천으로 즉석에서 '홀비클럽'을 만들고 회장에 이재춘, 총무에 김기현이 추대되었다. 회비는 1인당 20불, 장소는 강남회관, 날짜는 10월 31일 수요일 저녁 6시로 결정을 보았다. 회비가 곧 거두어졌다.

해는 져서 벌써 어둡고, 8시가 되자 공항으로 가는 교회 버스에

모두 올라타라는 명령이 떨어졌다.

"잘 다녀오시라."

얼싸안고 따뜻한 체온도 나누기 전, 모든 사모들은 버스에 올랐다. 우리 모두 조그만 한반도에서 태어나 몸뚱이 중에서도 왜 콧대만은 그리도 센지, 웬 놈의 자존심과 체통 때문인지, 병아리가 졸며 까딱하듯이 버스 안에서 손목만 좌우로 까딱거리고 있다. 비록 내일 다시 만나더라도 이별할 때는 볼에 뽀뽀하고 서로 안아주는 이 고장의 풍습들이 퍽이나 부럽게 여겨졌다. 그래서 '홀비'들은 쓸쓸해지고 외롭게 되는가보다.

아내가 없는 집안에 돌아와 대문도 걸고 창문도 걸어 잠갔는데, 오늘 따라 유난히 또 보고 또다시 창문들을 체크하게 되는 게 아무래도 치매 증상의 전조가 아닌가 궁금해진다. 아마 홀비들의 허전한 가슴을 채워보려는 심정일 것이다.

이튿날 아침, 인천국제공항에서 전화가 왔다.

"무슨 일이 생겼나? 가방 속에 약을 잔뜩 가지고 가더니 … 특별한 일이 없는 한 떠난 후 14일 동안은 절대로 전화하지 않기로 했는데 …."

참새마냥 놀라 뛰는 가슴이다. 짐도 사람도 잘 도착했으니 걱정 말고 밥이나 잘 차려 먹으라는 당부이었다.

"아하, 파뿌리 부부가 되어가는 것이 이런 거구나."

생각이 되었다. 그러나 밥상 앞에만 앉으면 왠지 '홀비'는 쓸쓸하기만 했다.

옆집 아파트에 사는 조애실 집사님이 이 '홀비'를 생각해 꽁치찌개를, 김봉선 집사님은 호박죽에다 부추김치를 해서 들고 오셨다. 나는 이것들을 아껴 먹기 위하여, 그 동안 먹다 남은 김치에다 두부를 썰어 넣고, 된장을 한 술 더 풀어 다시 끓여 3일분으로 늘려 놓았다. 이제는 밥과 김치가 아니라 밥과 김치, 밥과 찌개로 삼각형 식사를 하게 되었다. 어느 장로님은, 왜 성경에는 구제대상 중에 홀비가 제외되었냐고 항변을 하기도 했는데, 그것도 일리가 있는 항변이라고 느껴지기도 했다.

10월 31일 아침, 나는 한인록을 뒤져 강남회관을 찾았다. 전화벨이 울리자 친절한 여종업원이 나왔다.

"오늘 저녁 6시에 열다섯 명의 '홀비'클럽이 모여 식사를 하려고 예약합니다."

"예? 무슨 클럽이라고요?"

"홀비 클럽, 홀아비들이 모이는 클럽입니다. 조용한 방 하나 주십시오."

"내 생전에 홀아비 클럽이라면 몰라도 '홀비' 클럽은 처음 듣네요."

여종업원이 우습다고 깔깔댔다.

시간이 되어, 명 장로를 비롯해 하나 둘씩 '홀비'들이 모여들기 시작했다. 모두 13명, 동태찌개, 냉면, 산채비빔밥, 은대구 조림, …. 정말 맛있게 저녁을 들며 홀비들은 즐거운 시간을 보냈다. 그런데 임 목사의 부인 강금성 사모가 지갑을 열더니 모두의 밥값을 지불하고 말았다. 그러고 보니 한번 목젖에 붙은 가시는 영 떨어질 줄 몰라, 홀비들의 회비는 고스란히 남게 되었다. 홀비들은 그 즉석에서 또다시 모이기로 했다. 사교를 하려면 목젖을 적시지 않고는 하지 말라고 했듯이, 11월 3일 저녁 6시 뉴서울 호텔 식당에서 모이기로 결의를 보았다. '먹자'클럽으로 시작해서 성도들의 다정하고 아름다운 단합을 과시하고 싶은 마음이기도 했다.

남녀 누구나 홀로 서 있는 고독은 가슴을 갉아먹는 듯한 괴로움도 있지만 오히려 이것이 삶의 새롭고도 향긋한 싱그러움을 안겨주기도 한다. 그 외로움이 넘쳐흘러 고통 속에서 새로운 것을 발견하는 계기가 되기도 한다. 노벨도 그러했고, 칸트도 석가도 그러했다. 그래서 '홀비'들의 육체적 외로움이 정신적인 풍부함을 가져다주는 것은 아닐는지 ….

예수님은 돌이 떡같이 보일 만큼 배고픔의 쓰라림을 체험하셨고, 그 뜨거운 사막의 목마름 속에서 뼈를 깎는 듯한 외로움을 겪은 후 오늘날 우리들의 영혼을 그토록 살찌우게 하는 팔복을 안겨다 주시지 않았던가.

한 알의 껄끄러운 모래가 조개 속에 들어가 그렇게도 우아하고 아름다운 진주로 변화하기까지는 참으로 외롭고도 고통스러운 오랜 세월이라는 밑천이 깔려 있구나 여겨지면서, 아내 없이 사는 이 한 달이 나 자신을 새롭게 하는 시작이 되었으면 하는 생각이다.

불러도 대답 없는 이름이여!

2014년 4월 16일, 경기도 안산의 단원고 학생들이 수학여행으로 남녀 325명과 교사 15명, 그리고 일반 승객, 승무원까지 합해 462명을 태운, 한국 최대의 크루즈 호라는 '세월호'를 타고 인천에서 제주도를 향해 떠났다.

전날 밤 안개는 자욱했지만 파도는 잔잔한 바다였다. 6,552톤급 여객선 '세월호'가 두 시간 늦게 떠난 이유로, 선장 이준석 씨는 제주까지의 운항거리를 줄이는 방법으로 항로를 갑작스레 바꾸었다. 그 찰나, 배에 실었던 과적한 컨테이너와 화물결박 부실로 짐과 자동차들이 한 쪽으로 쏠리며 배는 기울어져, 바닷물이 스며들기 시작했다. 뱃속은 아수라장이 되었고, 발전기는 꺼져 암흑천지가 되고 말았다.

이렇게 사고가 나면 선장은 조타실에서 승객 구조를 위해 총지휘를 하고, 승무원은 각자 정해진 위치에서 구명보트를 내려야 하는데도 "밖으로 나오지 말라!" "가만히 대기하라!"는 안내방송만 6-7회를 반복하였다고 한다.

그 날 아침, 밥상에 앉아 TV에서 나오는 뉴스를 보던 나는 어처구니없이 일어난 참사를 보고나서, 하루 종일 우울한 가슴을 진정시키기 위해 가슴을 쓸어내렸다. 파란 하늘에 무지개 같은 꿈도 꾸어보지 못한 채 차디찬 물속에서 퉁퉁 불어터진 얼굴로 건져진 16 · 17세의 310여 명의 남녀 동생들 …. 얼마 전 경주 리조트 체육관 지붕이 눈의 무게를 이기지 못하고 무너져 10여 명의 청년 대학생들을 떠나보낸지가 얼마였던가? 모두가 탐욕의 세파 속에서 못다 핀 4월의 꽃들이었다. 기성세대인 우리는 이 사회를 언제나 믿을 수 있는 안전한 사회로 만들 것인가? 지금도 우리 모두가 지하철, 식당, 병원, 선박, 항공, 건물 등 이름만 다를 뿐 똑같은 '세월호'를 타고 있는 것은 아닌지?

내 눈엔 아직도 노란 물결의 리본과 수십만 송이의 국화꽃들이 눈에 아른거린다. 자식을 잃은 끔찍한 공포로 어머님들의 피를 마르게 한 그들을 우리는 어떻게 위로할 것인지?

"아가야, 바닷물 속이 춥지? 어서 돌아오려무나!"

라고 외친 어머님들이 이제는 모두가 울다 지쳐, 피골마저 말라버린 몰골이 되어버리고 말았다.

살 수 있었던 학생들 …. '세월호' 사태에서 드러난 바와 같이 우리 사회에 만연해 있는 물질만능주의를 어떻게 개조해야 할지 …. 소유 유혹에 농간당하고 있는 기성세대들의 노욕들이 언제나 사람보다는 돈이 먼저였던 세태, 오늘날 자본주의 탐욕이 가져온 사회의 구조적 환경이 이른바 관피아(관료계의 마피아), 롬피아(법률 관계의 마피아), 전관예우(법조 관계의 마피아), 종피아(종교 관계의 마피아, 예를 들어 유병언, 박태선, 그리고 김정은은 총칼까지 앞세운 양서류의 종피아)가 이 사회를 병들게 하고 있다.

인간들이 갖추어야 할 기본가치는 제쳐두고 악착스럽게 이익만을 추구하고 내달리고 있는 것이 아닌지. 그래서 윤리 도덕과 교육을 그 첫째로 삼아 인명 경시의 의식부터 개조하는 것이 급선무라고 외치고 싶다.

이제 우리 모두 각자 뼈를 깎는 마음으로 스스로 바뀌어야만 세상을 바꿀 수 있다는 것을 깨달아야 할 것이다. 가인의 후손을 살리기 위하여 그 많은 법을 만들었지만, 교육을 통하여 인간을 개조하려고 랍비학교를 세웠지만, 그러나 이 벽들이 오늘날 우리를 평화와 안전과 믿음과 행복으로 안보해 주지를 못하였다. 그래서 교회가 고통스러운 가난과 질병, 그리고 외로움과 고독 속에서 이 사회의 평화의 방패가 되어주기를 기대했지만, 오늘날 세태를 보면 역시 거기서 거기가 되어버리고 말았다. 그렇다면 궁극적으로 무엇을 바꿔야 할까? 절대 · 절체 · 절명의 과제는 바로 인간의 '마음'이다.

"심히 부패한 것은 마음이라 누가 능히 이를 알리요"(렘 17:9).

"나의 안에 거하라. 나도 너희 안에 거하리라. 가지가 포도나무에 붙어 있지 아니하면 절로 과실을 맺을 수 없음과 같이 너희도 내 안에 있지 아니하면 그러하리라. 나는 포도나무요 너희는 가지니 저가 내 안에, 내가 저 안에 있으면 이 사람은 과실을 많이 맺나니 나를 떠나서는 너희가 아무것도 할 수 없음이라"(요 15:4,5).

겸손한 눈과 마음

"누나! 이것 개구리알 아냐?"

"맞아."

내 나이 여섯 살 때, 이웃집 박은지 누나와 따뜻한 봄날, 논두렁 따라 냉이, 돌나물, 메, 달래를 캐러 다녔다. 논 한 모퉁이, 물이 고인 밑에 해파리같이 희멀건 주머니 속에는 녹두알만한 크기의 까만 개구리 알이 무수히 있었다.

'저렇게 많은 개구리알이 다 개구리가 되어 펄쩍펄쩍 뛰다니….'

그 까만 눈들이 퍽이나 신기하기도 하고 무섭기도 했다. 중학교 시절, 긴긴 겨울방학, 그리고 함박눈이 쏟아지는 어두운 밤이었다. 요즘 세상같이 TV나 냉장고도 없던 시절, 너무나 일찍 먹은 저녁 때문인지 배가 출출하고 목젖이 근지러워 군것질 생각이 났다. 집안 이곳저곳 뒤져봐도 군것질할 만한 것이라곤 하나도 없었다. 그런데 현관문 한 모퉁이에 싸리 꼬챙이로 열 마리씩 꿰어 말린 북어 꾸러미가 내 키만큼 쌓여 있었다.

"옳지, 이것이다!"

북어를 뽑아 두들겨 먹을 수도 없고 해서 젓가락으로 이곳저곳 북어 눈을 뽑아 먹었다. 참으로 고소하고 맛이 있었다. 이 일 때문에 이튿날 아침 아버님으로부터

"애들아, 북어 눈을 그렇게 빼먹으면 상품 가치가 없어 물건이 잘 안 팔린다."

라고 꾸중을 듣기도 했다. 그 후 어느 날, 나는 감기로 인해 몸이 불덩어리같이 열이 오르고 밤새도록 기침이 심해 뱃가죽까지 아팠다. 어머님이 읍내리에 있는 오 의원에 데리고 가셨다. 닥터 오는 나를 의자에 앉히더니 입안과 목구멍을 체크하고 내 눈을 아래위로 까보았다.

'감기에 걸렸다고 했는데 눈은 왜 까보지?'

그 후 깨달았지만 눈은 내 속을 들여다볼 수 있는 유일한 창문과 같은 존재이며, 그 이상도, 그 이하도 아닌 것을 알게 되었다.

우리들의 눈은 다만 외부의 세계를 머릿속에 전달하는 것뿐, 빨간 안경을 썼을 때는 온 세상이 빨갛게만 보이고, 파란 안경을 썼을 때는 파랗게만 보이고, 노란 안경을 썼을 때는 노랗게만 보이게 된다. 즉, 겉과 속이 다르다. 우리는 그 동안 우리의 육신의 눈을 너무나 많이 믿고 또 너무나 오랫동안 속아 살아왔다.

우리는 눈에 보이는 것들이 어디서부터 어디까지가 진실인지 늘 흐릿하게만 살아왔다. 자기의 입맛에 포장된 육신의 눈에다가 나의 전 생애를 믿고 맡기기에는 너무나 부족할 것 같다.

"예수께서 가르치심을 시작할 때에 삼십 세쯤 되시니라"(눅 3:23).

그러고 보면 지금 우리 모두가 30세는 넘지 않았는가? 그런데도 아직도 자기의 육신의 두 눈만 믿고 살아가고 있는 것은 아닌지?

"예수를 잡아끌고 대제사장의집에 들어갈 새 베드로가 멀찍이 따라가니라 사람들이 뜰 가운데 불을 피우고 함께 앉았는지라 베드로도 그 가운데 앉았더니 한 비자가 베드로의 불빛을 향하여 앉은 것을 보고 주목하여 가로되 이 사람도 그와 함께 있었느니라 하니 베드로가 부인하여 가로되 이 여자여 내가 저를 알지 못하노라 하더라. 조금 후에 다른 사람이 보고 가로되 너도 그 당이라 하거늘 베드로가 가로되 이 사람아 나는 아니로라 하더라 한시쯤 있다가 또 한 사람이 장담하여 가로되 이는 갈릴리 사람이니 참으로 그와 함께 있었느니라"(눅 22:54-59).

베드로는, "무슨 말들을 하는 것입니까? 내가 죽느냐 사느냐 하는 그 와중에서 잠깐 'NO' 했을 뿐, 내가 내 가족과 어부의 배까지 버리고 그 많은 고초와 질시를 받으면서 예수님을 따라다녔고, 조금 전에는 예수님을 잡은 제사장 종의 귀를 칼로 내리쳤는데 배신자라니?" 라고 변명할 수도 있었다. 그러나 베드로는 밖에 나가 심히 통곡할 정도로 자기 죄(罪)를 깨닫고 회개한 후, 새로운 마음의 눈이 열리기 시작했다.

"땅에 엎드러져 들으매 소리 있어 가라사대 사울아 사울아 네가 어찌하여 나를 핍박하느냐 하시거늘 대답하되 주여 뉘시오니까 가라사대 나는 네가 핍박하는 예수라"(행 9:4,5).

사울은 '내가 다메섹의 먼 길을 오느라고 무덥고 피곤하여 환청이 생겼나?' 그렇게 자신을 의심할 수도 있었다. 그리고 또한 분노할 수도 있었다. '나도 자존심이 있는 사람인데, 내가 하고자 하는 일을 감히, 도대체 누가 막아? 이것은 업무 방해다!' 라고 외칠 수도 있었다. 그러나 사울은 엎드려 말씀을 경청하는 귀와 순종(順從)하는 겸손의 눈이 있었다. 이제 우리도 베드로가 회개할 수 있었던 따뜻한 마음의 눈과, 사울의 겸손한 귀의 눈을 가져야만 할 것 같다. 세상의 모든 귀와 눈은 하나님을 만나는 첫 순간을 맞아야 하지 않을는지. 나는 밖을 볼 수 있는 두 눈과 안을 볼 수 있는 두 눈으로 우리들의 '믿음'생활이 보다 풍요롭게 되기를 진심으로 기대하고 싶어진다.

소통(疏通)

오늘날 우리는 하루도 거르지 않고 사회적 갈등과 불통, 그리고 피를 마르게 하는 스트레스 속에서 살아가고 있다. 가정에서는 부부와 자녀, 고부간의 갈등, 사회적으로는 빈부의 격차로 노사 간의 갈등, 나라와 나라 사이에는 이념과 종교의 갈등으로 크고 작은 전쟁이 날마다 끊이지 않고 일어나고 있다.

이와 같은 갈등과 스트레스 속에서 우리 그리스도인들은 어떻게 살아가야만 위선자라는 말을 듣지 않고 살아갈 수 있을까? 옛날 우리나라 여인네들은 우물가에서 두레박을 띄워놓고 서로 웃고 말하며 '소통'을 했고, 빨래를 두들겨가며 고부간의 갈등을 해소했다. 김씨네 마을 사람들과 최씨네 마을 사람들은 품앗이로 '소통'을 하며 북을 치고 춤을 추며 살아왔다.

그래서 '소통'은 시간과 공간을 넘어 너와 나 사이에서 일어나는 공감과 화합의 징검다리가 되는 것 같다. 다행히 이 나라 미국에서도 피부색과 종교, 그리고 문화와 언어가 각기 다른 30여 개 국민들이 서로 엉기어 살아가고 있는 것은 하나의 언어 즉 영어라는 큰 용광로 속에서 녹아 '소통'하며 살아가고 있기 때문이다. 이민 온 우리도 어려서부터 어머님의 음성으로 마음 문을 열었고, 어머님의 가슴으로부터 나오는 젖샘을 통해 '소통'하며 살았기에 오늘날까지 우리들로 하여금 타국 땅에서 밀려오는 스트레스와 고달픈 갈등 속에서도 어머님을 생각하며 모두 다 굳건히 살아가고 있는 것이 아닐는지.

"볼지어다 내가 문 밖에 서서 두드리노니 누구든지 내 음성을 듣고 문을 열면 내가 그에게로 들어가 그와 더불어 먹고 그는 나와 더불어 먹으리라"(계 3:20).

우리들의 따뜻한 말 한 마디, 그것은 사랑의 마음 문을 두들기는 노크요, 더불어 먹고 마시는 일은 우리들의 목구멍이 열리는 열쇠로 '소통'의 지름길이 되기도 한다. 예수님은 야곱의 우물가에서 물을 마시며 '소통'하셨고, 나사로의 집에서는 서로 식사하며 '소통'을 하셨다. 그리고 삭개오의 집에서도 그와 같이 식사를 하며 '소통'을 하시었다. '소통'은 매스(Mass)가 아니다. 너와 내가 서로 얼굴과 얼굴, 눈과 눈을 마주 보며 1미터 안에서 말이 이어져야만 한다. 그러므로 전화나 TV로 대한다는 것과는 그 질이 멀고도 다르다. 그 안에는 인격과 성품, 그리고 인정이 묻어 있다.

"또 떡을 가져 사례하시고 떼어 그들에게 주시며 가라사대 이것은 너희를 위하여 주는 내 몸이라 너희가 이를 행하여 나를 기념하라 하시고"(눅 22:19).

목회자들은 갓 모낸 논에서 자꾸 물이 빠져나가는 것을 논두렁 위에서만 볼 것이 아니라 논두렁 아래로 내려가서 보아야 어느 곳에서 물이 새는지 알게 되어 있다. 을(乙)은 등이 가렵다고 하는데, 갑(甲)은 자꾸 넓적다리만 긁어주어서야 말이 되겠는가. 그것은 바로 '소통'의 부족에서 오는 결과이다.

새로 입사한 사원이 사장님 방에 결재를 받으러 문을 두들기고 들어왔다. 사장님은 권위적인 사장님 책상 위에서 내려와 책상 앞 티테이블 소파에 앉아 사원으로 하여금 같이 앉게 하고, 우선 서류를 결재하기 전 따뜻한 보리차를 한 잔씩 서로 나누어 마셔가며 도장을 찍어 내려갔다. 사원은 "사장님!" 하더니 그 날 아침 출근 전에 부인과 서로 말다툼하던 일까지 이야기하며 서로 웃었다고 하니 '열린 목구멍에서 열린 마음이 생긴다.'고 하는 말은 결코 헛된 말이 아니라 그 시사하는 바가 매우 크다고 할 것이다.

서로 말도 안 통하는 대통령과 차나 식사를 한 번도 안 했는데 나와의 '소통'이 있었다고 할 수 있겠는가? 우리가 교인들의 체질개선만을 목전에 둘 것이 아니라 너와 나 사이에 막히고 껄끄러웠던 사연들을 '소통'으로 다스린다면 얽히고 맺힌 것들, 섭섭하고 냉랭했던 일들, 꽁하고 막혔던 일들이 다 풀어져, 교회에서 재정관계로 삐걱거리는 일들이 없어지리라 생각이 든다.

말없이 넘어져 있는 나그네에겐 때로는 서로간의 기도도 큰 힘이 되겠지만 갑과 을 관계에서는 '소통'이 꼭 필요하다. 나는 아내의 대형 교통사고로 피가 마르고 온몸이 천근만근 같았을 때 여성선교회원들이 따뜻한 밥을 해가지고 그 먼 치노까지 찾아와 부침개며 두부찌개, 상추까지 차려 놓고 서로 웃고 마시고 먹던 '소통'의 모습들을 잊으려야 잊을 길이 없다. 선한 사마리아 사람들의 그 아름다운 이름

들을 나는 가슴속 깊이 간직한 채 예수님께서 오시는 날 저 반짝이는 별, 하늘나라까지 가져가고 싶어지기만 한다. 그 '소통'이 바로 외롭고 고통스러운 타국에서의 사람들이 살아가는 정(情)이 아니고 무엇이겠는가.

"내가 주릴 때에 너희가 먹을 것을 주었고 목마를 때에 마시게 하였고 나그네 되었을 때에 영접하였고 헐벗었을 때에 옷을 입혔고 병들었을 때에 돌아보았고 옥에 갇혔을 때에 와서 보았느니라. 이에 의인들이 대답하여 이르되 주여 우리가 어느 때에 주께서 주리신 것을 보고 공궤하였으며 목마르신 것을 보고 마시게 하였나이까 어느 때에 나그네 되신 것을 보고 영접하였으며 벗으신 것을 보고 옷 입혔나이까 어느 때에 병드신 것이나 옥에 갇히신 것을 보고 가서 뵈었나이까 하리니 임금이 대답하여 가라사대 내가 진실로 너희에게 이르노니 너희가 여기 내 형제 중에 지극히 작은 자 하나에게 한 것이 곧 내게 한 것이니라 하시고" (마 25:35-40).

오늘날 갈등과 스트레스가 밀물과 같이 우리들의 삶 속으로 밀려오는 이때에 '소통'은 메말랐던 우리들의 심령을 퍽이나 촉촉하게 적시며, 우리들의 삶을 평화스럽고 행복하게 살찌우게 하리라 생각이 든다. 이제 이 노인들에게 무슨 욕심이란 것이 있겠는가. 남은 인생이라도 이웃에게 베풀며 '소통'으로 그저 웃고 건강하게 살아가고 싶다.

진리(眞理)란 무엇인가?

밝아오는 새 시대 2,000년을 맞으며 뜻깊은 1999년을 보내는 11월의 마지막 일요일, 우리 부부는 세 분의 장로님, 여덟 분의 집사님들과 함께 '채널 아일랜드 내셔널 팍'이라는, 태평양에 떠 있는 검은 바위섬을 답사했다. 옥스나드(Oxnard)에 있는 항구를 떠나 배를 타고 약 2시간 만에, 일행들은 섬에 다다랐다. 배만 탔다 하면 배멀미를 하는 나는 언제나 그러듯이 명상으로 이 괴로움을 극복하려 애썼다. 눈앞에 펼쳐진 이 많은 바닷물! 그리고 그 위에 낙엽같이 떠 있는 나! 이 엄청난, 그리고 이 거대한 물을 이루는 물방울들이 어떻게 우주 공간에서 그렇게도 빠르게, 그리고 둥글게 공중에 떠 있는 것일까?

25일은 일 년에 단 한번 있는 추수감사절, 우리 내외와 시집간 두 딸네 식구들이 베이커스필드에 있는 막내딸 집에 모두가 초대되었다. 터키를 굽고 그레이비, 스터핑, 크랜베리, 펌킨파이 등 음식 준비로 야단법석이었다. 그런데 다섯 손자 · 손녀 중 세 손자 —코리(네 살), 코린(두살), 콜턴(두살) —는 장난감들을 잘 가지고 논다. 어린이 장난감 방에서 기차 화통에다 여러 개의 객차와 화차를 달고 기찻길 위로 밀고 끌고 당기며, 웃고 뛰고 소리 지르며 흥미롭게 잘 논다. 그러다가 네 살짜리 코리가 코린의 객차를 하나 더 빼앗아, 자기 차에 붙여 단다. 그 때 '분쟁'이 시작되었다. 소리 지르며 밀치고 당기다가 서로, 화차를 든 손으로 내리친다. 재빨리, 할아버지인 나는 '욕심'으로 생긴 분쟁터에 UN군으로 등장한다.

"쉐어(Share)해야지, 쉐어!"(서로 양보하며 같이 놀아야지!)

쉐어가 불가능해지자, 나는 양쪽 모두의 장난감을 압수하고 아이들을 응접실로 몰아냈다. 그리고 TV 옆에 붙어 있는 어린이그림 책장으로 데리고 갔다. 토끼가 있는 그림, 오리가 있는 그림, 사슴 · 곰 · 기린 · … 등이 있는 그림책을 서로 뒤져가며 웃고 지껄인다. 네 살짜리 코리가 한 그림을 손으로 가리키며 두 살 된 콜턴 보고 "드래곤!"(용!) 하며 말을 건넨다. 콜턴은 그 그림을 보더니 "노! 다이너시스!"(공룡!) 라고 맞받아 소리치며, 그들 나름대로의 '진리'를 주장했다.

"노! 드래곤!", "노! 다이너시스!"

"노! 드래곤!" "노! 다이너시스!"

네댓 번 서로 고성이 오고 가더니 손가락이 오르락내리락하고, 드디어는 주먹다짐으로 변했다. 그리고 서로 밀치고 당기다가 때리기 시작했다. 할아버지는 또 마음에 없는 재판을 시작해야 할 시기가 돌아왔다. 문제의 그 그림을 내가 보니 아뿔싸! '드래곤'(용) 같기도 하고 '다이너시스'(공룡) 같기도 했다. 이 세상에서 용을 본 사람이 하나도 없고, 이 세상에서 공룡을 본 사람이 하나도 없으니, 할아버지인 나 자신도 누구의 손을 들어주어야 할지 모르게 되었다. 두 놈 다 "타임스 업!"(Time's up), 손을 들고 방구석에 세워놓는 벌을 주고, 나는 소파에 다시 기대앉았다. 무엇인가 잠깐 생각에 잠긴 나는 '인간의 욕심의 전쟁도 무섭고, 인간의 이념의 전쟁도 무섭구나! 코리는 그 어머니가 그렇게 생긴 것을 〈용〉으로 가르쳤고, 콜턴은 그 어머니가 그렇게 생긴 것을 〈공룡〉으로 가르쳤으니.'

그들의 잘못은 하나도 없었다. 귀여운 손자들에게 타임업을 풀어주고 나는 계속 생각에 잠겼다.

'그렇다! 이 그림을 들고, 이 그림을 그린 그 사람에게 가서 직접 물어보는 것이 〈진리〉이다.' 라고 생각했다.

이렇게도 엄청난 바닷물이 책상 위의 컵 속 물같이 평평히, 그리고 조용히 있지 않고, 이 거대한 우주 속에, 특히 죄인들이 우글거리는 이 지구 위에 진주알같이 왜 둥글게 떠 있는지? 우리가 직접 그것을 만드신 분을 찾아가서 물어보는 것이 '진리'(眞理)임을 깨달았다.

우리는 지금껏 코리나 콜턴같이 생명이 백년으로 제한된 인간들에게 잘, 아주 잘 길들여져 살아왔다. 그래서 지구의 나이가 20억년, 30억년, 6천년 하며 아직껏 싸우고 있지 않는가? 이 지구(地球)를 만드신 그분에게 돌아가서 직접 물어보는 것이 '참된 진리'(眞理)이다.

사랑하는 형제들이여! 이제 우리 모두 겸손한 마음으로 하나님께 돌아감이 진정 인간들의 양심의 도리임을 느껴야 할 때가 되지 않았는지, 다가오는 2000년을 맞으며 다시 묻고만 싶어진다.

양털같이 하얀 필터가 되고 싶다

미국의 헨리 포드(Henry Ford)가 1880년경 수많은 시행착오와 끈질긴 연구 끝에 말(馬) 없이도 먼 길을 달릴 수 있는 자동차를 발명했다. 車를 완성한 포드는 동네 아이들을 태우고 흙먼지를 마구 피우며 신나게 이리저리 마을길을 달렸다. 앞으로는 마구간이 없어도 되었고, 말먹이의 마초농사를 하지 않아도 되었다. 또한 길에는 말똥을 버리지 않고도 마음대로 아름다운 산천을 구경하며 먼 길을 달릴 수가 있었으니 퍽이나 신나는 일이기도 했다. 그런데 주민들은 길 위의 이 괴물을 없애달라고 시장에게 항의하며 반대 시위를 벌이기 시작했다.

이 시커먼 쇳덩어리가 먼지를 피울 뿐 아니라 길 위를 총알같이 무섭게 달리며, 자동차에서 나는 "탕! 탕! 탕!"하는 대포 쏘는 듯한 소음 때문에 도무지 잠을 잘 수가 없다는 것이었다. 엔진 속에서 터지는 폭발음 때문이었다. 그래서 포드는 자동차 뒤에다 머플러 필터 장치를 해, 시민에게 편의를 제공하여, 서로에게 '윈! 윈!'이 될 수 있도록 하였다. 그리고 이 자동차가 보다 더 강한 힘으로 더 빨리 달리게 하려면 깨끗한 공기를 피스톤 안에 주입시켜야만 하였기에, 엔진 위에다 둥근 통을 달고 그 속에 필터 장치를 만들었다. 그래서 오늘날과 같이 편리한 자동차를 만들게 되었다.

내 나이 어렸을 때, 어머님은 찹쌀을 쇠 절구통에 넣고 절구공이로 빻아 그것을 채에 붓고 좌우로 흔들어 고운 가루를 내린 다음 그것으로 옹심이를 빚어 팥죽에 넣고 먹음직스럽게 만들어주셨다. 그리고 찰수수도 빻아서 역시 채로 친 후 숯불 위에 솥뚜껑을 엎고 들기름을 두른 후 수수부침개 속에 단팥을 넣어, 반달 모양의 주먹만 한 절편을 만들어주셨다. 어머님의 사랑이 채라는 필터를 거쳐 맛있는 음식이 되어 나왔다.

하나님은 사람을 만드실 때 말할 수 없이 많은 필터를 우리 몸속에 넣으셨다. 인간은 양심(良心), 도덕(道德), 법(法)의 필터에 보다 앞서 예수님의 필터를 그 마음속에 품어야만 한다. 그것이 살아가는 동안 가져야 할 선(善)이요 사랑인 것만 같다.

요즘 고국에서는 미세먼지 때문에 가끔 마스크를 쓰고 다니긴 하지만, 우리들의 코 속에 있는 코털이 필터가 되어 신선한 공기를 폐 속에 넣어주며, 또한 폐 속에 들어간 공기 중 우리 몸에 꼭 필요한 산소만을 통과시키도록, 폐 속에 수많은 꽈리 같은 세포에 필터 장치가 되어 있다. 이것뿐인가. 인간들이 이것저것 가리지 않고 마구 먹기에 몸에 들어온 독소를 걸러내기 위하여 간(肝)이라는 필터를 우리 몸속에 두어, 하나님의 그 크신 사랑을 보게 하시었다. 그리고 혈액으로부터 들어온 액체에서는 우리들에게 꼭 유용한 영양분만 흡수하고 불필요한 찌꺼기는 콩팥이란 필터를 통해 오줌으로 배설하게 만드셨다. 또한 췌장에서는 우리 몸에서 당분이 새어나가지 않도록 세포 속에 미세한 필터를 만들어, 우리들이 당뇨병에 걸리지 않도록 배려하셨다.

근자에 깨끗한 물 마시기 캠페인이 있기에 나도 $700이라는 거금을 들여 Spring이라는 독일제 정수기를 사다 달았다. 일 년이 지나 정수기의 필터를 $175을 주고 갈아 끼워야만 했는데, 필터의 하얀 융털 위에는 악풀 같은 검고 푸른 노폐물로 가득가득 채워져 있었다.

'아아, 지난 일 년 사이에 내 마음속 필터에는 무엇이 얼마나 많이 묻어 있을까?'

현대 사회는 국가나 종교계나 노사 간 모두가 서로의 감정의 골이 깊어만 가고 있는 갈등의 사회로 변해가고 있다. 아파트에 입주하고 있는 여인의 폭언 때문에 53세의 경비원 이 씨가 얼마나 억울하고 마음 아팠으면 자신의 몸에 휘발유를 뿌려 분신자살을 했겠는가.

정치가들의 막말, 사장이 직원을 자기네 머슴같이 알고 하는 막말, 돈 좀 있다고 종업원을 자기네 종처럼 알고 하는 막말, 수많은 '乙'을 무시하는 '甲'질의 막말 등등.

다사다난했던 갑오년, 목사 유병언 씨가 예수님께서 주신 하얀 필터를 그 마음속에 품었더라면, 눈물 없이는 볼 수 없는 300여 명의 아리따운 어린 것들이 차디찬 바닷물 속에 수장되는 일은 없었을 것을, 대한항공의 부사장 조현아 씨가 예수님의 하얀 필터를 그 마음속에 가지고 있었더라면, 질시의 눈으로 바라보는 국민의 '칼피아'는 없었을 것을 ….

눈빛 하나 말 한 마디에도 가시가 있고 뼈가 있다고 했는데, 말 한 마디에 천 냥 빚을 갚는다고 했는데 …. 을미년 새해를 맞아 나는 눈빛 하나, 말 한 마디까지 하얀 양털 같은 예수님의 필터를 거쳐 이웃에게 어머님 같은 사랑, 그리고 나의 따뜻한 마음을 선물하고 싶어진다.

Bible Capsule

'옥스퍼드 대학' 하면 영국뿐 아니라 세계에서도 유명한 대학으로 손꼽힌다. 이 대학을 방문하면 안내원은 으레 손님을 데리고 가는 곳이 있다.

"이것은 만유인력을 발견한 뉴턴이 앉아서 공부하던 책상입니다."

"이것은 영국을 제2차세계대전에서 구출한 윈스턴 처칠이 누워 자던 침대입니다."

"이것은 영국을 해가 지지 않는 나라로 만든 넬슨 제독이 밥 먹던 식탁입니다."

……

그런데 더 흥미 있는 일은 그 학교 개교기념일에, 100년 전에 선배들이 땅속에 묻은 '타임캡슐'을 개봉하는 일이었다. 100년 전에 선배들이 묻은 쇠통의 뚜껑을 열고 증손자들은 옹기종기 모여앉아 쪽지를 펴 읽어내려 갔다.

"내 증손자야, 술을 많이 마시지 마라!"

"내 증손자야, 갬블링(투전)을 하지 마라!"

"내 증손자야, 휴지를 아무데나 버리지 마라!"

등등이었다. 증조할아버지의 유언 같은 이 쪽지를 읽은 그들은 모두가 일생 동안 그대로 지켜, 가정의 전통을 세웠다고 한다.

우리 나성중앙교회에서도 10년 후에 다시 펼쳐질 'Bible Capsule'을 준비했다. 니고데모가 예수님을 찾아와

"예수님, 어떻게 하면 하늘나라에 갈 수 있습니까?"

라고 물었다. 예수님은 말씀하시기를

"진실로 진실로 네게 말하노니 사람이 물과 성령으로 거듭나지 아니하면 결단코 하늘나라에 갈 수 없다."

라고 하셨다. 이것은 오늘날 우리들에게 의미심장한 말씀이었다. 고해와 같은 이 세상에서 우리 아들 · 딸들이, 그리고 손자 · 손녀들이 살아가고 또 살아남아야 할 길을 제시해 주셨다. 예수님께서 말씀하시기를

"내가 그(보혜사 성령)를 너희에게로 보내리니"(요 16:5-7).

또 가라사대

"내가 곧 길이요 진리요 생명이니 나로 말미암지 않고는 아버지께로 올 자가 없느니라"(요 14:6).

그리고

"주의 말씀은 내 발에 등이요 내 길에 빛이니이다"(시 119:105).

라고 하셨다.

우리들의 손이 FM 93.5를 들을 때 서울 방송이 나오고, 우리들의 손이 채널 18을 누를 때 한국 방송이 나오듯이, 이제 우리는 예수님

의 채널을 찾아 누를 때가 왔다. 우리는 예수님의 채널 속에서만이 빛이 있고, 길이 있고, 생명이 있음을 알 수가 있다. 그 채널은 곧 예수님의 '말씀'이요 '성경'이니, 누가 감히 그것을 부정할 수가 있을 것인지. 그래서 생각하기를 이 'Bible Capsule'에다 여러분들의 이름과, 그들에게 길이 되고 빛이 될 성구와 기록한 날짜를 남겨, 여러분들의 자녀와 손자 · 손녀에게 사람으로서의 걸어야 할 옳은 길을 보여주는 행사를 꼭 갖고 싶었다.

이 'Bible Capsule'은 잘 세균처리한 후 납종이 속에 밀봉하여, 초로 땜질한 후 비닐봉지에 넣어, 10년 후에 여러분의 자녀와 증손자들을 나성중앙교회로 초청하여, 부모들의 소원하는 길을 재조명하는 행사를 갖게 될 것이며, 이 일에 임원들이 힘써 노력하고 있다.

부활

"네가 먹는 날에는 정녕 죽으리라"(창 2:17).
하였으매, 죽음의 씨는 우리 모두의 몸속에서 날마다 자라고 있다. 참으로 죽음은 삶의 종말인 동시에 인생의 결산이다. '세네카'가 말하듯이

"사람이 어떻게 죽어야 하는가?"
하는 문제는 삶의 목적과 삶의 의미를 밝혀주는 해답이 될 것이다. 남자이건 여자이건, 나이가 많건 적건, 부한 자건 가난한 자건 간에, 죽음은 결단코 이론이나 추상으로 끝낼 수 있는 문제는 아니기 때문이다. 인생의 결산점에서 선과 악이 같이 할 수 없고, 낙천과 염세가 같이 할 수 없고, 희망과 절망이 같이 있을 수 없기 때문이다. 바로 이것이 유신론과 무신론의 차이이기도 하다. 그러므로 이것은 각자의 신념이며, 스스로의 인생관에 속할 뿐, 결코 증명이나 해설이나 강론에 의하여 풀어질 과제는 아닐 것만 같다. 오직 우리들에게 주어진 것은 선택하는 일뿐이다. 이것은 오히려 인간에게 있어서 제일

귀중하고 근본적인 문제의 해결이라고 보아도 좋지 않을는지! 그러나 진정 죽음 뒤의 문제는 잊혀진 저편 세계의 내용이며 이미 우리들의 한계와 이해의 범위를 넘어선 문제가 되기에 인간에게 이렇게 번뇌와 고민이 따르게 되는 것이다.

1997년 11월, 나는 우리 집안 어른이신 고모님을 90세 연세로 여의게 되었다. 오성훈 목사님은 하관식에서 이렇게 마지막 기도를 했다.

"하나님! 이제 이 인간의 시체는 더 이상 우리가 맡을 수가 없습니다. 이제 하나님에게 인계하오니 인수하여 주시옵소서!"

참으로 인간다운 솔직한 고백이었다. 죽음 뒤의 저 세계를 말한다는 것은 우리의 한계를 넘어서는 일이다. 그것은 다만 '믿음' 위에 기초를 두고 찾아야 할 뿐이다.

"예수께서 가라사대 나는 부활이요 생명이니 나를 믿는 자는 죽어도 살겠고, 무릇 살아서 나를 믿는 자는 영원히 죽지 아니하리니 이것을 네가 믿느냐"(요 11:25,26)

라고 하셨다. 죽은 나사로를 살리신 예수님! 그리고 스스로 첫 열매가 되신 예수님!

"주님이 무덤에서 부활하신 것은 그분의 품안에서 잠든 모든 성도들이 부활할 것이라는 보증이 된다."

라고 하질 않았던가.

"만일 죽은 자의 부활이 없으면 그리스도도 다시 살지 못하셨으리라, 그리스도께서 만일 다시 살지 못하셨으면 우리의 전파하는 것도 헛것이요 또 너희 믿음도 헛것이며"(고전 15:13,14).

라고 하였다.

1998년 3월 13일, 나는 US 에어라인 30번 A석에 앉아 필라델피아 딸네 집으로 갔었다. 120명을 태운 비행기는 LA 공항을 미끄러져 상공을 향해 날았다. 3층, 4층, 12층으로 된 하얀 뭉게구름 사이로 비행기가 돌진할 때의 그 휘황찬란한 광경은 상상화 속에서 본 예수님 재림하실 때 광경과 흡사했다. 나는 눈을 감고 명상에 잠겼다.

'내가 세상에 살아 있을 때는 오염된 물이 되어 저 산으로, 이 바다로, 저 호수로, 이 도시로 뛰어다니다가, 죽어서는 이렇게 하늘에서 뭉게구름으로 있다가, 예수님 재림하실 때, 그 때에는 오염되지 않은 물로서 변하리라.'

법정에 나가본 사람은 '증인의 증언'이 죄(罪)와 무죄(無罪)를 가리는 판결에 얼마나 큰 영향을 주는가를 너무나 크게 실감하고 있을 것이다. 베드로와 바울, 그리고 예수님의 제자들, 또한 예수님의 형제 야고보와 오백여 성도들이 예수님의 사심과 부활의 '증인'으로 서 있음을 알고 있다. 우리 모두 예수님의 약속과 믿음으로 부활의 아침을 기다리며 오늘 내가 무슨 선(善)한 일을 할 것인가를 생각하며 살아가자고 말하고 싶다.

삶의 단상 II

새해 새 아침의 기도

여명과 함께 동쪽 하늘에 붉은 해가 솟는 새해 첫날 아침은 우리 모두가 근엄하고 경건한 마음으로 신에게 바치는 첫날이 아니었던가. 제주도 일출봉에서, 강릉 경포대에서, 묵호 어달리에서, 그리고 지금은 엘에이 천문대에서, 그 해 첫 해님이 보고 싶어 숨이 턱 끝까지 차도록 기어오르던 시절이 엊그제같이 지났건만 어느 새 또 새해 첫날이 오고, 이 날이 되면 꿈과 희망을 향해 떠난 내 고향, 내가 태어나 맨발로 뛰놀던 고향이 지금도 한없이 그립기만 하다.

새해 첫날 아침, 용광로보다 뜨겁게 타오르는 동쪽 태양을 향해 지난날 아프고 쓰린 과거를 멀리하고, 다가오는 내일의 안녕과 희망, 그리고 꿈을 향해, 지문이 닳아 없어지고 까칠해진 손, 그리고 손가락 마디마디가 밤알보다 단단해진 두 손 모아 정성어린 기도로 태양을 향해 비는 어머님들을 나는 보았다. 도봉산 절에 올라 부처님 앞에 무릎 꿇고 이마를 차디찬 마룻바닥에 대고 경건한 마음으로, 지나간 모진 세파를 멀리하고 아들과 딸, 그리고 님을 위하여 부처님께

손을 벌려 간절하게 복을 비는 모습도 나는 보았다. 토정비결, 사주 관상, 무당의 굿, 이 모두가 미래에 다가올 행, 불행을 알 수 없기에 일어나는 현상이 아니겠는가.

인생의 생과 사를 너무나 간과하며 바쁘게 돌아가는 이 세상이 한없이 한스럽기만 하다. 40억 년 긴긴 세월을 두고 오늘도, 그리고 내일도 약속한 듯이 해는 뜨고 해는 지고, 인간들의 삶은 새끼 꼬듯 지치고 쓰리고 어지럽게만 나날이 이어져야만 했다. 바람은 불고 비는 쏟아져 이 땅위의 초목들은 파릇파릇 새 생명이 돋아나고 또 죽어가고, 또 돋아나고 또 죽어갔다. 귀엽다는 판다 곰도, 꾀꼬리도, 파랑새도, 300년 산다는 거북이도 모두가 다 그렇게 죽어갔다. 아메바에서 사람에 이르기까지 ⋯.

우리는 어제가 있었기에 오늘 또 내가 서 있으며, 그래서 내일의 꿈과 희망은 바로 오늘부터 시작이 되어야만 하지 않을는지. 우리가 아무리 '아멘!' '믿습니다!' 해도 책임 있고 투명하게 정리되지 않은 과거를 가졌다면, 약속된 미래가 있을 수가 없는 것이 아닐는지. 길이요 진리요 생명이신 예수! 고로 성경 전체가 인간의 꿈과 희망으로 가득가득 채워져 있다. 만물은 죽음으로 끝이 나지만, 그리스도인은 죽은 후에도 꿈과 희망으로 편히 살아가고 있는 것이 아닐는지. 오직 그리스도를 통해서만이 중동에 IS를 떠나 참된 그리스도의 생명만이 그 안에 생명이 있어 우리들의 꿈과 희망을 채워갈 수가 있는 것이라 믿고만 싶다. 예수께서 말씀하셨다.

> "입을 열어 가르쳐 가라사대 심령이 가난한 자는 복이 있나니 천국이 저희 것임이요 애통하는 자는 복이 있나니 저희가 위로를

받을 것임이요 온유한 자는 복이 있나니 저희가 땅을 기업으로 받을 것임이요 의에 주리고 목마른 자는 복이 있나니 저희가 배부를 것임이요 긍휼히 여기는 자는 복이 있나니 저희가 긍휼히 여김을 받을 것임이요 마음이 청결한 자는 복이 있나니 저희가 하나님을 볼 것임이요 화평케 하는 자는 복이 있나니 저희가 하나님의 아들이라 일컬음을 받을 것임이요 의를 위하여 핍박을 받은 자는 복이 있나니 천국이 저희 것임이라"(마 5:2-10).

이제 한 달 후면 너와 나는 한 살을 더 먹게 된다. 오늘 살아 있기에 지겨웠던 지난날을 잊어야만 하고, 우리들에게 꿈과 희망이 있기에 새해, 새날, 새아침 첫날에 주님 향해 두 손 모아, 하늘 향해 복을 달라고 합장을 올리고만 싶어진다. 다가오는 새해에는 38 이북에 두고 온 형제자매, 그리고 내 동생과 그리운 가족들을 꼭 만나보게 해 달라고 간절한 기도를 올리고 싶어져 벌써부터 눈물이 난다.

고독과 교회 생활

봄, 여름, 가을, 겨울, 모두가 그 나름대로 아름다운 계절이다. 아지랑이와 나비, 그리고 연분홍 치마와 바구니의 봄, 매미와 수박과, 그리고 골목대장들의 물장구치는 여름, 맑고 푸른 하늘에 어울리는 단풍과 사과, 그리고 먹골배, 하늘의 자비와 은혜로 덮은 듯 끝없는 흰옷과 눈송이들의 겨울, 그런데 사람들은 왜 가을을 고독의 대명사로 부르고 있는 것일까? 나는 '고독과 교회생활'이라는 제하의 글을 위탁받고 한참이나마 망설이고 있었다.

생각하면 옷소매로 코를 닦던 나이, 저 푸른 가을 하늘과 고추잠자리가 잘 어울리는데, 너무 시샘이 나서 가던 길가에 까만 고무신을 벗어던지고도 살금살금 고추잠자리의 꽁지를 잡으러 다니질 않았던가. 둥근 보름달 위에 기러기 날아온다기에 향기 듬뿍 먹음직한 솔잎 따다 어머니 드리고, 송편에 넣는다고 까만 밤콩을 도리깨로 털며 흥겨워하던 그 시절, 그러기에 가을은 나에게 하나도 고독하지도 않았고, 해 뜨고 해가 지는 것이 마냥 아쉽기만 하였다. 그러나 안 먹어도 먹어지는 세월은 어머님은 여의고 귀여운 여동생을 잃고 나서는 나도 모르게 '고독'이라는 병이 옮겨오기 시작하였다.

삼십 년 전 일이다. 면목동 12번지에 '모의원'이라는 고아원이 있었다. 의의를 사모하는 동산이라는 뜻이다. 그 때 초등학교 3학년에 다니는 오영식이라는 열 살 된 남자 고아가 있었다. 어느 가을, 영식은 고아원을 탈출했다. 일주일 후 '부산 역전 이발관'이라는 주소의 엽서 한 장이 날아왔다. 오영식이가 부산 역전에 있으니 데려가라는 짧은 글이 적혀 있었다. 최 원장님의 명에 따라, 그 날 밤기차로 부산에 내려갔다. 아침에 내린 나는 역전이발소에 들러 인사하고, 오영식을 찾으러 왔다고 말했다.

"아아, 그러세요. 오늘 아침에도 밥을 얻어먹으려고 이곳에 왔었는데…."

서산에 해가 질 무렵 배고픈 영식이는 부산 역전에 나타났다. 나는 순간

"영식아!"

하고 불렀다. 그는 잠깐 고압전선에 감전이나 된 듯이 깜짝 놀랐다. 우선 이발소에 데려가 머리를 깎게 했다. 주인님 왈

"아침엔 거지였는데, 지금은 손님이 되었구나."

다음은 옆집 목욕탕에 갔다. 돈 받는 아저씨가 영식을 번갈아 쳐다보았다. 다음은 식당에 가서 식사를 하며 나는 물었다.

"영식아, 너 왜 이곳에 왔니?"

영식이의 대답은 이러했다.

"기차를 타고 가면 엄마가 나와 나를 반가이 맞이해 줄 것이라 생

각했어요. 기차가 설 때마다 차창 밖을 내다보았는데, 엄마가 없어요. 그러다보니까 부산까지 왔지요."

"영식아, 너 엄마 얼굴 아니?"

"몰라요. 하지만 엄마는 내 얼굴을 아실 것 아니에요."

그 후 나는 '고독'이라는 것이 어떤 것인지 조금 알 것만 같았다.

장모님이 '벨'양로원에 반신불수로 입원해 계신다. 우리 부부는 일주일에 한 번쯤은 그 곳에 들른다. 논물 고인 곳에 올챙이 모여 있듯이, 노인들은 휠체어를 끌고 창문가에 와서 밖을 물끄러미 내다보고 있다. 간호사의 말에 의하면, 하루 종일 그렇게 하고 있다고 한다.

어느 날 내가 양로원 문을 열었을 때, 누군가가 내 손목을 힘차게 잡아당겼다. 휠체어에 앉은 서양 할머니의 손은 차갑고 혈색도 하나도 없었다. 영어도 아닌, 중국어도 아닌 발음으로 무엇인가를 중얼거리고 있었다. 엉겁결에 당한 나는 그저 당황했다. 할로윈데이에 나오는 마귀할머니에게 꼭 잡힌 기분이었다. 곧 그의 '외로움'을 느꼈고, 나는 엉겁결에 미소를 던졌다.

집에 돌아와 소파에 내 몸을 던지고도 '고독이라는 병'은 참으로 깊고 무섭고 어둡고 슬프다는 것을 다시 한 번 느꼈다. 누군가가 고독을 씹으면서 산다기에 내 목을 갸우뚱한 적이 있었지만 지금은 그렇지도 못하다. 참으로 '고독'은 우리들의 영혼을 녹슬게 하며 생명을 잠식시키고 있다. 그래서 하나님께서는 아담이 '고독이라는 병'에 걸릴까봐 하와를 짝지어주셨고, 또 우리들을 짝지어주셨다.

나는 광야에서 사십 일을 금식하시던 예수님의 고독을 가끔 생각해본다. 그리고 모세의 고독, 욥의 고독, 바울의 고독, 요한의 고독을…, 그러나 그들에겐 아주 '값진 진리'가 있었다.

"진리를 알지니 진리가 너희를 자유케 하리라"(요 8:32).

우리 모두가 '고독'에서 벗어나는 길은 진리를 갖는 데 있다.

"내가 곧 길이요 진리요 생명이니 …"(요 14:6).

예수님은 '고독이라는 병', 그리고 현대인의 병 스트레스를 '진리'로 치유하라고 권유하셨다. 그래서 '진리'를 명상하고 있을 때 나는 결코, 하나도 고독하지 아니하리라 작심을 했다.

살인, 모략, 음모, 배신, 사기, 기근, 질병, 마약, 전쟁, …, 이와 같은 오늘날의 세파 속에서, 우리들의 영혼을 살찌우고 푸른 초장에 누울 수 있는 곳이란 진정 어디메냐고 묻고 싶다.

"형제가 연합하여 동거함이 어찌 그리 선하고 아름다운고"(시 133:1).

하신 그대로, 교회는 진정 우리들의 집이요 방주요, 아이들의 튼튼한 울타리이다. 우리는 모두 이곳에서 천국 생활의 참된 진미가 배어나기를 진심으로 기도하여야만 한다.

소리

관광을 가기로 예약을 해놓고 이삼일 전부터 아침저녁으로 하늘을 쳐다본다. 미수가 가까워오는 이 나이에도 초등학교 시절의 콩당콩당이 되찾아오는가 보다. 그 옛날 어머님이 "달무리가 생기면 비가 온다." 고 하신 말씀이 생각나 걱정이 되기도 했기 때문이다. 관광에서 새로운 풍물을 보고 또 새로운 지식을 얻는다는 것은 참으로 유익한 일이다. 어쩌면 수 시간 달리는 버스 안에서 차창 밖을 내다보며 스트레스를 확 날려 보내고 나 혼자 깊은 명상에 잠겨보는 일도 관광 못지않게 즐거운 일이기도 하다.

버스에서 내려 꿩 같이 발 빠른 집사람과 느긋하게 사물을 음미하며 관광을 즐기는 나는 언제나 떨어져 있기 마련이다. 그래서 셀 폰을 두개 사서 각자 갖기로 했다. 답답하면 서로 위치를 확인하고 소통하니 그 얼마나 편안한지 모든 일이 알콩달콩 하기만 했다. 관광을

그런데 요즘 나이 탓인지 곧잘 내 물건을 놓고도 그 다음에 쓰려고 하면 어디에 놓았는지 몰라 이곳저곳 뒤져 헤매는 일이 자주 있었다.

그러던 어느 날 소중한 나의 셀 폰을 어디에 두었는지 통 알 길이 없어 나중에는 냉장고까지 뒤지고 있었다. 집사람이 물었다. “무엇을 그렇게 요란하게 찾아요?” “어 어 내 셀 폰.” “가만히 계세요! 내가 찾아볼게요.” 하더니 자기 셀 폰으로 나의 셀 폰 전화번호를 ‘찍찍’ 눌러댔다. 어디선가 파리 목숨보다 가늘게 신호가 들려왔다. “다시 눌러봐!” 둘이서 귀를 가다듬고 다시 들어보았다. “아아, 방에서 난다.” 방에 들어가 또 다시 눌러 보았다. 나의 셀 폰은 내가 잠자는 침대 이불 속에 있었다.

나는 삼중고로 고생하던 헬렌 켈러 여사가 생각이 났다. 도우미 설리반의 입에 자기 손바닥을 대고 그의 말의 뜻을 헤아려 이름 높은 하버드 대학까지 졸업한 것을….

몇 년 전에는 텍사스 주에 있는 배쓰 동굴에도 가 보았다. 수백 마리의 박쥐들이 해가 지고 어둑어둑해지면 입에서 소리 내어 밖에 나가 먹이도 찾고 목적지를 향해 찾아가기도 한다고 레인저가 설명해 주시었다.

어렸을 적 어느 무더운 여름날, 나는 매미 소리가 하도 멋있어 매미채를 들고 도둑고양이 같이 살금살금 아주 조심조심 나무 밑으로 가 매미를 잡았다. 어른들 말에 의하면 그것은 매미가 짝짓기 위한 ‘소리’라고 말씀해 주시었다.

초등학교 때 친구 집에 가 하룻밤 자기로 하고 놀러 간 적이 있었다. 그의 초가집은 사방의 논 가운데 있었다. 잠자려고 하는 한밤중에 맹꽁이 우는 ‘소리’로 그날 밤 잠을 설치기도 했다. 그 친구 할아버지 말에 의하면 서로 짝짓기 위한 사랑의 노래라고 말씀하여 주시었다. 미물도 '소리'가 나는 쪽으로 찾아가면 그 속에 또 하나의 새로운 생명이 있음을 알고 있었다.

독일의 히틀러는 유대인 600만 명을 강제로 끌어다가 몸이 더러우니 목욕을 해야 한다고 하며 발가벗겨 개스방에 집어넣고 어른부터 어린아이까지 모두 다 질식시켜 죽여 버렸다. 금니는 빼고 인간 기름을 짜서 공업용으로 썼다. 유대인들은 가슴을 치며 하늘을 우러러 목에 피가 맺히도록 부르짖었고 시멘트벽에는 "GOD! GOD!" 이라고 피가 터지도록 썼지만 하나님은 잠잠하였고 보이지도 아니 했다.

6 · 25 당시 100만 명이라는 양민들이 공산군에 의하여 죽임을 당하고 평화롭게 살던 가족들이 산산조각이 났지만 그때에도 하나님은 아무 말이 없었고 보이지도 않으셨다. 장차 있을 야곱의 환란 때에도 하나님이 나타나시겠다는 약속은 어느 한 구석에도 없다. 우리는 하나님이 보이지 않으면 하나님의 '소리'를 찾아가야만 살 수 있음을 왜 몰랐을까.

"그러므로 믿음은 들음에서 나며 들음은 그리스도의 말씀으로 말미암느니라" (롬 10:17)

"태초부터 있는 생명의 말씀에 관하여는 우리가 들은 바요 눈으로 본 바요 자세히 보고 우리의 손으로 만진 바라" (요일 1:1)

하나님의 말씀은 우리들의 입에서 나오는 구강음이나 순치음 같은 그런 '소리'와는 질적으로 전혀 다르다. 그 말씀 속에는 하나님의 권위와 능력과 무소부재하신 파워가 내포되어 있다. 말씀으로 소경을 눈 뜨게 하셨고, 말씀으로 앉은뱅이를 일으키시고, 말씀으로 문둥병을 낫게 하시고, 말씀으로 바다를 잠잠케 하시고, 말씀으로 죽은 나사로를 살리는 권능을 가지고 계셨다.

태초에 하나님이 빛이 있으라 하시니 빛이 있었다(창 1:3). 하나님은 언제나 보이지 않았지만 침묵 하지는 않으셨다. '음성으로' '이르시되' '가라사대' '말씀하시되'로 우리 마음속에 살아 계시어 내 뒤에서 이르시기를 '이것이 정로니 이리로 행하라'고 지금도 우리 마음속에서 속삭이고 계신다. 그것이 곧 길이요 진리인 것이다. 바로 우리가 목말라 하고 찾아가는 眞理인 것이다.

아브라함과 이삭에게도 하나님은 보이지 않았지만 말씀대로 순종하여 믿음의 조상이 되었고, 모세나 바울에게도 하나님은 보이지 않았지만 빛 가운데서 말씀(소리)으로 하명하고 계시었다. 보이지 않으면 주님의 '소리'를 따라가야만 平和롭게 사는 길임을 내 人生 길에 길잡이로 삼고만 싶다.

정답은 오직 하나

2016년 10월 22일, 여성선교회원이 한국의 춘양으로 떠나는 저녁이었다. 언제나 그러하듯 식당의 주인공 김세희 집사님이 떠나는 사람들과 환송 나온 사람들을 위하여 저녁식사를 만들어 주셨다. 두부조림, 부치개, 김치, 김 그리고 된장국을 끓여주셨다. 본래 미소국을 좋아하는 나는 컵의 바닥이 보일 정도로 맛있게 핥아먹었다.

집사람이 떠난 다음 날 아침, 침대에서 눈을 뜬 나는 날마다 그 나물에 그 반찬이었는데 '오늘 아침에는 내가 직접 색다른 것을 만들어 밥을 먹어야지' 생각하며 벌떡 일어났다. '그래, 어제 저녁 김세희 집사님이 만든 된장국보다 더 맛있게 만들어 먹어야지!' 하며 빙긋이 웃었다. 싱크대 앞에 서서 무를 씻어 칼로 썰고 풋고추를 씻어 썰고 파를 씻어 자르고 그리고 작은 냄비를 씻어 물을 담고....

손에 물 묻히기를 싫어하고 물 하나 손끝에 까딱 않고 살아가던 내가 불쌍하기도 하고 애처롭기도 하였다. 앞으로 3주 동안 이렇게 살아야 하나 걱정이 되기도 하였다. 요리를 하면서도 조운파 작사

하수영의 ‘아내에게 바치는 노래’가 생각이 났다. “젖은 손이 애처로워 살며시 잡아본 순간 거칠어진 손마디가 너무나도 안타까웠소… 나는 다시 태어나도 당신만을 사랑하리라”는 노래가 삐딱해진 내 마음 속을 살며시 정돈해 주기 시작했다.

이제 밥상을 차려 된장국에 깨보숭과 후춧가루를 치고 김을 곁들여 밥을 먹기 시작했다. 그런데 도무지 어제 저녁에 먹었던 김집사님의 된장국 맛에는 어림 반 푼어치도 가지 못했다. 똑같은 사람의 손끝에서 만들었는데 이렇게 쓴물과 단물이 나올 줄이야 꿈에도 상상 못했다. 무슨 까닭이었을까? 뱀은 물을 먹으면 독을 만들고 소가 물을 먹으면 우유를 만든다. 똑같은 손이라도 사랑과 봉사의 따뜻한 마음으로 끓인 된장국은 달았고 오만과 욕심과 질투로 끓인 된장국은 쓰기만 했다.

집사람은 경북 춘양으로 떠나기 하루 전부터 요즘같이 아침저녁 쌀쌀해 오는데 옷은 이것으로 덧입고 집안 청소할 때는 이렇게 하고, 세탁할 때에는 옥시크린을 요만큼만 넣고 동전은 쿼터 4개가 아니라 다섯 개를 넣어야 하고, 반찬은 김치 담가 놓았으니 걱정은 말고… “이쪽으로 와 봐요” 하더니 나를 냉장고 앞으로 불러놓고 냉장고문을 열고는 사과는 이 빼다지 속에 있고, 파 마늘 브로콜리는 이 빼다지에 있고 김은 여기에 있고 만두는 냉동실에 있고, 우유는 이제부터 작은 것으로 사다 먹고 미역국은 미역을 하루 저녁 전에 물에 담궜다가 끓여먹고, 반찬은 언제나 먹을만큼만 덜어서 먹고 저녁 6시 이후에는 캄캄하니 나가 다니지 말고, 햄버거는 사다 먹지 말고, 난 꽃에는 물을 주었으니 더 이상 물을 주지 말고, 양파와 감자는 밖에 있으니 싹이 났다하면 버리고, 약은 식후에 꼭 먹으라고 藥자를 써서 벽에 붙여 놓았으니…… (아이고 내 머리가 터지겠다!) 육법전서나 논어 그리고 수학의 미적분보다 더 골치가 아팠다. 그 많은 "하지 말라!"를 대학노트에 기록한다면 한 권이 모자랄 정도다. 혼자 있으면 해방된 이 몸이 더 편할 줄 알았는데 전혀 그것이 아니었다.

갈등과 편견 그리고 빈부 격차가 심화된 오늘날 고된 삶으로 지친 인생길에 있어서 육신이 이러할진대 우리들의 영혼은 어떠할꼬. "여호와는 나의 목자시니 부족함이 없으리로다. 그가 나를 푸른 초장에 누이시며 쉴만한 물가로 인도하시는도다."(시23:1-2) 몸을 소파에 던져 눈을 감고 앉아 부족함이 없고 쉴만한 물과 푸른 초장을 그려보았다. 날개는 두 개가 있어야만 멀리 날아가 방주로 돌아온 비둘기같이 보람 있고 행복한 삶이 있다는 것을 왜 미처 몰랐을까! 손이 둘인 것같이….

희년(稀年)이 지나고 미수(米壽)가 가까워지는 내 나이 탓인지 요즘 촛불이 깜빡거리듯 내 머리도 깜빡거리고 있다. 책장 앞이나 옷장 앞에 가서도, 또 냉장고 문을 열고도 그 앞에 가서도 틀림없이 무엇을 가지러 왔는데 영 기억이 나지 않아 눈만 껌뻑거리다가 그냥 돌아온다. 혹 가서도 왜 왔는지 기억이 않나 무엇인가 잡을듯 말듯 다섯 손가락만을 굽혔다 폈다 하는 습관이 깜빡이 머리와 더불어 생겼다.

오늘도 혼자 TV를 켜놓고 소파에 앉아 신문을 펴들고 있었다. 어디선가 몹시 타는 냄새가 집안으로 들어와 일어나 창문을 닫으며 '미친 사람들 봤나 영어 몰라 눈도 멀었다고 하더니 콧구멍까지 막혔나 보군!' 하며 돌아가며 창문을 닫았다. 방에 들어가 방의 창문도 닫았다. 다시 소파에 앉아 신문을 보고 있는데 무언가 타는 냄새가 더더욱 심하게 났다. 그제야 나는 벌떡 일어나 내 집의 부뚜막을 살펴보았다. 내가 십여 분 전에 따뜻한 우유가 먹고 싶어 컵에 우유를 따라 작은 냄비에 물을 넣고 Gas불에 올려놓고는 깜빡 잊은 사이 우유가 넘쳐흘러 타고 있었다. 미친놈은 바로 나였다. 아파트의 인생이었다. 돌아가며 창문을 다시 열고 선풍기도 켜놓고 소파에 앉으며 생각했다.

옛날, 내 나이 여섯 살 때 어머님이 옆집 민씨네 집에 심부름을 보냈다. 그 집 대문을 들어서자 민씨 할머니는 들창문을 활짝 열고 "얘야! 풀 쑤어 놓았으니 나와서 도배하려무나" 하며 며느리를 부르고 있었다. 민씨 할머니는 대변을 보고 벽에다 문지르고 있었다. 나는 그것을 집에 돌아와 어머님에게 말하고 사람이 나이 먹고 늙으면 그렇게 되는 것인가 생각하며 우울해졌다. 그래서 늙는다는 것이 참으로 무섭고 두려웠다.

이제 내 나이도 그렇게 근접하고 있다. 아니 누구나 다 그렇게 되어 가고 있다. 그렇다면 우리는 어떻게 살아가야 할 것인가? 정답은 오직 하나 뿐이다. 〈예수님같이 살아가는 것〉. 예수께서 가라사대 "내가 곧 길이요 진리요 생명이니 나로 말미암지 않고는 아버지께로 올 자가 없느니라"(요 14 : 6-7)고 말씀하셨다.

가서 너도 이와 같이 하라

힘겹고 다사다난 했던 2016년 세모에 접어들었다. 너나 할 것 없이 삶의 끝 매김을 보람 있고 아름답게 보내고 싶은 심정이 바로 이 12월의 심정이라 믿고만 싶다. 오늘의 삶이 있기에 내일이 되고, 내일의 삶이 있기에 또 다음 날의 삶으로 이어가고 있다. 연말이 되니 "내가 남에게 준 것은 모래 위에 기록하고, 이웃으로 부터 받은 사랑과 은혜를 바위 돌 위에 새기라"는 선각자들의 말씀이 새삼스럽게도 나의 메마른 심정을 촉촉이 적시고 있다.

이제 막 낚시 바늘 위에 꿰려는 멸치를 번개같이 잽싸게 물고 날아가는 갈매기, 입에 들어간 것까지 빼앗아 간다는 요즘의 각박한 세상, 억울하면 금수저가 되라는 물질 만능주의 세상이 그저 슬퍼지기만 하고 있다. 그래서 예수님은 "사람이 떡으로만 살 것이 아니요 하나님의 입으로 나오는 모든 말씀으로 살 것이라"(마4:4)고 말씀하셨다. 물질보다 인간의 마음과 영혼이 얼마나 더욱 가치 있고 무게가 있음을 반증하는 일이기도 하다.

"예수께서 대답하여 이르시되 어떤 사람이 예루살렘에서 여리고로 내려가다가 강도를 만나매 강도들이 그 옷을 벗기고 때려 거의 죽은 것을 버리고 갔더라 마침 한 제사장이 그 길로 내려가다가 그를 보고 피하여 지나가고 또 이와 같이 한 레위인도 그 곳에 이르러 그를 보고 피하여 지나가되 어떤 사마리아 사람은 여행하는 중 거기 이르러 그를 보고 불쌍히 여겨 가까이 가서 기름과 포도주를 그 상처에 붓고 싸매고 자기 짐승에 태워 주막으로 데리고 가서 돌보아 주니라 그 이튿날 그가 주막 주인에게 데나리온 둘을 내어 주며 이르되 이 사람을 돌보아 주라 비용이 더 들면 내가 돌아올 때에 갚으리라 하였으니 네 생각에는 이 세 사람 중에 누가 강도 만난 자의 이웃이 되겠느냐 이르되 자비를 베푼 자니이다 예수께서 이르시되 가서 너도 이와 같이 하라 하시니라" (눅10:30-37)

나는 강원도 김화에서 태어나 줄곧 김화중학교를 다녔다. 옆자리에 앉은 전사달이라는 친구는 김화읍에서 약 이십 리나 떨어진 시골 오성산 밑 동래에서 살고 있었다. 항상 책 몇 권과 노트 그리고 필통을 하얀 무명 보자기에 넣고 허리춤에 묶고 보라색 조끼에 흰 바지를 입고 등교하였다. 나는 점심시간이 되면 젓갈과 도시락을 들고 책상 위를 이리 뛰고 저리 뛰며 동료들과 반찬을 나누어 먹고는 부리나케 농구장으로 뛰어가 두 패로 가른 후 농구시합을 했다. 전사달이 매일같이 점심을 굶고 있는 것이 측은해 보였다. 그래서 그 다음 부터는 도시락을 반만 먹고는 반은 전사달에게 건넸다.

하루는 방과 후 집에 갔는데 어머님이 "너, 이리 좀 오너라!" 하시기에 또 무슨 이유로 매 맞는 줄만 알았다. 마루에 걸터앉은 어머님이 "내 옆 여기에 앉으라"고 하여 장난꾸러기 죄인 나는 허리 굽혀 옆에 앉았다. "너 매일 도시락을 어떻게 먹느냐?"고 하시기에 자초지종을 솔직히 고백하였다. 그 날은 5일장, 김화읍의 장날이었다. 어머님 말씀이 "허름하게 입은 어떤 아낙네가 머리에 쌀자루를 이고 대문을 들어서며 '여기가 학생 이재춘이네 집입니까?' 그렇다고 하니 안면에 미소를 가득 띠고 마루에 앉아 자루를 놓고 한 말쯤 되는 떡을 꺼내며 하는 말씀이 '내 아들이 전사달인데 이 집 아드님이 날마다 도시락을 주어 점심을 먹고 다닌다 하기에 그 은혜를 갚기 위해 왔으니 적은 떡이나마 받아주세요' 하더구나." (어휴! 오늘 나는 매 맞은 것은 아니었구나) 하시고는 이어서 "이놈아! 그런 사정을 집에 와서 말하지" 라고 말씀하셨다. 그 후 아버지는 함석집에 가서 2인분 도시락 통을 주문하여 만들어 오셨고, 어머님은 매일 2인분 밥과 반찬을 가득 담아 주셨다.

6 · 25후 나는 서울에 피난 와 서울위생병원에서 남자 보조 간호원으로 일을 하면서 무진 고생을 했다. 앞으로 의대 갈 욕심으로 밤에는 일하고 낮에는 계동에 있는 대동상업고등학교 3학년에 편입하여 공부를 했다. 점심시간에 도시락을 먹는 친구들과 뒤뜰 천막에서 파는 칼국수를 사먹는 친구들이 퍽이나 부러웠다.

그러던 중 옆에 앉은 윤석범군(졸업 후 박사가 되어 연세대 경영학 학장, 그리고 금통위원장이 됨)이 자기 도시락을 반만 먹고 반은 나에게 넘겨주곤 하였다. 점심시간이 되면 마당에 나가 수도꼭지를 틀고 물로 허기를 채우곤 하였다. 병원에서 밤일하고 낮에 학교에 가 졸기만 해 교감실에 끌려가 호된 책망을 듣기도 했다. "준 것은 모래

위에 기록하고, 받은 것은 바위 위에 기록하라."는 선각자의 말씀대로 나는 언제나 내 마음속의 깊은 곳에 조애실, 이상희, 윤석범 박사, 그리고 유미자, 전홍진 씨를 기록했다. 죽어서도 나는 저 둥근 달과 밝고 찬란한 명왕성 위에 그들의 이름을 영원토록 기록하리라 다짐하고 살아간다.

"내가 보았노라!"

우리들의 희망과 욕망 그리고 믿음의 생기가 넘치는 정유년(丁酉年)이 밝았다. 아직도 이 허파에 바람이 들락날락하며 손목에 맥이 뛸 때, 아직도 눈을 들어 저 하늘에 별들을 세어볼 수 있을 때, 그대들을 향해 새해에 따뜻한 선물을 드리고만 싶어졌다. 강렬한 감정과 정열이 번뜩인다는 정유년 붉은 닭의 해. 머리부터 꼬리까지 위풍당당하고 아름다운 토종닭은 언제나 나로 하여금 용기와 생명의 신비함을 일깨워 주기도 했다.

내 나이 어렸을 때, 놀이라곤 자치기와 딱지치기 그리고 제기차기만 있을 때, 알도 듣도 못한 합창과 종소리가 귓전에 울려왔다. 울긋불긋한 상여가 좁은 시골 길을 꽉 메우고 있었는데 하얀 머리띠를 머리에 질끈 매고 상여에 올라 탄 남정네가 목에 핏줄을 세워가며 무엇이라고 큰 소리로 외치면 역시 머리에 흰 수건을 질끈 맨 여덟명의 상여꾼들이 화답하며 앞으로 두발 전진하고 다시 한 발 뒤로 후퇴하며 무덤으로 무덤으로 향하고 있었다. 수많은 깃발을 매단 긴 장대를 들고 뒤따르는 가족들은 저마다 베옷을 입고 머리에는 베보자기를 쓰고 그 위에 새끼로 꼰 또아리를 얹고 우는 둥 마는 둥 따라가고 있었다. 나에겐 퍽이나 흥미로운 행렬이기도 했다.

그런데 그 상여 꼭대기에는 붉은 닭의 조각이 놓여 있었다. 붉은 장닭이 울면 잡귀가 달아나고 액운이 물러나며 새로운 희망이 생긴다고 하였다. 생로병사(生老病死)를 피할 수 없는 인간은 수백 년 수천 년을 두고 언제나 죽음에서 다시 살아나 영원토록 영생하는 것이 꿈이요 희망이요 소망이기도 했다. 인간은 누구나 다 죽음이라는 뼈아픈 암에 걸려있는데도 말이다. 나는 고려대학원에서 송기철(宋其澈)박사(박정희와 이병철씨의 경제자문위원) 슬하에서 경영학을 배웠다. 첫 수업 중 그의 첫 마디가 이러했다.

"닭알을 빼어 먹으려면 먼저 닭에게 먹이를 주라! 그리고 알을 빼먹기 위해서는 닭 우는 소리쯤은 참아야 한다."

그 후 나는 부산위생병원 재무로 부임해 그 말씀대로 실행에 옮겼다. 직원들에게 조기 축구팀, 등산팀, 캠핑팀, 자동차 운전교육팀, 다대포 수영 팀을 조직하여 삼립빵과 오란씨를 무제한 공급해 주었다. 그리고 이러한 그룹에 가입하지 못한 노년층에게는 부산에서 유명한 '원산냉면' 식사 무료 티켓을 나누어 주었다. 1978년 그 해 연말 결산을 해보니 그 당시 금액으로 4억 원의 흑자를 만들어 내었다.

주라! 그리하면 얻으리라는 주님의 말씀과도 상통하는 일이기도 했다. 닭하면 또한 베드로가 생각나고, 책상위에 닭 알을 세운 콜럼버스, 닭알을 25일이나 품고 병아리를 부활시키겠다던 에디슨, 이 닭이 울면 해가 뜨니 번거로운 아침마다 제사 지낼 필요가 없다고

속여 인디안으로부터 진주와 금을 바꾸어간 사기꾼 서양인들이 생각나기도 했다.

나는 예나 지금이나 참으로 계란을 좋아한다. 아버지가 정미업을 하는 고로 우리 집에는 언제나 이삼십 마리의 닭이 있었다. 초등학교 시절 학교에 갔다 왔다하면 닭 둥지의 뒤로 가 막 알을 낳은 암탉의 꽁지를 들치고 따뜻한 알을 가져다 쌀밥에 간장과 참기름을 넣고 비빈 후, 곁들여 깍두기와 먹으면 둘이 먹다가 하나가 쓰러져도 모를 지경이었다.

어머님은 봄이 되면 수정된 계란 열 개를 암탉 품에 넣어 주어 병아리를 부화시켰다(에디슨도 계란을 25일간 품고 있었지만 굴리지 않았기 때문에 모두가 썩었다). 암닭은 23일간 아무것도 먹지 않고 알을 따뜻한 품에 안고 달그락 달그락 굴리고 있었다. 간혹 내려 와서는 물만 먹고 곧 올라간다. 노랗고 예쁜 10마리의 병아리가 탄생했다. 따뜻한 품속에서 알을 굴린다는 것은 이웃과 이웃이 서로 서로 소통하며 서로 사랑하라는 주님의 뜻이 담겨져 있는 것이 아닌지 느껴지기도 했다.

"새 계명을 너희에게 주노니 서로 사랑하라!"(요13:34).

곧 4월이 되면 부활절(Easter-Day)이 된다. 오색으로 물들인 계란들이 예수님의 부활을 축하하며 기쁨의 찬송을 드리게 된다. 그러나 사두개인과 대제사장 그리고 바리새인들은 예수님의 부활을 적극 부인하고 있었다. 사울도 그 무리에 속해 있었다. 그러던 그가 왜 사랑하는 가족을 버리고, 매 맞고, 감옥에 갇히고, 뱀에 물리고, 고난과 위협을 당하고, 돌로 매를 맞고, 모욕과 핍박을 당하면서도 예수님의 부활의 증인이 되었을까? 거꾸로 십자가에 못 박힐 때까지 말이다.

예수님은 금요일에 돌아가시고 안식일이 지나 일요일 아침에 영광의 몸으로 죽음에서 부활하시었다.

"그리스도께서 만일 다시 살지 못 하였으면 우리의 전파하는 것도 헛것이요 또 너희 믿음도 헛것이며 또 우리 하나님의 거짓 증인으로 발견되리니"(고전15:14,15).

"사울이 주의 제자들을 대하여 여전히 위협과 살기가 등등하여 대제사장에게 가서 다메섹 여러 회당에 갈 공문을 청하니 이는 만일 그 도를 좇는 사람을 만나면 무론 남녀하고 결박하여 예루살렘으로 잡아오려 함이라. 사울이 행하여 다메섹에 가까이 가더니 홀연히 하늘로서 빛이 저를 둘러 비추는지라. 땅에 엎드려져 들으매 소리 있어 가라사대 사울아 사울아 네가 어찌하여 나를 핍박하느냐 하시거늘 대답하되 주여 뉘시오니까 가라사대 나는 네가 핍박하는 예수라"(행9:1-5)

"사울이 땅에서 일어나 눈은 떴으나 아무것도 보지 못하고"(행9:8).

그러나 내가 보았노라! 보았노라!

흙은 우리들의 고향
-정태혁 장로님을 추모하며

2013년 2월 14일 오후 8시경, 러시아의 상공에서 구름 같은 하얀 궤적을 뿜으며 하늘에서 뜨인 돌이 히로시마의 원자폭탄보다 33배의 날아와 삼만 삼천 달러의 재산 피해와, 어린이를 포함해 1,200명이 크게 다쳤다. 러시아 사람들은

"말세다!"

"말세가 다가왔다!"

라고 외쳤다. 그 무서운 위력을 가진 하늘의 뜨인 돌은 누가 언제 만들었으며 왜 만들었을까? 바로 그 날에 존경하던 정태혁 장로님이 94세를 일기로 주안에서 잠드셨다.

"또 왕이 보신즉 사람의 손으로 하지 아니하고 뜨인 돌이 신상의 철과 진흙의 발을 쳐서 부숴뜨리매 때에 철과 진흙과 놋과 은과 금이 다 부숴져 여름 타작 마당의 겨같이 되어 바람에 불려 간 곳이 없었고 우상을 친 돌은 태산을 이루어 온 세계에 가득하였나이다"(단 2:34,35).

또한 14일은 발렌타인데이였다. 서로 우정과 사랑을 나누는 날이었다. 우리 내외와 두 딸은 향기 그윽한 꽃다발을 들고 장모님 묘지에 갔었다. 물을 길어 꽃을 꽂고 묘 위의 잔디를 곱게 다듬었다.

'그 누구도 거역할 수 없는 하나님의 명령을 따라, 장모님도 지금쯤은 흙으로 돌아가셨겠지?'

하며 중얼거리기도 했다. 지금으로부터 30여 년 전, 우리 가족은 미국에 이민 오기 위해 휴전선 부근의 우구머리라는 마을에서 어머님 묘를 경기도 포천에 있는 재림공원묘지로 이장을 했다. 어머님의 머리뼈, 가슴뼈, 골반뼈, 그리고 팔 · 다리뼈를 창호지를 길게 펴 그 위에 가지런히 놓았다. 그리고는 어머님의 그 따뜻하고 사랑으로 어루만져주시던 살과 피부를, 목이 메도록 정성스럽게 두 손 모아, 창호지 위에 올려놓았다. 흙에서 왔으니 흙으로 돌아가라 하신 하나님의 명대로 어머님은 흙으로 가셨기 때문이었다.

나는 십여 년 전 '라디오 코리아'에서 받은 상품권을 들고 세라믹 스쿨(도자기 학교)에 입학을 했다. 첫 시간에 선생님이 메주덩이만한 진흙덩이를 건네주셔서, 그것을 책상 위에 놓고 잠시 눈을 감고 묵상에 잠겼다. 선생님이 보시더니

"신앙심이 좋은 것 같네요."

라고 하시었다. 나는 빙그레 웃고만 있었는데

"여호와여, 주는 우리 아버지시니이다 우리는 진흙이요 주는 토기장이시니 우리는 다 주의 손으로 지으신 것이라"(사 64:8).

를 묵상했기 때문이었다.

흙은 얼마나 좋은 친구인가. 흙을 만질 때면 우리는 흙과 나와 서

로간의 푸근하고 다정스러운 정서가 오고 가는 느낌마저 느낄 수가 있었다. 이제 곧 삼월이 오면 나는 세 개의 화분에다 고추나무와 깻잎나무를 꼭 심으리라. 흙을 만지며 밟고 사는 사람은 따뜻함과 사랑이 있고, 아스팔트나 시멘트를 밟고 사는 사람은 차갑고 이기심만이 자라고 있음을 우리는 똑똑히 보고도 남음이 있다.

존경하는 정태혁 장로님!

주님 품안에서 편히 잠드시옵소서! 장로님의 산전수전 다 겪으신 그 가시밭길을 우리는 기억하고 있습니다. 날이면 날마다, 달이면 달마다 바람에 젖지 않고 피는 꽃이 없다고 하질 않습니까? 장로님께서

"이 장로! 아파트비 받으러 갔다가 폭도들에 의해 노상에서 생을 마친 아들을 잃은 심정을 이 장로는 아는가?"
라고 하실 때, 저의 마음은 전기에 감전된 듯 저려오고 마음속 깊이 눈물을 흘렸습니다. 장로님은 그처럼 뼈아픈 고독과 외로움을 겪으면서도 언제나 유머를 잃지 않으시고, 과묵하시고, 매사에 자상하시기만 하였습니다. 성경, 찬미 넣고 다니라고 손수 만들어주신 가방, 크리스마스 때 스웨터를 선물해주신 사랑, 그림을 그리면 벽에 편하게 걸 수 있도록 세심한 배려를 아끼지 않으신 그 사랑, 이 몸 뼈마디마디 굳어져가고 피가 마를 때 사랑의 위로금을 주시던 그 따뜻한 손, 어찌 내 일생 그 은혜와 사랑을 잊을 길 있겠습니까?

이제 뒤따라가는 이 흙들은 앞서가신 흙들을 반면교사로 거울삼아 믿음 위에 굳게 서려고 합니다. 앞서가신 향토 위에 우리들의 믿음

씨앗 뿌려 새싹 나게 하고, 당신의 토기장 항아리 안에, 저 하늘나라에서 펼쳐질 잔치를 위해 우리들의 준비한 포도즙 차고 넘치도록 따르오리이다.

존경하는 정태혁 장로님, 주님 품안에서 편히 잠드시옵소서!

2013년 2월 20일

나는 흙

"하나님이 가라사대 땅은 풀과 씨 맺는 채소와 각기 종류대로 씨 가진 열매 맺는 과목을 내라 하시매 그대로 되어 땅이 풀과 각기 종류대로 씨 맺는 채소와 각기 종류대로 씨 가진 열매 맺는 나무를 내니 하나님의 보시기에 좋았더라 저녁이 되며 아침이 되니 이는 셋째 날이니라"(창 1:11-13).

4월은 진정 꽃의 여왕 캘리포니아의 계절이기도 했다. 2011년 4월 14일, 목사님과 시인, 그리고 사진기사와 헬라어 반 총무님이 무거운 짐 다 날려버리고 바람 쐬러 나가자 초청하여 주시어, 칼스배드 플라워 필드(Carlsbad Flower Field)에 갔다. 샌디에고 근처에 있는 이 꽃 단지는 세계적으로 유명한 캐나다의 부차트 가든(Butchart Garden)에 버금가리만큼 참으로 아름다운 곳이기도 했다.

양지바른 그 넓은 들을 수천, 수만의 꽃이 무지개 색깔보다 더 아름답게 수놓고 있었다. 이탈리아의 천재 미켈란젤로나 프랑스의 수재 르느와르도, 그의 화폭에 이렇게도 아름다운 색깔들을 다 표현할

수는 없었으리라. 나는

"하나님이 보시기에 좋았더라"

라고 하신 말씀, 그 표현 밖에 다른 할 말이 없었다. 보는 사람마다 감탄하지 않을 수 없는 광경이었다. 그 화려한 꽃들 앞에서는 모두가 'Stop! 찰칵! and go!' 하지 않을 수 없었다. 꿈속 같은 여린 마음 그대로였다. 꽃밭을 구경하는 사람마다 십년은 젊어진 것만 같은 미소에, 나의 가슴도 탁 트일 것만 같기도 했다.

아내의 교통사고로 그 동안 천 · 만근의 발걸음을 하나, 둘씩 옮겨 가며 납덩이보다 더 무거운 짐을 지고 USC병원 중환자실로 가고 오던 나의 모습도, 꽃을 보는 순간 어디론가 사라지고 말았다. 밤이 어두워 가로등만이 외로이 서 있는 아파트 뒤안길에 어깨가 축 늘어진 검은 그림자 하나 있었으니, 인생 나그네의 설움을 부여안고 지나가는 '나'였다. 슬프기만 했던 그 날들이 이제는 깡그리 잊힌 듯했다. 지금도 벽에 걸린 십 인치 시계만 쳐다보며 목마르게 기다리는 아내의 모습을 생각하며, 하루 빨리 다 나으면 이곳 아름다운 꽃밭으로 아내와 함께 오리라 결심도 해보았다.

이렇게 화려하고 아름다운 꽃밭을 뒤로 하고 둔덕을 내려오는데, 나의 눈은 보잘것없는 작은 게시판에 시선이 집중되고 있었다. 녹두알보다 작은 각종 노란 씨앗들과, 가로로 약 50cm 가량 쭉 늘어선 나무상자 속에는, 내 눈에는 똑같은 흙인데도, 22개의 상자 속에 따로 따로 각종 흙들이 전시되어 있었다.

"이렇게 아름다운 꽃들을 피우기 위하여, 이런 '흙'들이 필요로 되고 있다."

라고 쓰여 있었다.

"그러면 그렇지. 제 아무리 훌륭하고 아름다운 꽃이라도 그냥 될 리 없지."

하며 나 자신 중얼거리고 있었다.

"나와 네가 하나님 앞에서 일반이니 나도 흙으로 지으심을 입었은 즉"(욥 33:6).

진정 흙은 우리들의 어머니였다. 내가 어머님으로부터 지음을 받았으니 언젠가는 이 몸도 또다시 어머님 품안으로 돌아가리라. 다함없는 사랑으로 주시던 어머님의 젖가슴 품에서 그토록 따뜻한 양식을 우리들은 일생 먹고 자랐으니, 흙은 나의 아늑하고 편안한 어머님의 가슴이었음이 틀림없는가보다.

너나 나나 모두가 흙으로 빚어진 그 몸 위에, 여자는 경대 앞에 앉아 자기의 아름다움을 나타내고자 매일 분장하고, 남자는 자기의 체통과 자존심 때문에 매일 분장하고 있는 것은 아닌지? 어차피 흙으로 돌아갈 수밖에 없는 너와 나, 하나님께서 22가지 흙으로 만드신 우리들의 몸이 이제 얼마나 아름다운 꽃으로 피어 이웃들을 기쁘게 하였으며, 얼마나 성실한 열매로 영글어 있는지 나 스스로 살펴보고 싶기도 했다.

갈 5:22,23. 그대 진정 이웃을 '사랑'했는가? 진정 깨끗한 마음으로 '희락'과 '화평'을 꾀했는가? 진정 자녀와 아내와 이웃에게 '인내'와 '자비'와 '양선'을 베풀었는가? 진정 주님과 교회를 위하여 '충성'을 다하였는가? 진정 '온유'한 생활과 '절제'를 다했는가?

"그의 열매로 그들을 알지니 가시나무에게서 포도를, 또는 엉겅퀴에서 무화과를 따겠느냐 이와같이 좋은 나무마다 아름다운 열매를 맺고 못된 나무가 나쁜 열매를 맺나니 좋은 나무가 나쁜 열매를 맺을 수 없고 못된 나무가 아름다운 열매를 맺을 수 없느니라 아름다운 열매를 맺지 아니하는 나무마다 찍혀 불에 던지우느니라 이러므로 그의 열매로 그들을 알리라"(마 7:16-20).

왜 글을 씁니까

오늘은 우리 집 총무님의 지시에 따라 아빠가 양로원에 가지 않아도 된다는 특별휴가차 원 데이 오프 데이로 되어 있다. 언제나 그러하듯, 이상희 집사님이 정성스럽게 만든 반찬으로 포식한 후, 느긋하게 테이블 위에 앉아 색과 향, 그리고 미가 뛰어나다는 메트로폴리탄 차(茶)를 앞에 놓고 오감으로 맛을 보고 있었다.

톡톡 튀며 눈부시게 달려가야만 살아남을 수 있다는 요즘 세상, 나 홀로 따뜻한 차 한 잔을 앞에 놓고 한 모금 두 모금 마셔가며 모처럼의 여유 있는 쉼을 만끽해 본다는 것은 참으로 흐뭇한 일이기도 했다. 검붉은 색깔과 약간 떨떠름한 맛을 지닌 메트로폴리탄 차의 독특한 향을 음미해가며, 오늘의 계획을 생각해본다.

나는 무엇으로 이웃을 도울 수 있으며, 바울과 같이, 그 동안의 이웃의 사랑의 빚을 어떻게 갚을 수 있을까?

'나는 계속 글을 써야지! 어디에 가서든지 언제나, 이 생명 다할 때까지!'

나는 어렸을 때부터 여러 위인들의 전기 읽기를 좋아했다. 포드, 카네기, 워싱턴, 링컨, 에디슨, 노벨, 퀴리 부인, 고흐 등등을 읽어보았다. 그것은 나름대로 인간의 진솔함과 살아 숨쉬는 듯한 각종 생활 기록들이 흥미롭게 담겨져 있기 때문에 더더욱 읽기를 좋아했다. 각각 그 시대의 배경과 노력과 성공의 비결들이 담겨져 있어, 더욱 더 재미가 있었다.

그리고 나는 항상 그들의 마지막 생활의 삶이 어떠했는지 그것이 더욱 궁금했다. 현재, 세계에서 제일간다는 부자—슈퍼 리치 맨(Super Rich Man) 빌 게이츠나 워런 버핏, 지난날의 슈퍼 리치 맨 포드, 카네기, 그리고 LA 시민들의 사랑을 받고 있는 헌팅턴, 그들은 말년에 가서 그 막대한 재산과 돈을 아낌없이 사회 환원(社會還元)했다. 나는 언제나 그들이 이룬 업적과 마음씨를 참으로 존경했고 부러워했다. 지금도 그 마음은 변함없이 계속되고 있다.

38 이북 강원도 시골 작은 마을 김화에서 태어난 나는 그 곳의 맑은 샘물과 향긋한 산나물로 볼에 살이 오동통 붙고, 뼈가 차츰차츰 굵어졌다. 공부라고 해야 초등학교 시절 제2차 세계대전 때 일제 치하에서 군국주의와 제국주의를 공부했고, 중학교는 공산당 치하에서 공산당사와 마르크스 · 레닌주의를 배웠다. 그 후 6 · 25로 미군 탱크 위에 얹혀 실려와, 눈 뜨고도 코 베어간다는 서울에 와서는 독고주의로 살아왔다. 그래서 자본주의, 민주주의, 사회주의, 자유주의, 신앙주의 등등을 배워가며, 각종 주의가 사람이 살아가는 데 얼마나 그의 인생길을 좌우하는지를 알게 되었다.

세월이 유수와 같고 날아가는 화살과 같다고 하더니, 정말 어느 새 내 나이 팔순이 눈앞에 다가오고 있지를 않는가? 결혼 후 이민이라는 이름표를 가슴에 달고, 낯선 타향 땅 미국에 와서 모래밭과 자갈밭에서 엉겅퀴를 헤쳐 가며 항상 힘들게 살아왔다. 남들과 같이 재산을 물려받은 바 없고, 가지고 온 돈도 없어, 이 땅에서 금을 잘 캘 수 있다는 슈퍼마켓이나 슈퍼식당을 차릴 돈도 없었다.

이제 남은 것이란 꺼져가는 촛불과 이 작은 가슴, 그리고 짧은 볼펜뿐이다. 그래서 글이라도 써서 사회에 환원하고 싶어졌다. 재산과 돈은 없어도 누구든지 자기의 배운 바 재주와 기술들을 상응하는 대가 없이 사회에 환원한다면, 그들 모두가 하나님 보시기에 슈퍼 리치맨이 될 수 있을 것이라 믿고만 싶어진다. 나나 너나 죽어서 땅에 들어가 썩어지기 전에, 우리들의 받은바 달란트를 사회에 환원할 수만 있다면, 얼마나 아름다운 일이겠는가?

"각각 그 재능대로 하나에게는 금 다섯 달란트를, 하나에게는 두 달란트를, 하나에게는 한 달란트를 주고 떠났더니 … 한 달란트 받은 자는 가서 땅을 파고 그 주인의 돈을 감추어 두었더니 … 내가 또 두 달란트를 남겼나이다 그 주인이 이르되 잘 하였도다 착하고 충성된 종아 네가 작은 일에 충성하였으매 내가 많은 것으로 네게 맡기리니 네 주인의 즐거움에 참예할지어다 … 한 달란트 받은 자도 와서 가로되 … 당신은 굳은 사람 … 두려워하여 나가서 당신의 달란트를 땅에 감추어두었었나이다 … 그 주인이 대답하여 가로되 악하고 게으른 종아 나는 심지 않은 데서 거두고 헤치지 않은 데서 모으는 줄로 네가 알았느냐 … 이 무익한 종을 바깥 어두운 데로 내어쫓으라 거기서 슬피 울며 이를 갊이 있으리라"(마 25:15-30).

서울의 현주소와 선한 공동체(1)

–서울은 진정 새롭게 변화되고 있는 것일까

2005년 10월 12일, '그대로 행하리이다'(Also so to Walk, even as He Walked)라는 수필집을 만들기 위하여, 나는 서울에 갔었다. 귀청을 쑤시는 듯한 요란한 제트 엔진 소음 속의 십여 시간, 닭장 같은 좁은 비행기 속이었지만 이렇게 어릴 적 내가 뛰놀며 살던 고국에 다시 가는 일이란 왜 그리도 마음 설레게 하며 기쁘고 즐거운 일인지 모르겠다.

LA에서 오후 4시, 해를 보며 떠나 하루 종일 흰 구름과 푸른 바다와, 그리고 해만 보다가 인천공항에 내렸다. 도시들은 동굴 속에 하얀 석주가 보기 좋게 솟아 있듯이, 강원도 찰옥수수 같은 백옥의 APT 군들이 빼곡하게, 그리고 가지런히 예쁘게 시가를 수놓고 있었다. 말죽거리, 쑥고개, 떡장거리 같은 추억의 이제 옛말이 되어가고 있었다. 마중 나온 일행을 따라 두어 시간 만에 서울시에 다다랐다.

새롭게 변화된 서울에

"자랑할 것이 있다."

하며 몇몇 동창생들을 따라나선 곳은 보기 좋게 단장된 청계천 거리였다. 영국의 런던 시 중심으로 흐르고 있는 템즈 강변의 그 유명한 버킹검 궁전, 웨스트민스터 사원, 런던 브리지, 런던탑 같지는 않았지만, 파리 시를 흐르고 있는 세느 강변의 에펠탑, 나폴레옹 개선문, 엘리제 궁, 베르사유 궁전 등과 같이 아직은 그리 유명하지는 않았지만, 분명 청계천은 한강변의 기적같이 신선한 새로움을 다시 한 번 보는 것과 같은 느낌을 주었다.

시청 앞 동아일보사 앞을 기점으로, 맑고 깨끗한 물이 수십 톤씩, 찬란한 형광등 조명과 더불어 철철 솟아오르는 장관을 이루고, 양쪽 벽에는 과거와 현재가 잘 어울리는 아름다운 조각과 데코레이션, 풀과 나무와 디딤돌 다리, 그리고 조깅과 어여쁜 여인들이 잘 어울리는 오붓한 아베크족들의 청계천, 흐뭇한 거리, 어린이들은 소풍을 나와 김밥을 먹고, 할아버지들은 드문드문 쉼터에서 젊음을 되찾는 아늑한 안식처, 집을 떠나 객이 된 외로움 속에서도 두고 온 고향의 향음과 추억이 되살아나는 청계천, 젊은이들의 낭만이 춤추며 노래하며 물이 철철 넘쳐흐르는 청계천은 진정 즐겁고 아름답기 그지없는 곳이기도 했다.

서울의 현주소와 선한 공동체 (2)
-서울은 진정 새롭게 변화되고 있는 것일까

그런데 서울 거리를 거닐다 보면 사람의 삶이 사람다운 여유로움보다도 억척스러움과 악으로, 혹은 한풀이로 살아가는 것같이 보이기도 했다. 자동차며 택시며 오토바이며 장터며, 그 좁은 공간에서 천사백만 시민이 공해 속에 복작거리는 삶이 진정한 삶이냐고 되묻고 싶은 서글픔이 내 마음속에서 흘러나오기도 했다.

2006년 10월 27일에는 역사 속에 파묻힌 조광조 후손의 묘소를 일행들과 같이 찾아가는 기회가 생겼다. 새벽 6시, 승용차 세 대에 네 명씩 타고 열두 명이 서울을 떠나 충청북도를 거쳐 강원도 태백을 지나, 네 시간여 만에 경북 대현리에 도달했다. 우선 영동고속도로를 타고 가다가 문막 휴게소에 내려 아침 식사를 했는데, 북어국이란 것이 된장국물에 북어 몇 조각과 김치, 깍두기, 밥, 값은 육천 원. 모두가 다

"이건 해도 해도 너무 했다."

고 불평을 하자, 미스터 조가 말하기를

"고속도로 인터체인지에 식당 하나 따내기 위해 교통부장관에게 수십억씩 뇌물을 주었는데 그걸 모두 빼내야 하질 않겠느냐."
고 변명 아닌 변명을 하고 있었다. 고속도로변에는 드문드문 카메라가 설치되어 있었는데, 과속에 벌점과 육만 원 벌금이라고 했다. 도로는 미국 못지않게 잘 포장되고 시원스럽게 뚫려 있었다. 치악산 법흥사를 왼쪽으로 끼고 충북 제천을 지나 단양 팔경, 영월, 태백을 거쳐 갔다. 10월 하순의 태백 준령에는 산불이 붙어 있었다. 빨강 · 노랑 · 파랑의 단풍이 앞뒤로 병풍이 되어, 정말로 조국에서만 볼 수 있는 가을의 정취가 듬뿍 담겨져, 산 좋고 물 좋고 공기 맑은 고향의 산수 그대로의 천국이었다.

조광조 후손의 묘소를 흥미롭게 찾게 된 것은 조광조가 조선시대 때 학식 높은 사회의 개혁 정치가로서 일하다가 반대편 당의 음모로 뜻을 이루지 못하고 죽었기 때문이다. 그 음모는 즉 주(走) 구할 주자와 초(肖)나라 이름 초자를, 붓에 꿀을 발라 낙엽수 잎에다 써놓고 그 잎의 꿀을 벌레가 먹게 하고는 이튿날 궁궐의 청소부에게 낙엽을 주워 오게 한 후, 그 낙엽을 왕에게 보여주며 다음 왕은 조씨(趙氏)가 된다는 허무맹랑한 말을 퍼뜨린 것이다.

이 일로, 조 씨 일가의 구족을 멸하는 일이 있었다. 그래서 조광조의 한 후손은 이곳 구름도 쉬어가고 새도 날아들기 힘들다는 태백산 준령 끝인 연화봉 대현리에서 화전을 일구고, 조와 강냉이를 심고 백년을 살다가 죽었는데, 그의 묘소가 바로 그 앞 산등성에 있고, 삼 대가 묻혀 있었다. 한양 조 씨들이 안동에서 90명이 올라왔고, 그 중 13대손이 집정하여 제를 지냈다.

우리나라 사람들이 이름 앞에 성씨를 붙인 것은 고려시대의 일이었는데, 당시 양민들이 같은 핏줄끼리 집단이 되어 한데 어울려 살았고, 그것이 바로 본관이 되어, 그 후에 족보를 만들게 되었다. 지금도 종로 4가 '시계골목'에 가면 한양 조 씨들이 그 곳에 많이 진을 치고 있으며, 유명한 원조 함흥냉면과 곰보 함흥냉면도 한양 조 씨의 일파들이 운영한다.

내가 한양 조 씨에게 매력을 느낀 것은 한양 조 씨들의 공동체와 조상을 위한 추모와 사랑이 우리 그리스도인들도 흠모할 만큼 참 모본이 되는 선한 공동체이기 때문이다. 그 예로서, 지금도 한양 조 씨 중 누구 하나 세력이 있거나 출세가도를 달리고 있으면 아무 조건 없이 한양 조 씨를 취직시켜주고 밀어주고 도와주는, 정말로 사도시대 그리스도인들의 공동 · 공유의 정신 그대로 살아가고 있다. 그 날도 원조 함흥냉면집 조찬기 씨가 삼억 십만 원을 종친회와 장학금을 위하여 선뜻 내놓았다.

우리는 지금도 한국에서 이민을 오면 같은 SDA라고 하면서도 한양 조 씨들과 같이 직장을 안내하고, 일터를 주고, 그 많은 돈을 내놓겠는가? 역사 속에 파묻힌 조광조 후손의 흔적을 찾으며, 나는 그와 같은 생각을 해보기도 했다. 이렇게 선한 공동체들이 이 사회에서, 또 서울 곳곳에 많이 있을 때, 진정 서울이 변화되고 우리 교회가 변화되리라는 것을 지금도 믿어 의심치 않고 있다.

'카고팬츠'와 '위스파'

그랑 테턴 국립공원(Grand Teton National Park)은 이 지상의 평화를 한 곳에 갖다 놓은 듯, 그 고요함이 아기의 잠자는 모습과 같이 아름다운 곳이기도 했다. 한없이 맑고 깨끗한 호수와 수목들, 그리고 높은 산과 장엄한 숲속들은 우리들로 하여금 다른 세상에 온 것만 같은 착각을 주기도 했다.

이경구 씨 부부, 함재열 씨 부부, 그리고 우리 부부가 6인승 밴을 이끌고 옐로스톤을 가는 도중 와이오밍 주의 이곳을 찾아왔다. 본래 그랑 테턴은 프랑스계의 모피상들이 이곳에 사냥 왔다가 아름다운 산봉우리의 모습을 보고 여성의 커다란 유방과 같다고 하여 '거대한 유방'이라는 뜻으로 부르는 곳이기도 하다.

우리는 숲속의 양지바른 곳에 앉아 점심을 먹기 시작했다. 파랗게 생긴 블루버드와 다람쥐들이

"같이 먹고 살자."

고 하며 몰려왔다. 우리들이 그들에게 줄 것이란 가지고 온 땅콩밖에

더 있겠는가. 던져주고 손바닥에 놓고 손을 벌렸는데, 사람을 무서워하지 않는 다람쥐는 앞다리를 사람의 손과같이 놀리며 손바닥 위의 땅콩을 날름날름 집어먹어, 그 모습이 퍽이나 신기하고 흥미롭기도 하였다. 처음에 잘 주워 먹더니 그 다음부터는 땅콩을 목구멍으로 넘기지 않고 양쪽 볼이 울퉁불퉁 바람 넣은 풍선같이 만들고는 어디론가 사라졌다. 다시 곧 돌아온 다람쥐는 또 앞다리를 사람의 손같이 날름거리며 땅콩을 입에 넣고 양쪽 볼이 울퉁불퉁 바람 넣은 풍선같이 만들고는 사라졌다. 아하, '욕심'이었구나 느껴졌다.

언젠가 TV에서 고릴라에게 사과를 주는 모습을 보았다. 고릴라는 배불리 먹고 난 다음 왼손을 가슴에 대고 그 위에다가 두서너 개의 사과를 올려놓은 다음, 입에 하나 물고, 하나 들고, 다른 손으로는 사과 하나를 더 들고 숲속으로 사라지는 것을 보았다. 역시 '욕심'이었다. 양이나 소, 말 같은 동물들은 다람쥐나 고릴라와 같이 그들의 앞다리를 사람의 손같이 날름대지 않고 욕심내지 않는 것을 볼 때, 나의 마음은 '욕심'이라는 근거가 어디에 있는 것인지 착각 속에서 생각이 달라지기 시작했다.

이솝 이야기에 이런 말이 있다. 어느 날 이웃집 아줌마가

"옆집 앉은뱅이 집의 솥이 나의 것이다."

라고 하며, 서로 싸움이 시작되었다. 왕 앞에서 재판을 받게 된 앉은뱅이가 말했다.

"왕이시여, 제가 잘 걷지도 못하는 앉은뱅이인데, 어떻게 옆집에 가서 솥을 가져온단 말입니까?"

왕은

"그래, 네 말이 옳다. 이 솥은 네 것이니 가지고 가라."
고 했다. 앉은뱅이는
"옳거니!"
하면서 두 손을 번쩍 들어 솥을 거꾸로 하더니 머리에 뒤집어쓰고, 두 손으로 땅을 짚고 엉덩이로 쿵덕쿵덕 방아를 찧으면서 밖으로 나가기 시작했다. 왕은
"잠깐만!!"
하더니
"이 솥은 네 것이 아니라 저 아주머니의 것이다. 너는 걷지도 못한다고 하더니, 이제 보니 도적놈이로구나!"
하며 그 후 곤장으로 다스렸다고 한다.

다람쥐나 고릴라는 사람의 두 손과 같이 앞발을 이용하여 욕심을 내었으나, 그들의 '손'이라고 하는 것은 다만 '욕심'이라는 것의 하수인이었을 뿐, 남을 배려하지 않는 마음가짐이 바로 욕심이라는 것을 새삼 정확하게 깨닫게 되었다.

장모님이 스트로크(Stroke: 뇌졸중)로 쓰러진 후 근 십오 년 동안 '벨(Bell)양로병원'에 가 계셨다. 그래서 우리 두 부부는 양로원을 자주 방문하게 되었다. 100여 명의 노인 중 보름이 멀다 하고 한 명씩 세상을 떠나고 있었다. 돌아가신 그 노인들의 침대 밑바닥을 살펴보면 다 먹고 난 부추김치의 빈병이나 자녀들이 가져다 준 주스 깡통으로 가득 가득 쌓여 있었다. 그리고 서랍 속에는 바나나나 빵이 말라 비틀어져 있거나 썩어 있었다. 인간들의 '욕심'이었다. 오래지 않아 죽을 것을 다 알면서도 오늘이나 내일이나 도무지 그 마음들을 클리

어(clear)하게 할 줄 모르는 인간의 '욕심'은 옆에서 보는 우리들로 하여금 슬프고도 가엾게 만들고 있었다.

출애굽 당시에도, 안식일 외에 먹을 것을 거두어들인 만나는 다 녹아 없어졌고, 욕심내어 많이 주워 모은 메추라기는 다 썩어 문드러지지를 않았던가. 비록 작은 정성이나마 '희생'으로 드린 보리떡 다섯 개와 생선 두 마리가 장정 오천 명을 배불리 먹이고도 열두 광주리가 남게 한 기적의 교훈은 오늘날 우리들에게 무엇을 던져주고 있는 것일까?

12월이면 크리스마스가 곧 다가온다. 우리들의 눈과 귀만 즐거워할 것이 아니라 비록 한두 가정만이라도 이웃 사랑 나누기를 베푼다면, 보다 가시밭길 같은 이 세상의 찌들음이 얼마나 살맛나는 아름다움으로 변해갈 것인지를 금년 한해를 보내면서 다시금 생각해 보고 싶어졌다.

많은 유행 중에서 3년 전 '카고팬츠'는 '네비게이션'과 더불어 히트상품으로 떠 있었다. 그 '카고팬츠'에는 호주머니가 여덟 개나 붙어 있다. 조끼에 달린 호주머니 여섯 개와 합친다면 자그마치 열네 개가 붙어 있는 셈이다. 혹여 고릴라에게 그런 옷을 입혔다면, 사과 열네 개에다 입에 물고 양손에 들고 한꺼번에 17개라는 사과로 '욕심'을 채울 수 있었을 것이다.

사람이라고 다를 바 있겠는가? 두 손도 모자라 의복에다 호주머니를 여기저기 달기 시작하면서 그 안에 많은 총알과 수류탄, 그리고 권총을 집어넣고 '욕심'이라는 전쟁으로 끔찍한 살인행각을 하고 있는 것을 보면 인간들의 욕심이 얼마나 극에 달하고 있는지 '카고팬츠'

를 보면서 그 마음을 읽을 수가 있었다. '예수님'은 그의 의복에 한 개의 호주머니도 붙이지 아니하셨다.

며칠 전 윌셔와 램파트 코너에 있는 '위스파(WISPA)'에 갔었다. 땅 설고 낯설고 말 안 통하는 이민의 고달픔과, 끊일 날 없는 궁핍한 집안 살림에 온몸이 쑤시는 아내의 간청에 못 이겨 SPA를 찾아갔다. 아니나 다를까 그 엄청난 SPA 삼층 찜질방에는 90%가 여자들로 꽉 차 있었다. 일층에는 남자용 냉온탕, 이층에는 여자용 냉온탕이 있었는데, 아이러니컬하게도 장애자 주차장은 있었으나 장애자들을 위한 냉온탕은 따로 없었다. 이곳 냉온탕에 들어오는 모든 남녀는 온몸에 실오라기 하나 걸쳐서는 안 된다는 규칙에 따라 모두 벌거벗고 들어섰다. 홀딱 벗은 인간들의 모습을 30여 년 만에 다시 보는 나의 눈은

"이것, 다른 세상에 왔나?"

하면서, 각기 다른 우리들의 모습들이 마치 생선가게에 생선 종류만큼이나 다양해 웃음이 절로 나오기도 했다. 벌거벗은 나는 온탕과 냉탕을 바꾸어가며 옆 사람과 서로 인사하고 대화를 나누었다. 이제 벌거벗은 사람들은 무슨 '욕심'이 있으며 또 무슨 싸움이 있겠는가? 밖에 나가 소위 정장의 의복을 입고, 넥타이를 매고, 어깨에 계급장을 달고 책상 뒤 의자에 앉아 대화하던 그런 때와는 전혀 달리, 벌거벗은 사람들은 오만하지도 아니하고, 겸손하고, 서로 존경하고, 반갑게 웃는 모습들이 퍽이나 보기 좋았다. 모두가 인간들의 '욕심'을 완전히 배제한 것 같은 '참 사람의 모습' 그대로였다.

인간들이 옷이라는 것을 입기 시작하고, 거기에다가 호주머니라는 것을 달기 시작하면서부터, 이 세상에는 살인이라는 것이 시작되었

다. 요즘 이라크와 아프가니스탄에 파병나간 병사들이 그 많은 주머니를 단 의복을 입고 완전무장을 하면 그 무게가 자그마치 80파운드가 넘는다고 하니, 에덴동산에서의 삶과 같이 벌거벗고 산다는 것이 그 얼마나 평화와 행복을 가져다 줄 것인가를 생각하며, 누드 족들의 변이 새삼스럽게 떠오르기도 했다. 머지않은 장래에 우리 모두 예수님 계신 천국에서 그렇게 '평화'스럽게 살 것을 생각하며, 나는 따뜻한 온탕에 들어가 턱밑까지 몸을 물에 담그며, 눈을 지그시 감기 시작했다.

기행문

필리핀 여행 동행기

미지의 세계를 가본다는 꿈과 희망은 참으로 흥미로운 일이었다. 1998년 4월 5일부터 10일까지의 필리핀 관광은 나에게 보다 새로운 세계를 알아보려는 또 하나의 도전이요 보람과 기쁨이기도 했다.

본래 필리핀은 7천여 개의 작고 큰 섬으로 구성된 나라로, 1521년 스페인 함대의 '마젤란'이 발견함으로써 세계에 최초로 알려지게 된 나라이기도 했다.

3월 29일부터 4월 4일까지, 인구 약 2만 명에 달하는 한국의 최남단, 동백꽃 피고 지는 완도에서, 길이요 진리이신 예수님의 마음과 사랑의 정신을 나누기 위해 그 사명을 다하고 돌아온 나성중앙교회 여성선교단과 나는 같은 비행기를 타고 필리핀으로 향했다. 모두 다 그 피곤함도 마다한 채 새로운 힘을 보듬어보려는 기대에, 가슴은 부풀고 뛰기 시작했다.

마닐라 공항에 도착하자 '뉴스타트 리조트' 원장이신 정해석 장로님이 두 대의 밴을 갖고 반갑게 마중을 나오셨다. 캄캄한 밤, 약 2시간여를 달려 밤 12시 경에 '뉴스타트' 호텔에 도착했다. 식당에 들어서자 한 모퉁이 테이블 위에는 노랗게 잘 익은 망고와 바나나, 수박, 그리고 '인사'라고 하는 파란 색의 인디언망고가 수북하게 쌓여 있었는데, 언제든지 마음대로 잡수시라는 광고에 입이 벙글벙글 열리기 시작했다. 서로서로 칼을 들고 망고를 집어 들었다. 대여섯 개를 먹고 나니 이제는 입속에서 송진 냄새가 나기 시작했다.

이튿날, 맑고 신선한 공기를 마시며 첫 아침을 맞이했다. 필리핀은 본래 전형적인 열대성 기후이어서 야자수로 가로수를 장식했고, 열대성 기후에 걸맞는 특이한 꽃들과 주렁주렁 나무에 달린 바나나, 파파야, 그리고 원숭이도 볼 수 있었다. 뉴스타트에 어울리는 상추와 비듬나물, 그리고 두부조림으로 아침을 들었다.

이제 수천 년 묵은 바다 속의 신비를 구경하기 위해 1박 2일로 '민도르'섬으로 떠나야만 했다. 배를 타고 약 2시간에 걸쳐 '민도르'섬에 도착했다. 안내자가 부탁하길 약국 외에서 사는 물은 절대로 마시지 말라고 하여 물 한 병을 약국에 가서 샀는데, 이곳 화폐인 '페소'의 값어치를 잘 몰라 달라는 대로 주고 샀다. 그런데 나중에 알아보니 미화 $4.였다. 바가지를 쓴 셈이 되고 말았다.

'민도르'섬은 원래 유명한 관광지라 많은 배와 상점들이 해변을 끼고 즐비하게 늘어서 있었다. 아이들과 부녀자들이 곧잘 한국말로 액세서리를 들고 다가와 자기들의 물건 사줄 것을 호소해 오기도 했다. 온몸 마사지하는 데는 200페소($4.)이기도 했다. 낮에는 별로 해변에 없던 사람들이 해가 지면서 휘황찬란한 등불들이 켜지면서, 여기저기서 쌍쌍의 남녀들과 외국인들이 해변으로 몰려나오기 시작했다. 원래 더운 나라인지라 낮에는 잠자고 선선한 밤에는 장사하기도 하고 놀러 나오기도 했다. 이 ‘민도르’섬의 특징은 첫째로는 바닷물 냄새가 전혀 없다는 것과, 둘째로는 갈매기가 한 마리도 없고, 셋째로는 조개가 없다는 것이었다. 깨끗하고 부드러운 모래밭만이 깔려 있었다.

아침 식사 후 약 한 시간 정도 다시 배를 타고 그 유명한 ‘민도르’섬의 산호 구경을 나섰다. 정 장로님은 스팀나무 한 가지를 꺾어 들고, 이 인치가 넘는 많은 가시나무를 이리 휘고 저라 휘어가며 예수님의 가시면류관이 바로 이 나무로 만들어졌음을 설명하기도 했다.

일행 모두가 탄 배와 세 척의 작은 보트가 동행했는데, 보트 양쪽에는 긴 참대나무와 밧줄이 있었다. 좌우 양쪽으로 세 명씩, 여섯 명이 매달려 바다 밑을 구경할 수 있게 되어 있었다. 모두가 물안경을 쓰고 각자 자기 배에 매달려, 바닷물을 거슬러 물속을 내려다보기 시작했다. 생전 처음 바다 밑 깊숙이 보는 광경은 참으로 경이롭고 신기하기 짝이 없었다. 그러나 보트가 이리저리 휘젓고 다니는 동안 바닷물이 안경 속으로 들어와 숨이 막힐 정도가 되었다. 나중에 안 일이지만

“이제 그만 육지로 나갔으면!”

하는 마음은 누구나 똑같았다. 한 여성은

“내가 여기서 빠져 죽으면 같이 온 일행들에게 슬픔을 주어 기분 잡칠 것만 같아, 죽을힘을 다해 밧줄에 매달렸다.”

고 하니, 그 고통과 괴로움을 가히 알 것만 같기도 했다.

다음날, 2,770m 산정에 있는 '팍상한' 폭포를 향해 떠났다. 모두 다 온몸에 물세례를 받는다고 해, 지갑과 카메라를 보호하기 위해 비닐봉지를 준비했다. 여섯 척의 보트에 세 명씩 타고 통통배가 이끄는 모선에 이끌려 넓은 강을 서쪽에서 동쪽으로 약 30분간 거슬러 올라가기 시작했다.

마을과 계곡을 거쳐 이제 모선을 떠나보내고, 노를 젓는 두 젊은 사공들이 물줄기가 거의 없는 계곡을 향해 올라가기 시작했다. 아주 좁고 바위틈 사이로 물이 졸졸 흐르는 그곳에는 가로로 대여섯 개의 쇠파이프가 있었는데, 그 위로 세 명이 탄 보트를 밀어 올려야만 했다. 아마 이런 코스가 두세 개만 지나면 되겠지 생각했는데, 강의 상류까지 가보니 이런 고개가 16개나 되었다. 사공들은 비지땀을 흘리며 힘에 겨워 넘어지고, 바윗물에 미끄러지고, 쓰러지고, 돌짝골에 빠지곤 했다. 그들은 한국말로

"아이고 힘들다! 아이고 배고프다!"

를 연신 부르짖고 있었다. 어쩌면 유명한 관광지라고 하면서 이렇게도 원시적인 관광지로 되었는지 한심하기 짝이 없었다. 그 옛날의 군주가 노예를 학대하는 듯한 기분이 들어 참으로 마음이 괴로웠다. 이것은 정신적 지옥행 관광이었다. 강줄기 근원에 올라가 줄기차게 쏟아지는 폭포 안쪽의 동굴에 들어갔다 나오니, 모두가 물에 빠진 고양이같이 되기도 했다.

다음날 '히든밸리'에 가, 폭포수가 흐르는 숲속 계곡의 아름다운 수영장에서, 열대성 지방의 특색 있는 나무들과 아름다운 꽃들, 그리

고 코코아, 커피 등 열매들을 구경하고, 오리지널 필리핀 뷔페도 시식해 보았다. 이곳 입장료가 미화로 50 달러라 하니, 얼마나 그 환경이 좋은지 생각해 봄직도 하다.

마지막 날 한국인 마닐라 교회에 가 예배를 드린 후, 마르코스 전 필리핀 대통령의 별장을 구경했다. 그곳은 파인애플 생산지라 파인애플도 실컷 시식해 보았다.

마닐라 시는 수십 층의 현대식 고층 빌딩과, 그 외곽에는 따개비 같은 판자촌 비슷한 주택들이 즐비하게 놓여 있었는데, 이는 마치 우리나라 1960년대와 비슷했다. 시내에는 삼륜차 비슷한 '트라이시클'이라는 택시가 많았고, 버스로는 '지프니'차가 많이 왕래하고 있었다. 그러나 표고 700m 산 중턱에는 미국에서 흔히 볼 수 있는 아름다운 현대식 주택들과 고급 차들이 보이기도 했다. 오는 길에 SDA 필리핀대학과 천명선교사 본부도 구경했다.

우리 일행은 같이 여행을 함으로써 모두가 한식구가 되어, 사심 없는 사랑의 피붙이가 되고 말았다. 이렇게 하나로 뭉친 식구들이 이제는 남이라 할 수 있겠는가? 이렇듯 하나 되게 하기 위하여 피땀어린 수고와 노고를 아끼지 않은 단장 김영진 목사님과 회장 오귀복, 총무 이동진, 병원장 김애숙, 그리고 모든 여성선교단에게, 나는 진심으로 심심한 감사의 말씀을 드리고만 싶어졌다.

봄의 향기 데스칸소

나의 살던 고향은 꽃 피는 산골
복숭아꽃, 살구꽃, 아기 진달래
울긋불긋 꽃 대궐 차린 동네
그 속에서 놀던 때가 그립습니다.

그대와 나의 이민생활 3,40년 동안, 모질게도 다 녹록한 생활은 아니었으리라. 날마다 피곤한 몸 이끌고, 찌푸린 눈꺼풀 치켜뜨고 새벽같이 일터로 달음질치듯 뛰쳐나가지 않았던가. 아이들의 도시락 꾸려주랴, 살림 꾸려나가랴, 거기에다가 어깨가 늘어진 채 아직도 덜 익은 영어에 눈 뜬 장님처럼 각종 서류 챙기느라 항상 가슴 조이며 살아온 나날이었다.

이제 미수(米壽)를 향해 달려가며 팔십여 년 동안 한 번도 쉬어본 적이 없는 그대와 나의 심장같이 수고스럽고 지겨웠던 삶을 이제 한 순간에 날려 보내는 시간이 눈앞에 펼쳐지고 있다.

2016년 3월 15일, 나성중앙 노인회에서 버두고(Verdugo) 길에 위치한 데스칸소(Descanso) 가든에 와 있기 때문이었다. 정문을 들어서자 가슴을 꽉 채워주는 등나무꽃 향기, 라일락꽃 향기, 그리고 동백꽃 향기, 또한 갖가지 색깔의 튤립과 이름 모를 꽃들의 향연을, 입과 눈이 함지박같이 찢어지도록 관람을 했다.

이민 생활에 찌들었던 우리들의 삶에서 해방되어 꼭 가보고만 싶었던 천국을 연상케 했다. 모두 다 이마의 내 천(川)자를 날려 보내고, 입가에는 함박꽃이 피어 있었다. 오늘만큼은 피곤도, 시름도, 근심 걱정도 모두 사라져버렸다. 이렇게도 꽃은 우리들의 마음 문을 활짝 열어주는 것일까? 각기 자기들 특유의 꽃 모양과, 각기 특이한 색깔을 뽐내며, 우리들의 빈 마음을 웃음꽃으로 가득가득 채워 주었다.

어느 새 나도 모르게 꽃향기에 취해, 잊혔던 옛 노래가 입술 가에 피어오르기도 했다. 고사리 손같이 귀엽게 터져 나오는 장미꽃 몽우리에, 고향에 두고 떠나온 소꿉놀이 소녀의 노란 저고리와 분홍치마가 눈에 아롱거리기도 했다. 그렇게도 꽃은 사람의 마음을 여는 매혹의 여의주를 가졌던 것일까?

이렇듯 따뜻한 봄날, 꽃밭 위에서 한 형제가 되어 만남의 기쁨을 만끽함이 얼마나 축복된 일이었던지, 나는 이 꽃들을 한 아름 꺾어 돌아가신 어머님 품에 안겨드리고 싶은 마음에 눈물겹도록 울컥거리기도 했다. 안데르센 동화에 나오는 꽃과 나비, 그리고 꿈 많은 소녀의 모습이 생각나, 나도 그렇게 꽃 속에 묻혀 뒹굴고 비벼대며 사랑 흠뻑 나누고 싶어지기도 했다. 우리 모두

영변(寧邊)에 약산(藥山)

진달래꽃,

아름 따다 가실 길에 뿌리오리다.

공원의 앞뜰과 뒤뜰 연못가에는 잉어와 자라가 팔뚝만한 몸으로 각양각색의 빛나는 색깔을 하고 유유히, 굽이굽이 헤엄치는 모습은 자유와 행복을 만끽하는 로렐라이 언덕의 여신보다 더 아름다워 보였다. 이 곱고 예쁜 꽃들을 누가 만드셨을까? 이 행복한 잉어들을 누가 만드셨을까? 꽃보다 더 각양각색의 얼굴 모습을 가진 민족들을 누가 만드셨을까? 어린이도, 그 많은 남녀노소도, 그리고 휠체어에 탄 장애인도, 이 따뜻한 봄기운에 기지개 켜며, 너도 나도 마음껏 모두 다 기뻐 웃는다.

황홀한 시간도 잠깐, 우리 일행들 모두는 배꼽시계에다 12시를 돌려 맞추고, 옹기종기 모여 앉아 우엉김밥에 노란 단무지, 그리고 귤과 물병을 나누어 마시며 잠시 숨을 돌리니 금강산도 식후경이랬다, 배도 꽉 차고 마음도 꽉 차서 더없이 행복해지고 있었다. 노인회 임원들의 수고와 협동정신으로 나성노인회 회원들을 기쁘게 해주어서 참으로 고마웠다.

그렇지, 4월 3일에 가기로 한 '파피꽃 단지' 구경을 또다시 꿈꿔보는 사랑하는 노인회원님들 게으르지 마시고 운동하여 몸 건강만 하시라!! 또 다른 행복이 슬며시 우리 곁에 다가올 것이다.

Death Valley

그 많은 어휘 중 하필 왜 죽음의 계곡이라고 이름을 붙였을까? 그 정답을 찾기 위해 2016년 3월 29일, 우리는 그 죽음의 계곡으로 향하고 있었다. 제1회 재림문인협회 문학 기행의 스케줄에 따라, 리무진 Bus 'La Class'로 53명이 오백만 년 전에 형성되었다는 기기묘묘, 형형색색의 산과 들, 그리고 광활하게 펼쳐져 있는 수만 톤의 소금밭을 보기 위하여 떠나고 있었다.

"같이 갑시다."

로마린다 교우들과 반갑게 해후한 후 즐겁고 기쁜 마음으로, 나는 흥분 반, 기대 반, 소풍 떠나는 소년의 마음같이 가슴 두근거리고 있었다. Bus 안에서 사모님들은 떡과 과일을 나누며 서로 가슴 터놓고 희희낙락 노닥거리며 그 동안의 스트레스를 확 날려보냈다. 정말 O.K.하고도 기분 만점이었다. 믿음의 한 식구 한형제가 이렇게 마음속 장벽을 허물고 격의 없는 소통과 웃음으로 꽃 피워 여행하니 참으로 행복하기만 하였다.

그 동안 무관심 또는 희미하게만 느끼고 살았던 '죽음'에 대한 개념이 이 소중한 경험을 통해 다시 한 번 일깨워지니 문인협회 임원들의 수고와 고마움을 어떻게 보답해야 좋을지? 심혈을 기울여 잘 짜여진 재미있는 프로그램과 일정, 남대극 목사의 문학 강연, 임원들의 덕담, 영양가 있는 김중훈 · 하정아 씨의 좋은 말씀, 한만선 · 민병효 · 전홍진 씨 등 그 외 임원들의 아낌없는 수고에 찬사와 박수를 보내고만 싶어졌다.

우리는 이민자, 가슴에 꼬리표는 없었지만 모두 다 얼굴 생김새와 풍습, 그리고 언어가 다른 외로운 이민자들이었다. 적다고 말할 수 없는 삼사십 년간 수만 리 이국땅에서 녹록지 않고 팍팍한 생활을 우리는 얼마나 억센 마음가짐으로 가슴 졸이고 숨죽여 살아왔던가.

이제 어느 정도 안정된 생활 속에서 탁 트인 자연의 품속으로 나와, 시원한 공기와 따뜻한 봄기운을 만끽하며, 태고로부터 전해오는 산과 들을 겹겹이 스쳐가며 새로운 지식과 새로운 경험을 맛본다는 것은 참으로 큰 축복임에 틀림이 없었다. 그런데 대여섯 시간을 달려오는 이 넓은 들판이 황무지로 말라 죽어가고 있다니, 물은 땅에 生命을 주고, 生命은 숲을 만들고 나무를 만들어, 귀엽고 예쁜 새들과 짐승들의 보금자리가 되지 않겠는지.

우리들은 낯선 미국에 이민 와 아파트의 처마 밑 자투리땅까지 상추 심고 가지 · 호박을 심었는데, 이 넓은 땅이 저렇게 죽어 있다니 하늘도 무심하게만 느껴졌다. 나는 북녘 땅에서 태어나 혈혈단신 서울에 피난 와 땅 한 평 없어 흐느끼며 슬프게 살아왔다. 그 곳에 판자라도 깔고 편히 잠자며 누워 있을 수만 있다면야 얼마나 좋았을까.

진정 초가삼간 집을 짓고 양친부모 모셔다가 천년만년 살고 싶었다. 링컨의 통나무집만 해도 좋고, 아프리카의 초막 한 칸만이라도 만족하였으리라. 이 인간 세상에 戰爭이 없고 自由와 平和와 그리고 따뜻한 사랑만 있다면야 더더욱 좋았을 것을 다시 한 번 생각게 했다.

달리는 이 Bus 안에서 이 넓고 메마른 광야를 지나며 눈을 들어 하늘을 쳐다보았는데, 떼구름도 저렇게 많아 떠돌고 간간이 바람도 불어오는데, 이 귀한 넓은 땅 위에 한 줄기 빗물이라도 하늘은 왜 내려주지 않고 있는 것이지? 열매 맺지 않고 잎만 무성하게 서 있는 무화과나무를 보시고 저주하며 말라죽게 하신 예수님, 질풍같이 노한 갈릴리 바다를 향해 바람과 파도를 잠잠케 하신 예수님, 르비딤에서 모세에게 명하여 반석을 치게 해 물이 흐르게 하신 하나님, 지금 이 허허벌판 광야에 물 한 줄기 없고 녹색 잔디 하나 없는 들판을 보신다면 무엇이라고 말씀하실까?

우리는 다섯 시간을 달려, 오백만 년 전에 생겼다는 최고의 전망대 자브라스키 포인트의 무지개보다도 더 아름다운 형형색색의 산봉우리를 구경하고, 해수면보다 282피트 더 낮고 그 밑바닥에는 1천 피트의 두꺼운 소금층이 있다는 곳에 다다랐다. 꽁꽁 언 얼음보다 더 단단한 소금층은 白雪이 내린 하얀 들판같이, 나의 눈길이 모자랄 만큼 길게 펼쳐져 있었다. 소금밭 위에 들어서니, 귀신이 나타난 듯 찬 기운이 으스스하게 내 옷 솔기까지 스며들고 있었다.

나는 6 · 25 때 김화에서, 밥사발 위에 수북이 담은 된장 한 그릇과, 중공군이 옆에 끼고 다니던 주먹만한 돌소금 한 덩어리를 맞바꾸던 일이 생각나 입가에 씁쓸한 미소가 지어졌다. 여기의 이 많은 소금을 내가 앞으로 된장하고 맞바꾸게 된다면 된장이 백두산만큼 있어도 모자랄 것만 같으니, 참으로 美國은 福 받은 나라임에 틀림이 없었다. 이 차돌 같은 소금밭 위에 生命이라고는 그 흔한 개미나 파리 한 마리 없으니, 모두 다 소금에 절어 죽어 있는 모양이었다. 생명 마이너스(−) 죽음은 모두가 소금이 되는 것일까, 아니면 흙이 되는 것일까? 간간이 여기저기 까뭇까뭇 보이는 것들은 기러기나 오리 떼가 아니라 관광 여행으로 소금밭을 구경하러 나온 사람들이었다.

이 죽음의 계곡! 생명체라곤 하나도 없는 소금밭! 수천 · 수만 톤의 소금밭 위에 전봇대같이 서 있는 나는, 하나님 앞에 벌거벗고 숨어 있는 아담과 하와 같이, 나 자신 한없이 더 작아짐을 느끼며, 하늘 우러러 가슴 무겁게 두려움에 떨고 있었다. 우리의 목숨은 내일을 장담할 수가 없는 것, 그래서 죽음이란 말만 들어도 슬퍼지고 두렵다.

누구나 다 언제 어디서 어떻게 죽을지 모르기 때문에 더더욱 그러하기도 했다. 죽음이라는 어두운 그림자가 요람에서부터 무덤에 이르기까지 언제나 우리 곁에 드리워져 따라다니니, 그것이 두렵고 스트레스가 될 수밖에 …. 진정 죽음이란 내가 흙베개를 베고 백골이 되는 것일까? 아니면 불에 타 뽀얀 연기가 되어 하늘로 날아가고 까만 재만 남아, 바다나 들판에 뿌려짐이 되는 것일까?

나는 元山 의학전문학교에 다닐 때 해부학 시간에 여인의 시체를 앞에 놓고 윤 교수님이 이렇게 말씀한 것이 지금도 기억에 남아 있다. 죽음이란? 첫째 호흡이 끊어졌을 때, 둘째 맥박과 심장의 고동이 멈췄을 때, 셋째 눈꺼풀을 뒤집어보아 동공의 수축이나 확대가 멈췄을 때, 넷째 팔다리를 꺾어보면 강직이 오고 손발이 얼음같이 차가울 때, 다섯째 몸을 뒤집어보면 등에 울긋불긋한 울혈의 반점이 생겼을 때이고, 이런 증상을 보고 죽음을 판단하라고 가르쳐주셨다.

그 다음 해부로 들어갔는데, 그 여인은 뇌, 인후, 폐, 심장, 위, 간장, 신장, 심지어 자궁까지 Cut out 되어, 모두 다 알코올 병에 저장되었다. 나는 그날 밤 하숙집에 돌아와 잠을 못 이루었다. 낮에 있었던 일이 자꾸 눈에 어른거리며, 인간의 죽음이란 것이 그러한 것인가? 외롭고 슬퍼지기만 했다. 나머지는 학교 뒤뜰에 매장되었다가 겨울철이 지난 후 반쪽 드럼통에 넣고 삶은 후 뼈만 추려, 해골이 그려진 붉은 통에 넣어, 골 표본이 되어 우리들 책상 위에 얹혀졌다.

이제 인간의 죽음 앞에 나는 진솔한 마음으로 다가가고 싶어진다. 유태인들을 가스실에 넣어 죽인 폴란드의 아우슈비츠, 그 곳 시멘트 벽에 피가 나오는 손톱으로 'God! God! God!'이라고 써놓고 죽어간 수백만 유태인들의 죽음의 고통과 슬픔을 지금 우리는 무엇이라고 설명해 보일 것인가? 낙동강의 핏물은 지금 무엇이라고 말해야 좋으며, 이름 모를 한국 땅에 와 장진호 계곡에서 죽어간 미군들에 대해서는 무엇이라고 말해야 할 것인가? 경기도 안산의 단원고 학생들, 16,7세의 못다 핀 4월의 꽃들 310명을, 세월호 찬물 속에서 나오라고 목에 피가 맺히도록 외친 어머니 · 아버지들의 슬픔과 죽음의 고통을 무엇이라고 설명할 것인가? 그대와 내가 지금 그런 무리 속에 속해 있다면, 무엇이라고 죽음에 대해 설명해 보일 것인가?

"天下를 얻고도 제 목숨을 잃으면 무엇이 유익하리요"(마 16:26).

'나' 'I am'이라고도 하는 生命은 참으로 이 세상과 바꿀 수 없는 貴하고도 존엄한 것이라고 생각이 든다. 각자 자기 생명에 대해 자만

하지 말자!

하나님은 이곳에다가 왜 죽음의 골짜기를 만들어 놓으셨을까? 이곳을 다녀가도 성품이 변하지 않는 속세인들을 위한 각성과 경각심을 일깨워주시기 위함일까? 아니면 자기 생일, 희수와 산수, 그리고 미수를 지나가도록 일평생, 내가 왜 살아가고 있으며 왜 죽어야만 하는지도 모르는 인간들을 향한 깨우침을 주시기 위함일까? 인생에 정답은 없다. 모든 역사를 통해 보면 어떠한 理念이라도 理念이 우상화될 때 인간의 生命은 파리 목숨만도 못하다는 것을 우리는 제국주의 日本 시대와 6 · 25를 통해 뼈저리게 체험했다. 오늘날도 사람이 죽으면 왜 날짜와 시간을 알리는 것일까? 내가 살아 있을 동안 이 몸과 영혼은 나의 몫이지만, 목숨이 끊어지는 순간부터는 모두 다 하나님의 영역에 속하는 몫이기 때문이다. 죽은 자를 앞에 놓고 이 사람은 하늘나라에 갔다고 장담하는 장로나 목사가 있다면 그것은 하나님의 몫을 찬탈하는 사기 아니면 꼼수에 불과하리라 생각이 든다. 심장의 고동이 멈추면 그 즉시로부터 그 영혼은 하나님의 몫이 되는 것인데, 어떻게 죄인이 그렇게 말할 수 있을 것인가? 스스로 죄인이라고 자백한 사도 베드로나 바울도 하물며 그렇게 말한 적은 한 번도 없었다.

이 세상에서 죽음 앞에 두려움을 느끼지 않는 사람이 있겠는가? 나는 6 · 25 때 美軍 제트기의 무자비한 폭격과 기관총 사격으로 금곡(金谷) 행길가 하수구에 쏜살같이 들어갔는데, 이미 죽어 있는 중공군이 그 속에 있어 깜짝 놀라, 죽음이라는 공포에 질려 다시 기어나와 개천 밑 작은 다리 아래로 피신했다. 그런데 요번에는 인민군 장교가 온몸과 팔과 다리가 피투성이가 된 채

"나를 데리고 가지 않으면 죽여 버린다!!"
하고 고래고래 고함을 지르며 칼빈 총을 내 가슴 쪽으로 겨누었다. 나는 죽음의 공포와 전율로 이성마저 잃어버리고 벌벌 떨며 어찌할 바를 몰랐다. 그런 일이 있은 후 사랑하는 어머님을 잃었고, 어머님 없이 자라가던 하나밖에 없는 귀여운 여동생을 잃었다. 동생이 좋아하던 노란 저고리와 빨간 치마를 입혀, 관도 없이 누비포에 둘둘 말아 감싸고, 겨울 땅 헤쳐 땅에 묻으면서 나는 한없이 울었다.

이제 차돌같이 희고 딱딱한, 찬바람 부는 소금밭 위에 서서, 나는 잠시 눈을 감고 생각에 잠겼다. 죽음은 이 땅위에만 존재하는 것,

"나를 믿는 자는 영원히 죽지 아니하리니 이것을 네가 믿느냐" (요 11:26).

라는 말씀을 다시 한 번 가슴속에 새겨보며, 믿음은 우리들의 意志의 결단임을 생각했다. 우리들의 生命은 참으로 貴하고 존엄한 것, 삶과 죽음은 하늘과 땅 사이만큼 세상에서 가장 큰 大事임에 틀림이 없었다.

어차피 너와 나는 시한부 삶이 아니던가.

"나를 떠나서는 너희가 아무것도 할 수 없음이라"(요 15:5).

죽음의 그늘이 항상 나를 따를지라도

"나를 위하여 울지 말고 너희와 너희 자녀를 위하여 울라"(눅 23:28).

하신 주님의 말씀이 내 귓전에서 윙윙 울리고 있었다.

"Don't cry! There will be no more death, mourning, crying, or pain in heaven!"

캐나다 기행(1)

하얀 바탕에 한 잎의 빨간 단풍이 그려진 캐나다 국기, 이제 겨울의 문턱에서 그 단풍잎이 보고 싶어 캐나다 로키 산을 오르기로 했다.

결혼을 며칠 앞둔 새 신부가 옷을 챙기듯, 집사람은 이 옷, 저 옷을 온통 방에 깔아놓고 이것과 저것, 저것과 이것 바꾸어 짝을 맞추어가며, 대형 거울 앞에서 스마트한 그림을 그려보고 있었다. 여행이란 참으로 그 어느 누구에게나 즐거운 일이 아닐 수 없지만, 병원에서 20여 년간, 언제나 우거지상으로 찾아오는 환자들만 대하던 집사람에게는 직장에서의 스트레스와 LA의 공해에서 해방될 수 있는 모처럼의 기회여서, 어깨에 새털을 단 듯 훨훨 날아가고 싶은 심정이었을 것이다.

우리는 새벽 4시에 일어나 7시에 LA국제공항에서 신발 · 모자 · 혁대까지 풀어주고 검색대를 지나 알라스카 전용 비행기에 몸을 실었다. 좌석 F24 창문가에 기대어 앉아, 흘러가는 구름 따라 앞으로 7일간의 꿈을 그리며, 소박한 에스키모 처녀가 기다려줄 것만 같은 들뜬 마음에 젖어, 이제 가슴이 두근거리기 시작했다. 서너 시간을 날아 캐나다 국경을 넘어 항구도시 밴쿠버에 도착했다. 무엇이든 OK라는 밴쿠버의 OK여행사에서 마중을 나왔는데, 그 곳에서, 서울에서 왔다는 최씨네 형제 부부들과 합치게 되었다. 나중에 안 일이지만, 아주 스마트하고 세련된 그들은 오케스트라의 유명한 지휘자들이기도 했다.

밴쿠버!

"여기에서 살면 모두 부자가 된다."

는 뜻이 담긴 밴쿠버의 국제공항 리치몬드, 지정학적으로 중국 사람들이

"여의주를 입에 문, 용의 눈"

이 된다는 곳이기도 했다. 나는 그 곳을 둘러보며 사람의 '믿음'이란 참으로 무(無)에서 유(有)를 창조해 나아가는 아주 위대한 힘의 모티브가 되는 것이라 생각이 들기도 했다. 캐나다의 그 넓은 땅을 두고도 밴쿠버는 해변가 바다 속에다 코끼리만한 시멘트기둥을 수백 개 박고, 그 위에 높고 아름다운 빌딩을 세워, 세계 각국의 수뇌들이 와서 쉬고 회의를 하도록 하는 컨벤션 센터를 지어 놓았다. 김영삼 대통령도 왔었다는 그 내부는 참으로 우아하고 아름답게 꾸며져 있었다.

우리 일행은 끼리끼리 이곳저곳을 몰려다니며 유명한 벽화나 조각 앞에서 기념촬영을 했다. 어디선가 갈비 굽는 냄새보다 더 짙은, 왕새우 볶는 냄새가 내 코끝을 스쳐 지나갔다. 나는 하늘 해를 쳐다보고 또 빈틈없는 내 배꼽시계를 체크했다. 프랑스 · 영국 · 이태리 · 독

일 사람들은 '분위기 식사'를 즐기며, 중국 사람들은 '혀끝 식사'를 즐기고, 일본 사람들은 '색깔 식사'를 즐기며, 한국 사람들은 '배꼽 식사'를 즐긴다는 일화가 생각나기도 했다. 그래서

"금강산도 식후경"

이란 말이 있지 않는가! '분위기 식사'는 가는 곳마다 그렇게도 엄청난 돈을 벌어다 준다는 것을 나는 새롭게 보았다. 몇 년 전 이태리 베니스에 여행을 갔을 때, 모처럼 이태리에 왔으니 피자의 조상 이태리에서 오리지널 피자가 먹고 싶어졌다. 일행들이 피자가게 앞에 섰다. $20짜리 피자를 주문해 접시를 들고 꽃병과 예쁜 테이블보가 깔린 탁자에 둘러앉아 해변가에서, 곤돌라나의 배를 저으며 아코디언 소리에 맞추어 노래를 부르는 모습을 감상하며 맛있게 먹었다. 계산서가 날아왔다. $40이었다.

"$20짜리 먹었는데 왜 $40입니까?"

바가지 치고도 이것은 너무했다. 그래서 항의했다.

"당신네들이 탁자에 앉아서 먹지 않았습니까?"

"네, 그렇지요."

"그래서 $40입니다."

"그러면, 어디서 먹으란 말입니까?"

"저기 모퉁이에 말뚝을 박아놓은 기둥에 서서 먹어야지요!"

그때 나는 비로소 깨달았다. 그만큼 서구 사람들은 '분위기' 속에서 멋을 알며 살고 있다는 것을 …. 그런데 그 '분위기'라는 것이 오늘날 세계관광이라는 명목하에 그렇게도 아주 큰돈을 끌어 모으고 있지 않는가. 젊은 캐나다도 역시 마찬가지였다.

퀸엘리자베스 공원을 지나 밴쿠버의 기초를 놓았다는 '가스 타운', 그리고 '차이나타운' 스탠리 공원에 들어갔다. 그 곳에는 이 땅의 처음 주인이었던 인디언의 유적이 여러 개 있었는데, 그들의 간절한 기도와 영혼과 얼이 담겨 있는 20여 미터의 높은 목상들이 세워져 있었다. 맨 위쪽에는 독수리, 그 다음에는 곰, 그 다음에는 개구리, 그리고 사람의 얼굴이 조각되어 있었다. 그들은 독수리와 같은 지혜를 달라고 기도했고, 곰과 같은 힘과 강인함, 그리고 개구리와 같은 다산으로 민족의 번영을 간구하였다. 인디언들의 그토록 평화스럽고 아름다웠던 꿈을 앗아간 사람들이 과연 누구였단 말인지?

93번 프리웨이를 지나 밴프 국립공원을 가면서 본 그 웅장하고 아름다운 산, 거울같이 맑은 호수, 휴지 하나 볼 수 없는 넓은 들 …. 이들은 과연 자연을 그토록 사랑하며 살아가는 사람들이라는 것을 한눈에도 알아볼 수가 있었다. 겹겹이 싸인 산 너머 산에는 침엽수가 그렇게도 울창하게 서 있어, 100년을 두고 잘라 팔아도 캐나다 사람들이 100년을 먹고 살 수가 있다니 그저 부럽기 짝이 없었다.

고개 산길에는 가는 곳마다 겨울의 눈사태를 미리 막기 위하여, 대포를 쏘아 눈 더미를 허무는 장치가 되어 있는 것이 이곳의 퍽이나 흥미로운 특징이기도 했다. 이 넓은 땅의 지하에서는 검은 기름이 솟아나고, 푸른 들판에서는 비프저키의 원료인 소떼들이 뒹굴며 산다니 참으로 복 받은 나라임에 틀림이 없다.

가는 도중 북향으로 넓은 들이 뻗어 있었는데, 한국 사람들이 인삼을 잘 키운다고 하여 이 들판에 한국인 이민자 열 가정을 초청해, 무상으로 땅과 인삼을 주고 필요한 경비도 대주어 인삼을 십여 년간 잘 키웠는데, 지금은 한 사람도 없고 인도 사람들이 다 차지했다고 하니, 그저 내 입속이 씁쓸하기 짝이 없었다. 과연 Korean은 일확천금이나 바라고 살며, 구름 같은 비전만 갖고 사는 민족일까?

해와 달의 숨소리가 스쳐가는 로키산은 창조주의 대걸작이요, 진실한 자연 그대로의 절경이었다. 이제 나는 잡다한 걱정일랑 다 털어버리고, 새로운 활력을 충전하고 싶어만 졌다. 가는 곳마다 맑은 폭포수와 맑은 공기가 내 허파 속에 파묻혔던 때 묻은 한숨들을 말끔히 씻어내어 시원한 순간들을 안겨주었다. 태고로부터 그대로 이어져 온 산들은 마치 거대한 맘모스 시체 위에 하얀 만년설이 내려앉은 원시시대 그대로의 모습을 보는 것 같았다. 가는 곳마다 깎아 세운 듯한 높은 산과 파란 호수, 그 웅대함 속에서 나는 겸허함을 배우고, 고달프고 쓰라린 세상 풍파 속에서도 의연할 수 있는 용기마저 일깨워지고 있었다.

캐나다 기행 (2)

흘러간 영화 '닥터 지바고'의 촬영지였던 '콜롬비아 아이스필드'에 다다랐다. 일행 모두가 '스노우 코치' 차로 갈아탔다. 최대 속력은 25마일, 그러나 백여 명을 태우고도 35도 각도의 빙하를 오르내릴 수 있는 특수한 차로 이 세상에 세 대밖에 없다고 한다. 타이어 하나가 어른의 키보다 더 커서 빙산을 달리는 맘모스같이 거대한 차이기도 했다.

본래는 탱크 같은 톱니바퀴 차였으나 얼음을 깎아내린다는 백성들의 여론 때문에 지금과 같은 타이어 바퀴로 바꾸어 달았다. 이 차가 지나가는 길목에는 인공으로 만든 내천이 있었는데, 바퀴에 묻은 이 세상의 더러운 먼지나 흙을 깨끗이 씻고 지나가도록 하기 위한 장치이기도 했다. 마치 모세가 신을 벗었듯이. 그러고 보면 이 나라 사람들이 얼마나 자연을 사랑하고 아끼는지, 그 하나를 보고서도 가늠할 수 있었다. 일행은 모두 빙산의 정상에 올라가 하차하였다.

바람은 불고 춥고 입술은 떨리었다. 본래 이 빙산은 크게 세 갈래로 갈라져 있어 '까마귀발 빙산'이라고 불렀는데, 지금 그 중 하나가

지구의 온난화 현상 때문에 짝짝이 발이 되고 말았다. 지구의 온난화 현상을 눈으로 확인하는 순간, 온난화 현상은 참으로 무섭고 두려운 현상이라고 생각이 들기도 했다. 빙판의 넓은 구릉은 이곳저곳 빙산이 녹아 거북이 등같이 갈라져 도랑을 만들었고, 그 도랑의 물이 빙산의 큰 구멍을 만들어 빙산 밑으로 흘러 큰 내천을 만들고 빙판 호수로 흘러내려 가고 있었다.

빙하의 도랑인 얼음굴 밑은 마치 로마의 '카타콤'보다 더 무서워, 한번 미끄러져 빠져들어 갔다하면 그 순간부터 이 세상을 하직하는 순간이 되기도 했다. 드문드문 노란 혹은 빨간 테이프를 쳐놓고, 이곳이 얼음굴이니 접근하지 말라는 표시가 붙어 있었다. 비누에 물 발라놓은 것 같은 빙하는 미끄럽기 짝이 없어, 조심조심 걸어도 미끄러지기 일쑤였다.

나는 잠바 차림으로 모자를 푹 눌러쓰고 장갑을 낀 채 얼음굴 앞에 서서 그 검은 굴속을 응시하며 잠시 명상에 잠겼다. 그래도 로마의 '카타콤' 굴속에는 안내자가 있어 세상 밖으로 다시 찾아 나올 수가 있었으나, 이 얼음굴 속에는 이렇다 할 안내자가 하나도 없지를 않는가? 이 세상에서 아무리 존경받고 있는 목사라 할지라도 이 얼음굴 속을 안내할 자가 과연 있을 것인가? 역사의 갈피갈피 속에는 석가, 공자, 소크라테스, 시저, 옥타비우스, 칭기즈칸, 나폴레옹, 히틀러, 간디, 레닌, 박정희, 게다가 김일성 등등

"이 세상의 참된 지도자가 내로라"

고 거들먹거리고 목에 핏대를 세웠던 영웅호걸들이 있었으나, 그 하나도 이 얼음굴 속의 안내자가 되지를 못하였다.

몇 년 전, 탐험대의 한 사람이 남아메리카를 탐험하다가 그만 실족하여 수풀 속 동굴에 깊이 빠져들어 가고 말았다. 마치 제주도의 '만장굴' 같은 동굴이었다. 며칠이 지났는지도 모르는 캄캄한 동굴 속에서 손톱 밑에 피가 나고 무릎이 깨지도록 헤매었다.

그러던 중, 어디선가 바늘 구멍만한 빛이 보이기 시작했다. 가슴은 뛰고 꿈과 희망과 용기가 솟아, 자기도 모르게 큰 소리를 외치며 빛을 따라가게 되었다. 세상에 나오자 기자들이 몰려들었는데, 기자들의 질문에 그는

"세상이 이렇게도 아름다운 줄은 미처 몰랐습니다. 빛은 생명이요, 그 빛은 그리스도께서 인도하고 계십니다!"

라고 말하였다고 한다.

참으로 이 세상에서 죽었다가 다시 살 수 있는 존재만이 어두운 굴속에서 헤매는 이 인생길에 참된 안내자가 될 수 있는 자격이 있다고 느껴지기도 했다. 단체 기념사진을 찍는다는 고함 소리에 나는 그 자리를 뜨고 말았다.

로키산 최고봉인 '톰슨 마운틴'을 관망하며 로키산의 진주라고 하는 '제스퍼'를 지나 작은 마을 '뚝배기집'이란 곳에 들렀다. 허기진 배를 불고기와 뚝배기로 채우고 나서야 얼굴에는 웃음의 꽃들이 피고 있었다. 이 식당의 특징으로, 그 벽에 각 나라 사람들의 사인과 각 나라의 지폐가 어지럽게 붙어 있었다. 나름대로 어림잡아 오천 달러는 될 성싶었다. 나는 묻기를

"주인마님, 왜 이 돈을 떼지 않고 그냥 붙여두고 있습니까?"

했다.

“네, 매해 크리스마스가 되면 이 돈을 다 뜯어 은행에 가서 바꾸어, 가난한 이웃과 춥고 떠는 고아들을 위하여 돕고 있습니다.”
라고 대답하였다. 그 순간 나는 내 몸과 마음속이 떨리며 녹아내려 갔다.

“가서 네 소유를 팔아 가난한 자들에게 주라”(마 19:21).
고 하신 예수님의 말씀이 생각이 났다.

동계 올림픽이 열렸던 ‘캘거리’를 지나오는 도중에 10명 내지 12명만이 들어갈 수 있는, 아주 예쁘게 잘 지은, 세계에서 가장 작다는 교회 앞에 우리들의 버스가 머물렀다. 그 곳에는 마이크도 없고, 스크린도 없고, 월급 받는 목사도 없다고 하였다. 아주 다정다감한 벗들만이 진심 어린 마음으로 예배드리고 있을 것이라 생각이 드니, 천국이 바로 이곳에 있을 것이라 느껴지기도 했다.

이튿날 아침 5시에 기상, 4만 5천 톤짜리 배를 타고 ‘빅토리아’섬으로 향했다. 이 페리호는 470대의 차를 싣고 삼천 명의 승객을 태운, 마치 ‘타이타닉’호나 크루즈 배와 같이 선내가 하나의 도시이기도 했다. 세컨드 허니문(Second Honeymoon)의 꿈을 키운다는 빅토리아섬은 그야말로 다른 세상과 같은 ‘정원의 도시’였다. 마치 에덴동산을 연상케 하는 ‘부차트 가든’에 들어서니 향긋한 풀 냄새와 아름다운 꽃밭들이 우리들의 눈과 입, 그리고 마음과 가슴을 활짝 열게 했다.

세상에서 이렇게도 크고 아름다운 꽃의 정원을 예전에 본 적이 없었다. 아아, 너무나 아름다운 곳! 정말로 꽃 속에서 살다가 꽃밭에서 죽고만 싶어지기도 했다. 떠나가기 싫은 이곳, 해는 점점 기울어져가고, 세월은 나를 재촉하여 고리타분한 LA로, LA로 가자고 윽박지르고 있었다. LA에 오니 자동차, 집, 전화, 전기, 가스 페이먼트 고지서 들이 즐비하게 쌓여 있었다. 머릿속이 굳어지는 것만 같았다.

레드우드

밤송이 같은 머리로 고등학교를 막 졸업한 그 해 여름, 나와 미스터 박, 그리고 미스터 홍, 셋이서 천막을 메고 '난지도'에 캠핑을 갔었다. 그 때만 해도 우리들은 코뚜레 하지 않은 수송아지나 당나귀와 같은 용기로 제멋대로 뛰노는 새파란 청년 시절이기도 했다.

지금으로부터 오십 년 전만 하더라도 난지도는 한강 사이에 끼어 있는 하나의 섬이었다. 지금은 난지도와 육지 사이의 강을 서울 시민의 쓰레기로 메운 후 흙을 덮어 하나의 육지로 이어져 있는 곳이기도 하다.

나는 38 이북 강원도 김화에서 태어났고, 미스터 박은 함경도 함흥에서 6 · 25 때 피난 온 실향민이기에 학교에서 곧 친해졌고, 미스터 홍은 아직도 서울 사투리를 쓰는, 자문밖에서 사는 순수한 서울 본토박이였다.

난지도에 처음 캠핑을 온 우리들은 모래밭에 천막을 치고, 밥을 짓고 국을 끓이는 등 즐겁고 흥분된 기분에 들떠 있었다. 그것도 하루, 이틀이 지나자 수컷들의 생활은 메마르고 퍽이나 무의미하기 짝이 없었다.

그러던 중 서울에서 놀러 왔다는 세 명의 여학생들을 만나게 되었다. 그녀들은 마을에 방을 하나 빌려 민박을 하고 있었는데, 둘은 수도여고 3학년생이고 한 학생은 경기여고 3학년생이었다. 강물에 들어가 여섯 명이 어울려 서로 물싸움도 하고, 물속에서 엎치락뒤치락 젊음의 향연을 피우며 즐겁게 놀았다. 몇 시간을 물속에서 놀았던지 우리들이 추워서 그만 밖으로 나가봐야 하겠다고 하면 무엇이 추우냐고 하며 우리들의 손목을 끌어 다시 물속에 집어넣는 그런 여학생들이었다. 이제 서로 친숙하게 된 우리들은 그 날 저녁부터 우리 천막에 와 서로 밥을 짓고 국을 끓이며 찌개도 만들어 같이 식사를 했다.

바로 그 날 밤, 천막 속에서 곤히 잠자고 있는데 밖에서

"야, 이놈들 빨리 나왓!"

하는 소리가 들려왔다. 우리 셋은 빤스 바람에 무슨 일인가 하고 나가보았다. 일곱 · 여덟 명의 아주 건장한 청년 깡패들이 모두 다 손에 손에 굵직한 몽둥이를 들고, 우리를 뺑 둘러싸고 서 있었다. 그 중 누군가가

"엎드렷, 이 새끼들!"

하고 소리를 질렀다. 우리들이

"너희들 뭐얏?"

하고 대드는 순간, 힘센 깡패 하나가 뒤에서 우리들의 목덜미를 모래밭에 "콱!" 누르며 세 명을 엎드리게 했다.

"너희들 육지 놈들이 이 섬에 와서 풍기를 문란하게 했어!"
하며, 깡패 세 놈이 우리들의 엉덩이를 내려치기 시작했다. 한 대, 두 대, 세 대째 내려치는 순간, 나와 미스터 박이 재빨리 천막 안으로 들어가, 미스터 박은 부엌칼을 손에 쥐고, 나는 감자 깎던 칼을 손에 들고 달빛 아래서 번쩍이며

"이 새끼들 뭐얏!! 다 죽여 버리고 말 테다!!"
하며 칼을 공중에서 휘두르기 시작했다. 깡패들은 하나 둘씩 36계 줄행랑을 치며 도망하기 시작했다. 그 후 우리들은 천막 안에 들어왔으나 기분도 잡치고 그들이 또다시 오지 않을까 하는 걱정이 앞서, 모두가 잠을 설치고 말았다.

그 이튿날 아침, 동이 훤하게 틀 무렵, 우리 셋은 천막을 거두고 짐을 챙겨 서울로 떠나고 있었다. 원수는 외나무다리에서 만난다고 했던가? 오는 도중 보리밭 샛길에서, 어젯밤에 왔던 난지도의 깡패 하나와 맞닿았다. 달려가 목을 비틀고 어젯밤의 원수를 갚고 싶었으나, 워낙 발 빠른 솜씨로, 우리들을 보자마자 줄행랑치며 날쌘 솜씨로 도망가는 바람에 놓치고 말았다. 저 놈이 도망갔으니 또 깡패 무리들을 데리고 오지 않을는지? 하는 걱정이 앞서기도 했다. 마치 홍해를 건너기 전, 이스라엘 백성들이 바로 왕의 군대들에게 쫓기는 심정 그대로이기도 했다. 섬 끝에 도착하고 보니 다행히 작은 쪽배 한 척이 강 언덕에 놓여 있었다.

"옳지, 됐구나!"
하며 한 사람은 앞에서 당기고, 두 사람은 뒤에서 밀고 해서 배를 강물에 띄웠다. 등에 메었던 짐들을 배 위에 올려놓고서 한숨을 내쉬

며 배 위에 올라탔다. 배는

"풀썩!!"

소리를 내며, 밑창에서 강물이 올라오기 시작했다. 소나무로 만든 보트의 밑바닥이 썩어 있었던 것이다. 이제 '난지도'라는 독 안에 든 쥐 세 마리는 살아남기 위한 악만 남을 수밖에 없지를 않았던가?

이재명 형님이 미국에 이민 온 우리 식구들을 데리고 롱비치 항에 정박해 있는 '퀸 메리'호를 구경시켜 주시었다. '퀸 메리'호는 오십여 년이 지났는데도 그 엄청난 쇳덩이와 '레드우드'로 만들었다는 갑판 위의 마루들이 하나도 썩어 있지 않음에 나는 퍽이나 놀랐다. 그 옛날 난지도에서 썩어 가라앉은 배가 레드우드로 만들어져 있었다면 얼마나 좋았을까를 생각하며, 나는 혼자 빙그레 입가에 미소를 띠어 보기도 했다.

2000년 9월 27일, 나성중앙교회 노인회에서는 40여 명의 노인들을 모시고 '레드우드'를 보기 위해 3박 4일간의 긴 여정을 떠났다. 유레카에 들러 훔볼트 레드우드 주립공원에 들어섰다. 웅장한 레드우드의 숲속에서 '영원의 나무', '불멸의 나무', '거목들의 거리', 그리고 '숲속의 향연'을 지나며 명상에 푹 빠져보기도 했다. 난류가 흐르는 태평양의 적당한 온도와 습도, 그리고 알맞은 기후에 수백 년, 수천 년의 세월을 두고 그토록 말없이 침묵을 지키며 거목으로 자란 레드우드는 모진 세월의 비바람과 천둥 벼락, 그리고 험악한 환경을 이겨내며 우뚝 솟아 있는 그 모습이 퍽이나 자랑스럽고 대견해 보이기도 했다.

레드우드의 높고 곧은 모습, 그리고 그 의연한 모습은 우리가 종종

보는, 회의석상에서 다수의 의견을 존중하며 경청해야 할 인물들이, 속이 텅텅 비고도 자기만이 옳다고 주장하는 오만스러운 모습의 대나무와 같지 아니하였다. 작은 바람에도 촐랑거리는 버드나무와도 같지 아니하였다. 그렇다고 말끝마다 꼬투리를 잡고 늘어지며 사사건건이 가시 돋친 말로 상대방을 공격하는 엉겅퀴나 칡넝쿨도 아니었다. 레드우드 한 그루만으로 방과 부엌, 응접실이 딸린 집을 사오십 채 지을 수가 있다고 하니, 그 과묵하고 듬직한 몸집은 누가 봐도 일등 가는 사윗감이 아닐 수가 없었다.

'불멸의 나무'속에 들어가 내 이름 석 자를 남기고, 자랑스러운 레드우드가 그리워 기념촬영도 하였다. '거목들의 거리'를 지나며, 그 큰 체구들이 말없이 서로서로 의지하며, 붙들어주며, 공존하며 살아가는 모습에 큰 의미를 부여하고 싶어졌다. 사람도 사람 인(人)자가 그러하듯 서로서로 아끼고 도우며, 안아주고 사랑하며 살아가라는 의미가 담겨 있지 않은가 생각해 보기도 했다. 아프리카의 사자도 자기가 배불리 먹고 나면 다음 순서를 기다리는 하이에나나 늑대 혹은 독수리에게 양보하며, 미련 없이 그 자리를 떠나는데, 만물의 영장이라고 자처하는 사람만이 유독 배불리 먹고도 자기 주머니에 가득 가득 담아 가는 모습은 정말로 역겨워서, 보기에도 민망스럽기 짝이 없는 일이기도 했다.

모든 백성이 긍정하듯 예수님이나 석가, 그리고 공자나 소크라테스의 의복에는 손바닥만한 호주머니를 찾을래야 찾아볼 수가 없다. 그것은 이 세상 인간들에게 '욕심'을 버리라는 무언의 경고이며 또한 애틋한 호소이기도 했다. 하늘 높이 솟아 있는 이 거대한 레드우드를 우러러보면서, 정말로 나는 백 년도 못 사는 하루살이와 같은 존재이고, 왜소하고 보잘것없는 존재임을 다시 한 번 깨달았다. 이제 레드우드의 침묵의 삶 속에서, 그 참된 모습들은 나로 하여금 인생의 삶을 다시 한 번 높고 넓은 틀 위에서 바라볼 수 있는 금자탑을 세워준 큰 선생님임을 느끼게 했다. 나는 그저

"천지만물을 지으신 위대하신 하나님! 정말로 감사합니다."

라는 말밖에 나오지 않았다.

아직도 남은
이야기들

추모사(追慕辭)

존경(尊敬)하는 정영춘(鄭永春) 장로님(長老任)!

당신이 떠나간 가슴 한 구석의 구멍이 너무나 커, 이처럼 현기증 나도록 허전한 마음 가눌 길이 없습니다.

"네 이웃을 네 몸같이 사랑하라"
하신 주님(主任)의 명(命) 따라 언제나 약(弱)한 자(者)의 편에 서서 대변하시던 따뜻한 그대의 사랑이 이제는 마냥 그리워, 눈물이 강(江)이 되어 흘러갑니다.

지난날 우리들의 곁에 계셔서 언제나 정도(正道)의 격려와, 긍정적인 삶의 밝은 빛을 던져 주시던 사랑의 말씀을 이제는 어디로 가서 들으란 말씀입니까?

80평생 온갖 가시밭길과 돌짝밭을 걸으면서도 극한의 격한 말씀 한 마디 아니 하시던 당신이, 이제 납덩이보다 더 무겁게 입을 다물고 누우셨으니, 우리로 하여금 어디로 가 그 아름다운 꿈과, 희망과 마음의 평안(平安)을 받으라 하시는 것입니까?

이제 님을 떠나보낸 이 어깨는 너무나 무겁고, 마음은 어둡기만 합니다. 80여 년 전, 누구보다 일찍이 서양(西洋)의 선구적인 문물과 자신의 배움의 터전으로 이 나라의 초석이 되고자 몸소 서울위생병원에 오시어 산전수전의 힘겨운 생애를 다 살면서도 하나의 흔들림 없이 굳건한 의지로 직장에 충성을 다하신 장로님의 모범은 우리들로 하여금 큰 빛이 되고 길이 되었습니다.

피나는 동족상잔의 6 · 25전란 속에서도 당신의 목숨 아끼지 아니하시고 직장을 사수하시며 직원의 안전을 위해 제주도로 피난 가는 일에 노심초사 수고하시던 모습을 지금도 우리는 하나 빠짐없이 기억하고 있습니다. 오늘날 우리들의 이러한 풍요로운 삶이, 모두가 당신의 피땀 어린 사랑의 열매인 것을 두고 두고 잊지 않고 기억하겠습니다.

정영춘 장로님! 우리들의 존경과 사랑을 아낌없이 보냅니다. 정영춘 장로님! 이제 뒷일은 우리들에게 맡겨주시고, 주님 오시는 재림의 그 날까지 편히 잠드시옵소서!

언제나 교회를 사랑하고 주님을 따르시던 그 믿음과 이웃을 사랑하라 하신 그 말씀 그대로 행할 것을, 이 추모사를 통하여 약속하는 바입니다.

안녕히 주무십시오!

2009년 7월 30일

이재춘 올림

사랑하는 종문이 동생에게

十月!

얼마나 아름다운 五色의 달인가! 우선 달력에 아홉 개의 빨간 글씨가 그려져 있어 보기가 좋구나. 3일은 秋夕, 그 말고도 정감이 젖어 있는 보름달, 이렇게 온 형제가 즐거이 모이는 민속의 날도 마음뿐, 타국에서의 삶이 이럴 때 쓸쓸해지는가 보다.

오늘도 해를 못 보고 집을 나서며 해가 진 다음에 집에 오는 너의 家長됨이 참으로 믿음직스럽고 자랑스럽구나. 해묵은 스트레스, 자녀들과의 사랑의 場, 이런 것도 해결하고 아내와 오순도순 솜씨를 이 연휴에 만끽해 보려무나.

그 동안 상은이랑 장군, 꽃님이, 그리고 아끼고 소중히 여기는 너의 아내는 늘 미소에 젖어 있는지? 장군은 유치원에 잘 다니며, 꽃님이의 아픔은 다소 차도가 있는지? 늘 두고 온 식구 같아 내 마음 한 구석이 구겨져 있구나.

이곳 주영, 소영, 화영은 다 잘 있으며, 주영이는 지난 9월에 RN에 합격했다. 고등학교 때 이민 와 부족한 영어 실력을 메워가며, 대학도 졸업하기 전에 RN에 합격했으니 내 어찌 자식 있음에 이처럼 보람을 가져본 적이 있겠는가! 소영이는 내년에 대학 졸업하고, 화영이는 덴탈 하이지니스트(Dental Hygienist)과로 전과하려고 한다. 나와 내 아내는 미국 땅에서 거름이 되고, 너희는 꽃이 되고 열매가 되라고 한 그 약속의 첫 열매는 나로 하여금 참으로 생애의 희열을 느끼게 해주었다. 조국과 언어와 친구와 직장과 풍습과 고향을 잃어버린 여기서 말이다.

사랑하는 동생!

中東 사태는 고국에 너무나 큰 그림자가 되었구나. 게다가 9月의 장마가 할퀴고 간 서울 그 고향에 어쩌면 외삼촌이 자기의 여 조카를 유괴, 살해한 사건이 난단 말인가? 그 소식은 나로 하여금 두려움마저 느끼게 하는구나. 화폐를 마구 찍어낸 결과가 오늘날 국민으로 하여금 노동의 가치를 혼란시키고, 서로의 불신과 왜곡된 가치관을 가르치고 있으니, 앞날이 걱정되는구나.

자네가 다음 달이면 미국을 방문한다고 하니, 나로서는 재회의 기쁨에 벌써부터 부풀어 오른다. 그대가 늘 말하듯이 도대체 미국은 어떤 나라이며, 미국에 있는 한국 동포들은 무슨 일을 하며 사느냐고 하기에, 오늘 몇 자, 내 눈에 비친 미국을 그대로 보여주고 싶다. 사람이 사는 곳이란 다 마찬가지로 자고 먹고 일하고 섹스하는 똑같은 삶이겠지만, 특히 美國은 우리네와는 아주 다른 풍습과 가치관, 언어, 게다가 다양한 인종, 또 그 인종들이 그대로 가지고 온 관습과 종교, 어떻게 생각하면 나와는 전혀 다른 세계 속에서 사는 것 같구

나. 한국에서 쓰는
"미쳤어!"
"돌았어!"
"웃기네!"
가 다 美國에서 수입해 간 것이라고 생각하면 되네. 나는 아직 캘리포니아 주를 떠나본 적은 없지만 州 하나가 하나의 나라라고 생각하면 되겠구먼. 그러니 미국이란 50개의 나라니 얼마나 크겠나.

우선 먹는 것부터 본다면 많다는 것보다 차라리 풍성풍성해서 무엇이 먹고 싶은지 모르는 나라, 가정의 일상용품으로부터 먹는 것에 이르기까지 하도 세분화되어 있어, 먹어보든지 써보지 않고는 무엇이 무엇인지 모르는 나라, 드문 집집마다 오렌지나무가 있는데, 익어 땅에 떨어져도 구태여 상점 것 사다 먹는 나라, 도토리를 주워 담기보다 발로 긁어 담아도 한 가마니를 담을 수 있는 나라(도토리는 안 먹어), 캘리포니아 북쪽으로 가면 습지에 물을 대고 볍씨를 비행기로 뿌리는 나라, 어린 배 · 복숭아 · 사과 열매를 솎아내는 데 약을 뿌려 솎아내고 그 다음에는 성장 호르몬을 뿌려 큰 열매를 따는 나라, 고양이 밥이나 개밥이 사람 먹는 음식과 나란히 진열대에 놓여 있는 나라, 하다 못해 변소에도 네 가지 종류의 종이가 놓여 있는 나라(깔개 종이, 둥근 휴지, 손 닦는 종이, 크리넥스), 아직도 한국 집에는 둥근 휴지가 식탁이나 안방에 있는데, 이곳에서 그렇게 하면
"꽥?!"

소리를 지르며 달아나는 나라, 앞집, 옆집 울타리 없고, 흙이 보이면 창피해서 잔디를 심는 나라, 송충이에다 피임약을 뿌려 송충이를

멸살시킨 나라, 피임약을 복용하는 것은 주인아줌마뿐 아니라 집의 고양이, 개도 하는 나라. 곳에 따라 변소의 문도 들어가는 문 따로 있고 나오는 문 따로 있는 나라, 이렇게 넓은 LA 도심에 그 귀여운 까치 · 제비 한 마리 없는 나라, 집집마다 빨랫줄 없고 굴뚝이 없는 나라, 여름 내내 비 한 번 내리지 않고 겨울이 되어서야 그저 좀 오는 나라, 한국 돈 사오만 원만 주면 성년 누구나 권총 · 장총 살 수 있는 나라, 여자가 버스를 몰고 컨테이너를 운전하며 심지어 전선주에까지 올라가 전공질하는 나라, 여자도 권총 차고 은행이나 회사 수위를 하며 목에 힘 주고 사는 나라, 가장 부지런하고 가장 게으른 나라, 어떤 여자는 길에 가다 풀썩 주저앉으면 혼자 못 일어나는 나라(방뎅이가 하도 커서), 어떤 남자는 자동차 열쇠고리가 땅에 떨어지면 오던 길로 한두 발자국 뒤로 물러서야만 주울 수 있는 나라(배가 남산만 해서), 벌거벗기를 좋아해 남자고 여자고 웃통 잘 벗는 나라, 어른이든 아이든 길가에 앉아 점심을 먹거나 아이스크림을 핥으며 다니는 나라, 사람 많이 다니고 누구나 잘 보이는 벽이면 페인트 스프레이로 어지럽게 글씨가 쓰여져 있는 나라(마약범들의 암호), 상점에 가면 집안에 있는 사람이 원숭이인지 창문마다 쇠창살이 처져 있는 나라(살인강도가 많아서), 제2차 세계대전 때의 탱크나 대포가 보고 싶으면 로즈미드 고물상에 가면 볼 수 있는 나라, 일생 세금장이 콧잔등 한 번 못 보고도 세금 꼬박꼬박 내는 나라(모든 일은 우편이나 전화나 인터넷으로 처리함), 세금 너무 많이 냈다고 연말에 몇백 불씩 돌려주는 나라, 65세 넘으면 월 오륙백 불씩 정부 돈 받아 생활하는 나라, 고등학교까지는 의무교육, 대학도 졸업 후 돈 벌어 갚겠다고 약속하면 아주 싼 이자로 돈 주는 나라, 군대만 갔다 오면 집이고 학교이고 직장이 보장되어 있는 나라, 불법 입국자를 일 시키면 벌금을 먹이면서도 스탁톤 부근 농장에 가보면 남미계의 불법 이민자가 허옇게 깔려 일하는 나라, 자국에 이익이 된다면 불법도 합법화시키는 나라, 마누라 없이는 살아가도 자동차가 없이는 못 살아가는 나라, 공중목욕탕이나 지서가 없는 나라, 서로 좋으면 길가나 차내에서 남녀가 쭉쭉 빨고 있는 나라, 여자 보고 예쁘다 하는 것보다 섹시하다고 칭찬해야 더 좋아하는 나라, 길가 자판기 안에 75전만 넣으면 음란 잡지 마음대로 사볼 수 있는 나라, 공산국가에는 거지가 될 자유도 없지만 자기네 나라는 거지가 될 자유가 있다고 자랑하는 나라(자유를 얼마나 사랑하는지), 남자도 귀 뚫어 고리 달고, 손톱만 전문으로 파는 상점이 있는 나라, 개나 고양이가 정기검진도 하지만 전용미용소가 따로 있는 나라, 바다에서 낚시하고 올 때는 잡은 고기를 도로 바다에 던지고 오는 나라(너 미쳤니? 하고 물으면, 낚시는 스포츠이지 먹기 위해서 하는 것이 아니라나), 그런 나라, 이곳저곳 공원이 많고, 어떤 공원 야구장엔 사람 하나 없는데 밤마다 수백 촉짜리 전기가 켜져 있어 공원 관리원에게 물었더니

"경기하러 오는 것은 당신네 일이고, 매일 밤 불 켜놓는 일은 나의 일"

이라나. 그런 나라, "댕큐"라는 말과 "익스큐즈미"라는 말이 입에 붙어 가지고 다니는 나라, 먹는 물건 외에는 꼭 세금액이 붙어져 나오는 나라, 푯말 하나 써 붙이거나 테이프 한 줄 쳐 놓고도 들어오지 말라고 하면 안 들어오는 나라, 매일 목욕하지 않으면 인간 취급하지

않는 나라(머리 보면 다 안대), 욕탕 · 변소 · 부엌 · 침실까지 갖춘 자동차를 끌고 다니며 이곳저곳 가서 사는 나라, 개인 비행기로 LA에서 샌프란시스코까지 출퇴근하는 나라, 길가에 침 뱉거나 방뇨, 술주정하는 사람 거의 볼 수 없는 나라, 산에 캠핑 가서 식사 도중 바로 옆 보따리 속에서 다람쥐가 마구 뒤져 먹어도 쫓기만 하지 죽이지는 못하는 나라(죽이면 벌금), 노루 · 곰을 사냥해도 때가 정해져 있고, 그것도 수컷만 잡아야지 암컷 잡으면 벌금 무는 나라, 바다에 나가 전복 · 소라 다섯 개 이상 건져오면 6불 이상 벌금 무는 나라, 하루 종일 피켓만 들고 혼자서도 데모하는 나라, 아버지가 자식 잘못해 때렸을 때 고발하면 아버지는 즉각 철창신세(너는 자식 기를 자격이 없다고) 그 애들은 보호실로 데려가는 나라, 길이고 운동장이고 빨아들이는 청소차가 한 번 쓱 지나가면 다 되는 나라, 길가에 자기가 쓰던 소파, 가스렌지, 냉장고를 내놓고 "Free"라고 써 붙여 거저 주는가 하면 옆집 마당 뜰에선 "거라지 세일"이라고 써 붙여놓고 쓰던 책, 그릇, 의복, 신발, 각종 고물, 게다가 이빨 빠진 접시, 구멍 뚫어진 양말까지 내다 놓고 파는 나라, 자기 몸무게가 지난주 3파운드 줄었다고 회사에 와서 떠들썩하게 구는 나라, 방에 들어온 한 마리 파리에 온 가족 다섯 식구가 출격하는 나라, 방뎅이와 가슴 볼륨이 크다 못해 옷이 터질 듯한 나라, 미국에 살러온 어린 청년이 폰 섹스를 밤마다 즐긴 것까지는 좋은데 월말에 600불짜리 고지서가 아버지 앞으로 날아온 나라, 고속도로 *左右*편 500m 간격으로 공중전화가 설치되어 있는 나라, 3도 지진은 자장가 같고 6.5도쯤 되니깐 사람들이 서 있을 곳이 없어 얼굴이 노랗게 되는 나라, 코 밑에 수염을 안

기르면 남들이 어리다고 깔보기 때문에 저마다 보호하기에 급급한 나라, 육교가 없고 블록마다 거의 신호등이 있는 나라(육교는 시민들에게 불편을 준다고 해서), 지하도가 가끔 있는데 양쪽 끝에 쇠문이 있어 해만 지면 걸어 잠그는 나라, 거리에서 흔히 볼 수 있는 깜둥이도 해수욕장에 가면 거의 볼 수 없는 나라, 늙은이든 아이든 'You'로 통하고 싫으면 'No' 좋으면 'OK'로 통하는 나라, 무엇이든 자기가 들고 와 먹으면 음식 값만 내지만 남의 손을 빌렸으면 팁을 주어야 하는 나라, 한국 학생과 미국 학생이 자취를 했는데 미국 학생이 숙주나물과 시금치를 삶지 않고 식탁에 올려놓아 다투고 싸운 나라(미국에선 숙주, 시금치, 버섯, 호박은 날것으로 먹음), 교통위반으로 딱지를 받게 되었는데 돈을 내밀 땐 두 가지 죄로 벌금 더 무는 나라(뇌물 절대 금물), 초대받았을 때 아이스크림 나오면 "이상 끝" 알리는 나라, 여인이나 신사가 지나가면 지나간 자리에 30초 정도는 향수 냄새가 머물러 있는 나라, 거대한 인종 백화점! 촬영소에서 구태여 아프리카나 동남아까지 안 가도 거뜬히 촬영할 수 있는 나라, 공공건물이면 반드시 장애자 주차장과 장애자 계단이 설치되어 있는 나라, 그 많은 차에 비하면 클랙슨 소리가 없는 나라, 사람마다 열쇠고리는 다 가지고 있는데, 여자 열쇠고리에는 호각이 달려 있는 나라(하도 강간, 납치가 많아서), 여인과 레스토랑 가면 남자가 문 열어주고 의자 당겨주고 밀어 앉혀줘야 하는 나라, 얼마나 검소하게 옷을 입고 다니는지 입고 다니는 걸 봐서 누가 부자인지 가난뱅이인지 모르는 나라(자동차나 사는 집을 봐야 알지), 버스에 한 사람 탔든 두 사람 탔든 에어컨 켜고 다니는 나라, 여름이건 겨울이건 맹물에 꼭 얼음

섞어 먹고, 식사 때는 펩시나 콕, 세븐업, 오렌지주스, 펀치 등을 마셔야 되는 줄 아는 나라, 여인들이 귓불에 한 개의 구멍도 모자라서 두 개, 세 개까지 뚫어가지고 다니는 나라, 자동차 타고 은행에 저금하고, 자동차 타고 돈 빼다 쓰는 나라, 자기 자동차 번호판에

"유어 아이큐 제로"

"아이엠 섹시"

"게이 해피"

마음대로 등록할 수 있는 나라, 동거하고 있으면서도 이 년 후에나 결혼식을 올린다는 나라, 남편의 초상화는 안 그려도 죽은 개 새끼나 고양이 화상을 비싼 값 주고 그려가는 나라, 부부가 벌어 제각기 따로 통장을 가지고 사용하는 나라, 주인의 문안은 안 드려도 사모님 문안과 자동차 문안은 드려야 좋아하는 나라, 부인이라도 일주일에 한 번쯤은 외식시켜줘야 사랑하고 있다는 증거가 되는 나라, 어떤 놈은 이사 가면서 이삿짐에 살던 집까지 챙겨가지고 가는 나라(집의 밑만 뜯고 대형차로 운반하지), 하다못해 에이즈 · 성병까지 세계 제일이 되어야지 이등은 싫어하는 나라, 그렇게 골프장이 많아도 깜둥이 골프 치는 것 보기 힘든 나라, 호텔과 캠프장이 많아도 예약 없으면 거절당하기 일쑤인 나라, 들에 캠핑 가서도 오줌 실례하고 오는데 자동차 타고 다녀오는 나라, 어느 나라 사람이건 자기가 살던 그 방식대로 와서 살 수 있는 나라, …

이와 같은 많은 모순 속에서도 사회적 연합으로 질서와 조화 있게 사는 지혜를 가진 사람들이 비로 美國人이라네. 내가 만화를 잘 그린다면 그대에게

"웃기네!"

그림을 보여줄 수 있겠네만…. 아무쪼록 건강히 있다가 다음 달에 만나서 더 많은 이야기를 하면서 웃어나 보게나. 그럼, 식구 모두 화평하기를 빌며 이만 필을 놓겠네. 바이!

1990년 10월 1일, 형 이재춘 서

개똥참외와 주차장

내가 처음 사역을 시작한 곳은 강원도 묵호(지금의 동해시)였다. 사십여 년 전만 해도 그 곳은 오징어와 무연탄의 항구였다. 하수구 처리가 잘되지 않아, 비만 왔다 하면 길은 온통 검은 팥죽이 되었었다. 그래서 그들이 하는 말이

"묵호에서는 마누라는 없어도 살 수 있지만, 장화가 없으면 못 사는 곳"

이라고도 했다.

삼십여 년 전, 미국에 이민 오니 이웃들이 제일 먼저 자동차부터 사라고 권했다. 그래야 직장도 가질 수 있고, 돈도 벌어 식구가 먹고 살 수가 있다고 했다. 처음에는 그것이 무슨 사치스러운 일인지 이해가 가지를 않았다. 그러나 살다보니 그 말은 진실이요 진리였다. 정말 미국은 차 없이는 못 사는 나라였다. 그런데 요즘은 그 차 때문에 골머리를 앓고 있다. 오나가나 주차장 때문이다. 포드 시대만 해도 차는 마초도 안 주고, 물도 안 주고, 똥도 싸지 않는 마차라고 해,

얼마나 시민들이 좋아했던가?

7월 들어서면서 기온이 화씨 90도, 100도를 넘나드는 무더위 때문에 직접 내놓고 말은 못 해도, 우리들의 온몸이 땀으로 젖고, 셰퍼드의 혀만큼 축 늘어져만 가고 있다. 두 목사님과 히브리어 원어반원들이, 심기 불편한 몸인데 시원한 해변에 나가 회포를 풀어버리라고 초대해주시었다. 과일과 과자도 풍성하게 갖고 바닷가로 떠났다.

오늘은 김영진 목사님이 기사가 되어 8인승 밴을 몰고 말리부 비치를 지나 주마 비치에 갔다. 주중인데도 가는 곳마다 주차장은 만원으로, 가득 메워져 있었다. 나는 속으로 중얼거렸다.

"미국은 참으로 부자 나라인가 보다. 수요일인데도 직장에 안 나가고 저렇게 바닷가에 나와 바람을 쐬면서 식구가 다 먹고 사니 … 역시 하나님을 믿는 나라가 다르긴 달라."

김 목사님은 주차장을 찾기 위하여 이곳저곳을 뱅뱅 돌고 있었다. 운 좋게 막 떠나는 사람이 하나 있어, 그 곳에 주차를 했다. 우리도 기분 좋게 안도의 한숨을 내쉬었다. 그런데

"개똥참외도 먼저 본 놈이 임자?"

라고, 40대 서양 남자가 차를 몰고 옆으로 다가와

"내가 먼저 와서 건너편 길가에서 기다리고 있었다."

라며 목줄에 각을 세우기 시작했다. 목사님은 빙긋이 웃으며 안색이 조금 달라지더니 문 집사님을 두어 번 쳐다보시고, 모처럼 잡은 금싸라기 같은 주차장을 내어주고 떠나시는 것이었다. 오히려 뒤에 앉은 우리들이 분통이 터질 지경이었다. 잠시 후

"역시 목사님이야!"

하고 분을 삼키긴 했지만.

지난 6월 안식일 오후 어느 날, 김 목사님이 선교회원들 여러 명을 모시고 U.S.C.병원 I.C.U.(Intensive Care Unit)에 입원 중인 신 집사님을 방문하기 위해 병원 주차장에 갔었다. 7층짜리 주차장이 모두가 꽉 차 만원이었다. 그런데 차 한 대가 주차장을 벗어나려고 신호를 보내고 있었다. 곧이어 주차하려고, 김 목사님은 그 뒤에 대기하고 있었다. 그런데 우리 차 뒤에 있던 20대 서양 여자 운전자가 잽싸게 튀어나오더니, 그 자리에 자기 차를 쏙! 들이미는 것이 아닌가! 분명

"개똥참외는 우리가 먼저 보았는데, 자기가 차지하다니?"

나는 김 목사님이

"빵! 빵!"

클랙슨을 누르며 못 들어가게 하실 줄 알았는데, 약간 안색만 변한 채 아무 말 한 마디 없이 차를 몰아 뒤돌아서 주택가에 내려가 길가에 세우셨고, 모두는 한참을 걸어서 병원으로 올라갔다.

'하아, 남의 입에 들어간 것도 빼앗아 먹는 세상에, 이것 되겠나? 예수님의 가르침이, 예수님의 정신이 참으로 이 세상을 바꾸기에 더 없이 위대한 것인가 보다.'
생각했다.

"또 눈은 눈으로, 이는 이로 갚으라 하였다는 것을 너희가 들었으나 나는 너희에게 이르노니 악한 자를 대적치 말라 누구든지 네 오른편 뺨을 치거든 왼편도 돌려대며 또 너를 송사하여 속옷을 가지고자 하는 자에게 겉옷까지도 가지게 하며 또 누구든지 너로 억지로 오

리를 가게 하거든 그 사람과 십 리를 동행하고 네게 구하는 자에게 주며 네게 꾸고자 하는 자에게 거절하지 말라 또 네 이웃을 사랑하고 네 원수를 미워하라 하였다는 것을 너희가 들었으나 나는 너희에게 이르노니 너희 원수를 사랑하며 너희를 핍박하는 자를 위하여 기도하라 이같이 한즉 하늘에 계신 너희 아버지의 아들이 되리니 이는 하나님이 그 해를 악인과 선인에게 비취게 하시며 비를 의로운 자와 불의한 자에게 내리우심이니라 너희가 너희를 사랑하는 자를 사랑하면 무슨 상이 있으리요 세리도 이같이 아니하느냐"(마 5: 38-46).

"너희는 세상의 소금이니 소금이 만일 그 맛을 잃으면 무엇으로 짜게 하리요 후에는 아무 쓸데없어 다만 밖에 버리워 사람에게 밟힐 뿐이니라 너희는 세상의 빛이라 산 위에 있는 동네가 숨기우지 못할 것이요 사람이 등불을 켜서 말 아래 두지 아니하고 등경 위에 두나니 이러므로 집안 모든 사람에게 비취느니라 이같이 너희 빛을 사람 앞에 비취게 하여 저희로 너희 착한 행실을 보고 하늘에 계신 너희 아버지께 영광을 돌리게 하라"(마 5:13-16).

주차장을 빼앗긴 나는 분을 참지 못했지만, 오늘 또 그러한 경험을 통해 배운 참된 교훈은 나로 하여금 일생, 영영 잊을 길이 없을 것만 같다. 나에게는 어느 설교보다 더 위대했다.

아버지가 걸어 놓으신 문패

–외삼촌(金昌烈)의 아들(金基德) 입장에서 쓴 이야기

오늘도 아버지가 술에 만취되어 욕설과 고성으로 온 집안 식구들을 들먹거리는 통에 어머니는 부엌으로 피신하고, 누나는 태능 숲속으로, 나는 별채인 형님 방 문 앞에 섰다.

"형님, 주무세요?"

"아니, 동생 들어와!"

한 평쯤 되는 형님 방은 2년 전만 해도 아버지가 염소를 기르시던 방이었다. '서울우유'가 나오는 바람에 염소젖 값이 땅에 떨어졌고, 빚을 내어 사들인 여덟 마리의 아버지의 염소 비즈니스가 망해 버렸던 것이다.

이곳 육사 옆 태능 해방촌에는 가난한 월남 가정이나 6 · 25 때 불구가 된 상이용사들의 마을이었다. 이북에서 단신 월남한 이재춘 사촌 형님은 삼십이 넘어 神學을 한답시고 이토록 가난한 외삼촌댁에 묻혀 살았다. 이런 마을에도 술집은 있어 늘 외상을 주었고, 그 덕에 아버지는 일주일에 네다섯 번이 멀다하고 술에 만취되어 있었다. 어머님과 누나는 삼육신학교 농장에 가서 품팔이를 해, 늘 독촉하는 그 빼대기 할멈의 외상 술값을 갚아야만 했다. 아버지는 술만 취했다하면 욕설과 고성으로 온 동네를 떠들썩하게 하였고, 누가 욕설을 Stop시키거나 고성을 멈추게 하면 눈을 부릅뜨고 주먹을 불끈 쥐어, 당장이라도 살인사건이 날 듯 다혈질적이었다. 그 모습은 바로 범어사의 수문장보다 더 무섭게 보였다. 그래서 마을 사람들은 아버지를 '성난 고릴라'라고 불렀다. 그런 나날이 이어지다보니 집안에 깨질 수 있는 물건이란 문도 없는 부엌 선반의 사기그릇 몇 개뿐이었다.

나는 밤마다 아버지 옆에 앉아 있으려면 마음 편안한 날이 한 번도 없었다. 우리 아버지는 아버지다운 아버지 몫을 해본 적이 거의 없는 것만 같다. 철저하게도 가족과 사회에서 버림을 받아 온 소외된 사람이었고, 하나에서 열까지 인간의 구조적 사회를 부정적으로만 받아들이는 아버지였다. 그러면서 왜 어머님과 결혼을 하여 날 낳으셨는지? 가 늘 궁금했다.

아버지는 강릉에서 태어나 7살 때 어머니를 여의고, 12살 때 또 아버지를 잃었다. 16세 난 누님과 단 둘이서 고아 아닌 고아로서 이 세상에 외롭게 살아남아야만 했다. 아버지는 지금의 초등학교도 졸업하지 못한 채 학업을 중단해야만 했고, 16세 난 누나는 출가를 해야만 했다.

아버지는 시집간 누님을 따라 평안도로, 그리고 만주 벌판으로 전전하다가 눈칫밥이 싫어 집을 뛰쳐나가고 말았다. 일본으로 건너가 궂은일로 세월을 보내다가 19세 되던 해에는 규슈의 구마모토에서 멀지 않은 다카모리 탄광에 노무자 십장으로 취직이 되었다. 객지에서 노동으로 단련이 된 아버지의 육체는 어느 곳 하나 찔러도 들어갈 수 없을 만큼 강철 같은 근육질이 되고 있었다. 그러나 가슴속 깊이에는 현해탄을 넘어 타국에서 일어나는 향수를 달랠 길 없어 매일 밤, 술이 벗이 되고 말았다. 그리고는 세상에서 어머니 같고 아버지 같은 단 하나밖에 없는 누님이 그리워, 눈물이 시간 따라 흘렀다.

그러던 어느 날 저녁, 조선인 징용자들과 일본인 노동자들과의 한 술좌석이 마련되었고, 술잔은 오고가고 하였다. 차차 눈 위까지 취기가 올라갔으며, 좌석의 분위기는 이성을 잃기 시작했다. 한 일본인이 대화 중

"쵸센징와 다마라 나이!"(조선 놈은 어쩔 수 없군!)

하니깐 아버지는

"나니?"(뭐라고?)

하시더니 아버지의 발끝과 주먹이 벌써 그의 턱에 닿고 있었다. 곧 술좌석은 아수라장이 되었고, 일본인은 칼을 뽑아 들었다. 아버지는 구릿빛 나는 근육질 몸매를 더욱 부풀리며 웃통을 벗어던지고, 빤스마저 벗어던지고 검은 훈도시(남자의 성기만 가리는 검은 헝겊)만 찬 채 같이 칼을 뽑아 들었다. 격투가 시작되었다.

일본에서 그렇게도 용맹스럽고 의리에 죽고 사시던 아버지는 누군가가 말했듯이 고독해서 어머님과 결혼을 했고, 결혼해서 더욱 고독해졌다고 하지만 신의 섭리에 따라 나를 낳으셨다.

그러나 형님은 늘 나에게 아버지를 원망하지 말라고 타일렀으며, 그리고는

"나의 어머님은, 외삼촌이 너를 낳은 다음에 항상 '우리 집 장손'이

라고 얼마나 동네에 자랑하고 다녔는지 모른다."
고 하시었다. 성경에도 장손의 특권과 장손의 축복을 말하며, 노아의 아들 함이 술 취한 아버지의 흉을 보아 자손 대대 노예로 살고 있다는 말도 빼놓지 않았다. 진정 나는 아버지를 원망하기에 앞서 늘 어머님이 불쌍했고, 언제나 말없는 어머님의 눈물은 그의 주름을 적시고 있었다. 자신의 고통보다 우리를 동정하는 눈망울은 나의 가슴속에서 지울래야 지울 수 없이 각인이 되고 있었다.

내 나이 10살 때 6 · 25가 일어났고, 그 때 누님의 나이는 17살이었다. '51년 여름 국군은 다시 김화를 해방했고, 토굴 속에서 살던 많은 이북 피난민들은 미군 트럭에 실려 남으로 남으로 후송되고 있었다. 그 무렵 우리 가족도 미군 트럭 한 구석에 실려, 이제 남쪽 나라로 가면 살 것이라는 희망에 가득 차 있었다.

트럭은 김화읍을 떠나 반달산 골짜기에 이르더니 후미진 산비탈 쪽에 세워졌다. 차에 문제가 생겨 그저 잠깐 멈춘 줄만 알았다. 그러나 보기만 해도 무서운 깜둥이 미군과 염소 눈동자를 가진 미군이 총을 들고 트럭 위로 올라왔다. 그러자 여인네들은 모두가 죽은 듯이 얼굴을 무릎 사이에 감추었고, 검둥이는 그 비좁은 피난민 사이를 휘젓고 다니더니 누나 앞에 딱 머물렀다. 더럽고 냄새나고 먹지 못한 피난민은 아랑곳하지 않고 누나를 픽업했다. 나는 그저 무서워 떨고만 있었고, 번개같이 일어난 어머니는 고함을 치며

"얘는 안 돼욧! 며칠 동안 먹지도 못했고, 게다가 앤 병까지 앓고 났어요!"
하시며 두 손을 뻗쳐 누님을 다시 낚아챘다. 곧이어 아버지가 일어나

눈을 부릅뜨고 소리쳤다.

"네 놈들이 우리를 해방시킨답시고, 일본 놈이나 소련 놈이나 중공 놈이나 다를 것이 무엇 있느냐?"

그러자 "탁!" 하는 소리가 들렸다. 뒤에 있던 염소 눈깔을 한 미군의 총 개머리판이 아버지의 얼굴을 내리쳤다. 그리고는 무엇이라고 중얼거리고는 둘이 다 트럭 위에서 내려갔다. 그 후 아버지의 얼굴에는 피멍이 들었고, 나의 가슴속에는 지금까지도 그 피멍이 들어 있다.

트럭은 한참 동안 남으로 남으로 달리더니 어느 산인가 돌아서며 또 후미진 곳으로 가서 멈추어졌다. 나의 가슴은 새장에 갇힌 참새가슴같이 마냥 뛰고 있었다. 미군 둘이 또다시 트럭 위로 올라와 한 처녀를 낚아챘다. 그의 어머니는 목을 놓아 울며 소리쳤으나 메아리도 무심한 듯 모두가 허사였다. 그 후 풀숲 속에서 나온 이름 모를 그 누나는 두 미군 병사의 어깨에 매달려 다시 트럭 위에 얹혀졌다. 모두가 쥐죽은 듯 머리만 조아리고, 하늘은 그런 일일랑 못 본 듯이 해가 뉘엿뉘엿 서산으로 기울고 있었다. 그 후 트럭은 말썽 없이 안성읍까지 와 우리를 내려놓고, 캄캄한 밤 속으로 사라지고 말았다.

지금 아버지가 저렇게 술고래가 되셨지만 그 때의 아버지 모습을 생각하면 부자간의 정을 도저히 끊을 수가 없었다. 그 동안 안성에서의 토굴 생활에 비하면 지금의 해방촌은 서울의 신당동보다 좋았다. 그러나 그것도 한때, 박 정권이 솟아오르자, 육사와 사격장이 있는데 볼썽사납다고 마을 전부를 불도저로 밀어버리고 말았다. 그래서 밀려간 곳이 지금의 노원구 상계동 돼지마을이다. 이곳을 오려면 누구나 돼지 똥을 밟지 않고서는 올 수가 없는 곳이었다. 그래서 아버지는 흙벽돌 수백 장을 찍어 말리어 집을 짓고 제법 기와도 올렸다. 내 생전 처음 집 같은 집을 가졌다고 하시며, 손수 붓을 들어 문패를 당신의 아들 이름, 김기덕이라고 써서 걸어놓으셨다. 그 후 아버지는 72세까지 사시다가 간암으로 세상을 떠나시었다. 나는 버스 운전기사로 늘 왕십리에 살았고, 그 집은 어머님과 두 여동생이 살고 있었다.

그러던 어느 날 한보주식회사에서 두툼한 봉투가 날아왔다. 뜯어보니 노원구 상계동 집을 팔라는 것이었다. 그 곳에 APT단지를 조성한다는 것이며, APT의 노른자 층인 이층을 갖든지 아니면 현 시가를 따져 7억 원을 주겠다고 계약을 하자는 것이었다. 나는 이게 꿈인지 생시인지 정말로 몸 가눌 바를 몰라 어지러웠다. 무엇인가 몽둥이로 머리를 강타당한 느낌이었다. 내 생전 일억이란 돈은 냄새도 못 맡을 줄 알았는데, 분명 이것은 현실이었다. 십년이면 강산이 변한다고는 하지만 이렇게도 변할 줄이야? 아직 어머님이 살아계시는데 왜? 아버지는 그 집을 지으시고 아들 金基德 이름으로 문패를 거셨을까?

아버지의 참 뜻은, 아버지가 되어보지 않고서는, 아버지의 진가를 누가 말할 것인가? 이제 세 자녀의 아버지가 된 나는, 어머님의 눈물은 주름을 적시고, 아버지의 눈물은 흘러 골수에 스며들어 까만 머리를 희게 물들이고 있음을 실감케 했다. 이제 나 홀로 골방에 들어가 아버지 영정 앞에 엎드려 그저 목 놓아 엉엉 실컷 울고만 싶다.

周岩 趙燦基 君에게

이 세상에 들도 없는 사랑하는 親舊여! 지금 그대는 어디에 있는가? 그렇게도 같이 살자고 다짐했던 당신이 나를 두고 홀로 어디를 갔단 말인가? 그대 떠나간 이 자리가 너무나 허전하고 가슴 찢어지듯 괴롭기만 합니다.

6 · 25로 38 이북에서 쫓겨 온 17세 까까머리 나, 안동에서 서울 바닥에 버려진 너. 너와 나는 서로 손목 마주 잡고 얼마나 외로움과 고독함을 삭혀가며 꿈과 희망으로 살아왔던가? 너와 나는 전우의 사랑보다 전우의 십자가보다 더 아름답고 따뜻했는데 …. 지금도 눈만 뜨면 그대 그리워함이 병이 되어 힘없는 어깨 흐느적거리며 살아가는 내가 불쌍하지도 않은지?

2015년 4월 까지만 해도 당신이 매일같이 오고가던 경기도 주내면 어둔동 周岩 별장에는 오늘도 철쭉이며 진달래, 개나리, 그리고 장미가 화사하게 만발하고 있는데 말이다. 그대가 얼마나 외로웠으면 美國에 이민 온 나에게 이천 평 땅에 별장 하나 지어 줄 테니 앞, 옆집 대문 열어놓고 같이 살자고 호소하던 당신이 기어코 안동 고향 마을 말없이 묻혀있단 말인가?

지금도 그대가 정성껏 기르고 다듬어 놓은 아름다운 사철나무와 일억이 넘는다는 소나무 앞에 내가 다시 찾아와 넋을 놓고 목이 메어라 울고 있다. 아직도 정문 입구에는 커다란 하루방이 여전히 대문을 지키고 있고, 여인들의 부드럽고 아름다운 하얀 석상이 이곳저곳 오롯이 앉아있는데.

지금도 연못에는 팔뚝만한 잉어들이 자기들의 자태를 뽐내며 유유히 헤엄치고 있는데. 李 친구 오면, 하루 종일 앉아 옛이야기 나누며 인삼차를 마시던 테이블이 그대로 있는데. 아름드리 밤나무와 한 쌍의 은행나무가 저렇게 싱싱하게 자라고 있는데. 지금 당신은 나를 홀로 두고 어디에 가 있단 말인가? 그 옛날 장자동 적산가옥 다다미 방에 앉아 하루 종일 시계덴싱 깎던 당신의 모습이 눈에 어른거린다. 빨간 고추장과 빨간 고추가 다였던 점심밥상, 그렇게도 미친 듯이 살다가 이제 살 만하니 훌쩍 하늘로 솟았는가? 땅속으로 사라졌는가?

한 마디의 아무 말 없어도 옆에만 있어주면 평안과 행복을 가져다 준 나의 친구 조찬기여! 그 옛날 조광조 묘에 데려다 제사 지내던 당신의 경건한 모습이 보고 싶은데. 나의 친구 조찬기여! 눈 속에 집어넣어도 아프지 않을 나의 친구. 아직도 나는 당신의 사랑 더 많이 먹고 살아야 하는데. 가슴 터질 듯, 뼈 마디마디 부서질 듯, 이 몸 울고 울어도 가슴은 여전히 허전함으로 외롭기만 하니 어찌하오리까?

"나사로야! 그곳에서 나오라!"
하신 예수님의 말씀이 마냥 그리워지기만 하옵니다.

2016년 5월 어둔동 周岩 별장에서
이재춘 올림.

사랑하는 아내 신금녀에게

우리 얼마나 오랜 세월의 사랑이었소? 歲月이 어찌나 빨리 흘러갔는지, 그저 아쉽기만 하구려. 마음껏 사랑해 주지 못한 것이 부끄럽소. 우리들의 한두 푼이 당신 자신을 위해 쓰이지 못하고 그저 아이들과 이웃을 위해 사용되었으나 항상 만족해하는 당신의 모습이란…. 그저 믿음직스럽다는 한 마디밖에 할 말이 없소이다. 당신은 때로는 동네북이 되고, 때로는 나에게 '왕의 귀는 당나귀 귀' 외치는 모래사장이 되어야 했습니다. 온 가족의 건강을 위하여 새벽잠을 설치고 온 몸통이 바람 든 무같이 되어도 당신의 마음은 늘 가족을 위한 봉사로 가득 차 있지요. 두 손 모아 진심으로 감사드립니다.

아무쪼록 앞날의 기쁨과 행복이 그대에게 있기를 참으로 바라는 마음 그지없습니다. 늘 건강하시고 새해에도 우리 온 식구를 위하여 같이 뛰고 즐거워하여 주시기를 하나님께 간절히 기원합니다.

이재춘 수필집

〈새사람 되고파〉를 읽고 나서

하정아 | 수필가

가락과 향취로 독자의 감성을 흔드는 수필

1. 글 문을 열면서

문학은 하고 싶어서 하는 것이 아니다. 어쩔 수 없어서, 할 수밖에 없으니까 한다. 쓰고 싶어서가 아니라 쓰지 않으면 견딜 수 없기에, 살 수 없기에 쓴다. 어느 생명체나 어떤 형태로든 자신의 존재를 세상에 알리고자 한다. 자연의 미물도 색으로, 소리로, 모양으로, 자신을 드러낸다. 하물며 사람임에랴. 문학인에게는 글이 삶의 도구이자 무대이다. 글을 쓰는 사람들은 밥을 먹을 때보다 잠을 잘 때보다 글을 쓸 때 더 깊은 만족과 행복을 느낀다.

신재기 수필 평론가는 그의 저서 〈형상과 교술〉에서 수필이란 작가가 체험과 기억을 통해 일상적 파편을 의미 있는 미적 구성물로 만드는 것이라고 말한다. 작가의 시선 속에 일상이 해체되고 재해석되면서 문학적 가치를 확보하고, 현실과 대상에 머무는 것이 아니라 현상 너머에 있는 숨은 진실을 발견하는 작업이라는 것이다. 이재춘님의 수필세계는 이 같은 수필이론을 체화한다. 독자와의 공감대를 넓히는 핵심적인 요소가 작가의 경험으로부터 자연스럽게 우러나오는 사유와 통찰이라고 한다면, 님의 수필은 치열하고 원초적인 생명력을 그 위에 보태고 있다.

이재춘님의 글에는 가락이 있고 향취가 있다. 글의 빛깔과 향기에 따라 흥에 겨워 어깨가 절로 들썩이기도 하고 눈가에 물기가 가득 고이기도 한다. 님의 축적된 예술적 끼가 언어를 통하여 신명나게 드러난다. 그의 글을 끝까지 읽지 않고는 배겨나지 못하는 이유이다. 님은 수필이라는 문학 장르에 딱 어울리는 글쟁이이다.

님의 글에는 이야기가 있다. 정감적인 글이든 사유적인 글이든 억지가 없다. 그만큼 자연스럽다. 그의 글은 거미가 자신의 체액을 뽑아 낭창낭창한 거미줄을 잣듯 그렇게 진지하고 진중하다. 거미는 가로와 세로 줄을 얽어 거미줄을 짜면서 세로 줄에 끈끈이 풀을 덧입힌다. 거미줄을 완성한 후에는 세로줄을 밟지 않고 가로줄로만 조심조심 발길을 옮겨야 한다. 자칫 실수하여 가로줄 몇 개에 끈끈이 풀을 발라놓는다면, 혹 방심하여 세로줄을 밟는다면, 자기 자신의 생명을 잃는 참사를 초래하게 된다. 거미줄은 온 정신을 집중하여 만들어야 하는, 생존과 직결된 삶의 필수 도구인 것이다. 그 긴장과 집중력을 생각하면 거미줄을 짓는 일이 본능이어서 쉽다, 라고 말할 수 있겠는가.

님의 글은 거미줄의 구조만큼이나 섬세하다. 인위적인 기교나 장식이 있어서가 아니다. 진솔하고 순수한 성품 속에 사물과 생명의 본질을 꿰뚫는 심안이 있어서 아무리 사소한 것일지라도 놓치지 않고 낱낱이 포착하기 때문이다.

그는 끊임없이 쓴다. 가볍다는 말이 아니다. 거미가 생존수단으로 만드는 거미줄이 유희이겠는가. 그는 가슴에 샘물처럼 차오르는 이야기들을 잘 다독여서 멋진 문학으로 만들어낼 줄 아는 장인(匠人)이다. 그의 글을 읽노라면 문학은 님으로 하여금 이 세상을 그나마 견디게 하는 힘이라는 확신이 든다. 끊임없이 밀려오는 삶의 험한 파도를 헤쳐 나가게 하고 과거의 아픈 기억들조차 따스하게 감싸도록 하는 힘은 이 모든 추억들을 문학이라는 거름망을 통해 정화시키기 때문 아닐까.

2. 문학 소년의 성장기와 시대적 배경

님의 문학수업의 배경을 필자는 전혀 알지 못한다. 하지만 그의 간결하고 정확한 문장을 통해 많은 것을 넉넉히 짐작할 수 있다. 그의 작품을 대하노라면 그가 자신이 경험하고 있는 세상을 폭 넓고 깊이 있게 관찰하고 사유하여 그로부터 특이한 영감을 끌어내는 작가라는 것을 단번에 알 수 있다.

> 나는 어렸을 적부터 여러 위인들의 전기 읽기를 좋아했다. 포드, 카네기, 워싱톤, 링컨, 에디슨, 노벨, 퀴리 부인, 고흐 등등을 읽었다. 그것은 나름대로 인간의 진솔함과 살아 숨 쉬는 듯한 각종 생활기록들이 흥미롭게 담겨있기 때문에 더 더욱 읽기를 좋아했다. 각각 그 시대의 배경과 노력과 성공의 비결들이 담겨있어, 더욱 더 재미가 있었다.
>
> -「왜 글을 씁니까」 일부

그는 초등학교 시절에 군국주의와 제국주의를 공부하고, 중학교에서는 공산당사와 마르크스·레닌주의를 배웠다. 6·25 때는 미군 탱크 위에 실려 서울에 와서 자본주의, 민주주의, 사회주의, 자유주의, 신앙 주의를 알게 되었다. 그는 다양한 사상과 주의(主義)가 사람의 인생길을 어떻게 좌지우지 하는지를 어린 시절부터 체험을 통해 깨닫게 되었다고 고백한다.

그에게는 21세기의 최첨단 문화가 그리 인상적이거나 매력적이지 않아 보인다. 세상의 온갖 풍파를 헤쳐 온 이 노장에게는 작금의 세상이 아무 것도 아닌 사소한 것들을 가지고 호들갑을 떠는 것처럼 보일 것임에 틀림이 없다. 그에게 그립고 아름다운 존재는 지금도 생생한 어린 시절의 추억 속에 살아있다. 그곳에는 봄볕 혹은 겨울 햇살에 반짝이는 자연과 그 자연만큼 순수하고 아름다운 사람들이 있다. 그는 그 기억들을 소중하고 따뜻하게 보듬어 안는다.

그의 고향은 38 이북 강원도 시골의 작은 마을, 철의 삼각지라 알려진 김화이다. 다섯 명의 신이 살고 있어 신령하다는 오성산, 국군 장병 계급장 두 트럭 반하고도 바꾸지 않는다는 오성산 자락이 그의 어린 시절의 삶의 배경이다. 그는 그곳의 맑은 샘물을 마시고 향긋한 산나물을 먹는 동안 볼에 살이 오동통 오르고, 뼈가 차츰차츰 굵은 소년으로 자라났다. 어렸을 적 누이 집에 놀러갔다가 만난 원산(元山), 그 고장 자연에 대한 감상은 서정적이다 못해 시리고 푸르다. 그의 묘사력은 투명한 생명력이 파닥이는 모습을 바라보는 듯한 감동을 준다.

조용한 항구 원산의 아침은 참으로 찬란하고 아름다웠다. 끌어안을 듯 솟아오르는 太陽은 정열의 스페인 女人보다 더 붉은 얼굴로 물들어 있었고, 평행선을 그은 듯 녹색의 명사십리는 스페인 투우사를 사로잡을 듯한 그 女人의 눈썹보다 더 아름다웠다. 그리고 지금 막 항구를 떠나는 것인지, 막 들어오고 있는 것인지, 새벽의 정적을 깨는 뱃고동소리와 푸른 바다와 푸른 하늘에 어울리는 갈매기의 춤추는 모습들은 나의 꿈을 키우고 뜻을 세우기에 아주 좋은 美港으로 보였다.

-「깨어진 의사의 꿈」 일부

그의 꿈은 의사가 되어 주말이면 가족과 함께 자동차를 타고 여기저기 관광을 다니면서 보다 새로운 것들을 느끼고 배우는 것이었다. 그림도 그리고, 글도 마음껏 쓰는 것이었다. 시체를 삶아 뼈를 백골로 만들어 해부학을 공부하던 의학도였던 그는 미래에 대한 설계가 구체적이고 현실적이었다. 시대가 그를 도와주었더라면 그는 지금쯤 의사로서 전혀 다른 삶을 살고 있지 않을까. 그토록 치열했던 의학공부가 흔적도 사라질 뻔 했지만 다행히 문학을 통하여 부활함으로써 잃어버린 그의 꿈을 위무해준다. 인체에 대한 깊고 넓은 지식과 이를 바탕으로 실제 경험한 사람만이 묘사할 수 있는 표현들이 그의 수필 곳곳에서 영롱한 빛을 발한다. 애써 쌓은 의학지식이 낭비가 아니었음을 알게 된다. 그가 의전시절에 겪었던 경험들은 독자들에게 읽는 재미를 넘어 영감을 준다.

하나님은 사람을 만드실 때 말할 수 없이 많은 필터를 우리 몸속에

> 넣으셨다. 인간은 양심(良心), 도덕(道德), 법(法)의 필터에 보다 앞서 예수님의 필터를 그 마음속에 품어야만 한다. 그것이 살아가는 동안 가져야 할 선(善)이요 사랑인 것만 같다.
>
> –「양털같이 하얀 필터가 되고 싶다」 일부

그는 청년시절, 시대의 고난을 고스란히 맞아 죽음의 고비를 수없이 넘나들었다. 징용과 학살을 피해 무덤 속같은 움막에서 수개월 동안이나 숨어서 목숨을 연명해야 했고 피난 대열 트럭에 실려 가던 중 친척 누이를 비롯한 마을 처자들이 군인들에게 숲으로 끌려가 치욕을 당하는 것을 일행들과 함께 지켜보아야 하는 험난한 세월을 살았다.

> 폭격할 때마다 지진이 나듯이 벽이 흔들릴 때는 무너질세라 마음을 졸였다. … 의복을 입은 채 이불속에 누워있는 나에게 보리쌀만한 이가 몸속에 득실거리기 시작했다. 가만히 누어있다가도 이가 깨물면 나의 온 몸이 움칠거렸다. 어둠 속에서도 엄지와 검지를 가만히 옷 솔기 사이로 넣고 이가 이동하는 것을 감지해 재빨리 손톱과 손톱 사이에 잡아넣고 손톱으로 눌러대면 이는 터져죽고 말았다. 그래서 나의 엄지와 검지의 손끝은 기분 나쁘게도 항상 피의 끈적끈적함이 끝날 날이 없었다.
>
> –「집으로 가자! 집으로 가자!」 일부

유난히 많은 아픔을 겪은 사람. 시대의 격랑은 그의 고단한 삶을 고이 비켜가지 않았다. 죽은 어머니와 여동생을 가마니에 둘둘 말아

언 땅을 헤치며 땅 속에 묻을 때, 영양부족으로 방공호 속에서 죽은 여동생의 눈과 입, 코와 귀에 쉬파리의 쉬가 노랗게 쓸어 있어 그것을 꼬챙이로 파낼 때, 그의 심정은 얼마나 고통스러웠을까? 필설로 말할 수 없고 상상일지라도 두 손을 들게 만든다. 그런데 그는 그 아픔을 글로 가락 있게 풀어낸다. 전쟁에 대한 그의 성찰은 오직 몸으로 겪어본 사람만이 할 수 있는 고백이다. 고통과 절망 속에서 신에게 따지듯 토해내는 그의 음성은 부르짖는 절규에 가깝다.

인간에게 있어서 가장 잔인하고 가장 치욕스런 욕심인 이 전쟁의 권한을 누가 누구에게 부여했단 말이지? 이제 와서 사형이 기정사실화 된 나에게 죄목은 무엇이며, 누가 원고이고 누가 피고인지만은 알려줘야 하지 않겠는가? 태초에 신은 인간에게 선악과를 따먹든지 혹은 따 먹지 말라는 율법에 순종하든지 하는 문제에 있어서 자유 의지로 선택할 수 있는 권한을 부여했다고 하는데, 왜 그러한 신께서 인간에게 독수리나 비둘기의 날개를 갖도록 허락하지 않으셨는지?

–「집으로 가자! 집으로 가자!」 일부

그의 민족의식과 역사의식은 남달리 명철하고 투철하다. 그 자신 사선을 넘나들며 시대의 아픔을 고스란히 겪었고, 지금도 북한 땅에 피붙이들이 살고 있기에, 남북한의 통일 정책과 남북을 오가는 사람들을 향하여 날리는 그의 일갈은 맵고 아프고 시원하다.

입만 벌렸다 하면 '어버이 김일성'과 '김정일'을 외치며, '민주주의' '한

민족끼리' '한핏줄' 하면서도 어뢰로 천안함을 폭파해 40 여명의 대한민국 젊은이들의 목숨을 앗아가고, '아웅산 테러' 'KAL기 폭파' '연평도 포격'으로 민간인을 죽이고…. 이것이 '같은 민족' '한핏줄' '내 형제' '내 이웃' 이란 말인가?

이북에 가서는 소속 교회 하나 못 밝히고, 예수 믿으란 말 한 마디 못 하는 지도자들, 그것이 은퇴자들의 소일거리라면, 이산가족도 아니면서 우쭐대는 관광이라면, 혹은 튀고 싶은 얄팍한 명예욕이라면, 방북을 다시 한 번 새롭게 생각하고 심도 있는 자성이 필요하리라는 생각이 든다.

－「네 이웃이 누구이더냐」 일부

교회를 향한 매운 말도 서슴지 않는다. "교회가 고통스러운 가난과 질병, 그리고 외로움과 고독 속에서 이 사회의 평화와 방패가 되어주기를 기대했지만, 오늘날 세태를 보면 역시 거기서 거기가 되어 버리고 말았다. 그렇다면 궁극적으로 무엇을 바꿔야 할까? 절대 · 절체 · 절명의 과제는 바로 인간의 '마음'이다." 라고 단언한다.

3. 디아스포라의 꿈의 좌절과 실현

그의 이민생활은 모국에서의 삶 못지않게 질곡이 많았다. 딸 셋을 낳고 기르면서 그는 이민 일세대가 겪는 아픔을 유달리 심하게 겪었다. 사랑하는 아내가 유방암 선고를 받았을 때, 그녀가 몇 년 전 심각한 교통사고를 당하여 사경을 헤맬 때, 그는 온 몸과 마음으로 함께 앓았다. 그 고통을 풍부한 감성과 예리한 필치로 묘사하여 독자들로 하여금 그가 겪었던 감정을 고스란히 체험하게 한다. 그의 아내가 유방암 진단을 받은 직후 그는 이렇게 장탄식 한다.

> 6·25때 B29의 폭격과 기관총알이 비 오듯 쏟아져 죽음과 삶이 코앞에 놓여 있을 때도 나는 이렇게는 울지 않았다. 사랑하는 어머님과 여동생이 죽어 가마니에 둘둘 말아 얼은 땅 헤치며 땅 속에 묻을 때도 나는 이렇게는 울지 않았다. 인민군에 쫓겨 흙벽 하나 사이에 둔 변소 뒤 칸에 숨어 참새 마냥 가슴 두근거리고 사시나무 떨듯 무릎이 부딪쳤을 때도 나는 이렇게는 울지 않았다. 인민군 패잔병들이 집에 들이닥쳐 죽이려 할 때 공포로 가득한 눈동자 이리저리 굴려가며 의복장안에 들어가 숨이 막혀가는 때도 나는 이렇게 울지 않았다. 폭격으로 집이 무너져 온 몸을 덮치고 한참 후에 깨어나 옆에 있던 동생이 날아간 것을 안 후에도 나는 이렇게는 울지 않았다. 어머님 돌아가신 후 일 일분 묽은 죽에 들에 나가 길가의 찔짱구 뜯어 5인 분 죽을 만들 때도 나는 이렇게는 울지 않았다. 방공호에 쌀 한 톨 없고 콩알 반쪽 없는 6·25의 벼랑 끝 생활 속에서도 나는 이렇게는 울지 않았다. 영양부족으로 방공호 속에서 여동생이 죽어 누워있는데 눈과 입, 코와 귀에 쉬파리의 쉬가 노랗게 쓸어 있어 그것을 꼬챙이로 파내면서도 나는 이렇게는 울지 않았다. 민간인으로서 UN군에게 포로로 잡혀 모진 신문을 받고 철조망 안 그 넓은 들에서 신문지 한 장 덮지 못한 채 떨며 잘 때에도 나는 이렇게는 울어본 적이 없었다. 부모 잃고 실향도 슬픈데 12월의 칼바람 부는 매서운 추위 서울의 길가에서도 나는 이렇게는 울지 않았다. 서울위생병원, 밤마다 환자의 오줌

똥 받아내며 학교에 와 졸기만 한다고 교무실에 불려가 교감에게 꾸중을 듣던 때도 나는 이렇게는 울지 않았다. 파란 군복에 까만 물감을 들여 교복을 입고 덕수궁 골목길을 비바람 맞으며 말없이 길을 걸을 때도 나는 이렇게는 울지 않았다. 귀와 코가 떨어져 나갈듯한 겨울날 남산에 올라가 오늘 밤은 또 어디에 가서 잘까 하는 피나는 괴로움 속에서도 나는 오늘과 같이 이렇게는 울지 않았다. 이북에서 피난 온 외로운 고학생 회사에서 퇴출당할 때에도 나는 이렇게는 울지 않았다. 대학에 입학하고 등록금 없어 애타게 구걸할 때도 나는 이렇게는 울지 않았다. 미국에 이민 와 세 자녀의 아비로서 이민자의 집 없는 슬픔 속에서도 나는 이렇게는 울지 않았다. 뼈가 쪼개지듯 가슴 찢어지듯 목에 피가 맺히듯 나는 목 놓아 계속 울었다.

–「정든 고향 떠나 이역만리」 일부

호흡이 얼마나 긴지. 마치 허탄가(虛誕歌)의 한 대목을 구성진 창법으로 듣는 기분이다. 호흡이 길기는 한데 전혀 난삽하거나 탁하지 않다. 간결하면서도 아름답다. 느낌이 생생하게 살아 움직인다. 여러 차례 반복되는 "나는 이렇게 울지 않았다."라는 후렴구는 연민이나 비애에 대한 자기 함몰적인 표현이라고 여길 수도 있으나 긴 문단을 하나로 강하게 묶는 결속력을 준다고도 할 수 있다. 리드미컬하고 운문적인 문장 진행이 독자로 하여금 조금도 지루함을 느끼게 하지 않고 오히려 점층적인 호기심을 불러일으키는 효과를 준다. 과거 고난의 행적과 자신의 일대기를 간단없이 토로하면서 이 모든 경험과 맞먹는 현재의 심경을 드러냄으로써 독자들의 심금을 울리는 이중

효과를 누리고 있다. 아무튼, 이렇게 호흡이 긴 문장을 쓰는 일은 아무나 쉽게 이룰 수 있는 경지가 아니다. 그는 '목 놓아 울었다'고 표현했지만 이 글을 읽는 독자는 작가가 크게 소리 내지 못하고 속울음을 삼켰음을 안다. 독자로 하여금 한숨을 토하게 만들기까지 그 자신이 얼마나 감정을 절제하고 다독였는지 넉넉히 짐작할 수 있다.

아내는 눈을 감은 채 누워있는데 온몸에는 플라스틱 튜브가 13개나 꽂혀 있었다. 코로도 입으로도 숨을 쉴 수가 없어 가냘픈 목에 새끼손가락이 들어갈 만큼 구멍을 뚫고서야 겨우 하늘의 생기를 공급 받을 수가 있었다. 양쪽다리에는 여러 개의 쇠꼬챙이를 박아 서로 줄로 연결되어 하체는 도무지 요지부동 상태였고 그러다보니 욕창이 생겨 엉덩이에서는 진물이 나기 시작했다. 게다가 허파에서 생기는 노폐물과 가래는 1, 2분도 지나지 않아 계속 목구멍을 막는 고로 숨이 막히는 소리를 내며 마치 간질환자 같이 온몸을 떨었다. …

오늘은 벌써 6번째 큰 수술을 위해 수술실로 들어가는 날이었다. 아내의 배에는 근육이란 하나도 없기 때문에 내장이 자꾸만 삐져나와서 거기에다 인공 피부를 씌었는데 2주일 이상 지나면 썩는 고로 환자의 허벅지에서 피부를 떼어 내어 창자를 덮어 씌워야 하는 큰 수술이었다.

–「아빠야? 엄마 바꿔!」 일부

아내가 교통사고를 당한 뒤 그가 고통 속에서 외치는 절규는 바로 우리의 것이지 않은가? 그는 아픈 감정을 이 모양 저 모양의 글로 수없이 많이 쏟아내었다. 글을 쓰면서 암흑 같은 시간을 견뎠으리라.

상황의 단순한 진행이나 나열에 그치지 않고 작가의 심리상태와 느낌을 투명하고 생생하게 표출함으로써 독자로 하여금 마치 글의 주인공이 된 듯한 착각을 불러일으키게 한다. 자기 자신의 삶의 현장과 무대로 사람들을 불러내는 그의 솜씨에 독자들은 감정이입이 아니되고는 배겨나지 못한다. 그는 실로 문장의 달인이다.

그는 이제 '저녁 일몰의 신비한 광경'과 '일출의 아름다움', '봄과 가을의 신비한 변화'와 '하늘의 해와 별들'의 의미를 진정으로 안다. '이런 모든 것보다도 더 놀랍고 신비한 것'은 '하나님이 그를 사랑하시는 것'임을 안다. 그가 이 시간까지 삶을 지탱할 수 있었던 것은 그가 믿는 하나님의 기이한 섭리였음을 체험을 통하여 확실히 아는 것이다.

이제 그는 평온한 마음으로 하루하루를 맞이한다. 수많은 어려움을 극복한 역전의 용사에게 주어진 선물이다. 80여 년의 세월 속에서 그가 얻은 혜안은 자족이다. 기적처럼 살아나 여전히 그의 곁을 따뜻하게 지키고 있는 아내, 건강하고 아름답게 잘 자라서 각자 일가를 이룬 세 딸들과 그의 가족들을 흐뭇하게 바라보며 '감사' 라는 단 하나의 단어로 그의 심정을 마무리한다. 어쩌면 그는 모든 거친 세월을 이기고 굳건하게 서있는 자신에게도 감사와 격려와 위로를 동시에 주고 싶은지도 모른다. 그럴 때마다 뜨거워지는 눈시울을 쓰다듬으며 자신의 어깨를 스스로 다독이는 것은 아닐까.

이제 따뜻한 손 마주 잡고, 우리는 캘리포니아 주를 중심해 네바다, 애리조나, 유타, 콜로라도, 와이오밍, 뉴멕시코, 워싱톤 D.C., 나이아가라, 캐나다, 멕시코, 일본, 중국, 영국, 불란서, 이태리, 심지어 북한까지 유명하다는 곳은 어디든지 찾아다닌다. 이 얼마나 자유롭고 복된 나라에서의 축복과 행운인가.

–「정든 고향 떠나 이역만리」 일부

미국이라는 나라에 대한 그의 감사와 애정이 돈독하다. 미국은 이제 그에게 이민의 슬픔은 깡그리 사라지고 제2의 조국이 되었다고 말한다. 백골이 진토 되어 이 땅에 묻을진대, 이 땅에서의 의무와 책임, 그리고 사랑과 충성을 다 하고 싶다고 고백한다. 미국에 대한 그의 인상은 특별하다. '미국은 이런 나라'라는 표현이 A4 용지로 무려 3장반에 이른다. 그의 구성진 묘사를 듣다보면 슬그머니 웃음이 나면서 박수를 치고 싶어진다.

먹을 것이 많다는 것보다 차라리 풍성풍성해서 무엇이 먹고 싶은지 모르는 나라, 가정의 일상품으로부터 먹는 것에 이르기까지 하도 세분화되어 있어, 먹어보든지 써보지 않고는 무엇이 무엇인지 모르는 나라, 드문드문 집집마다 오렌지 나무가 있는데, 익어서 땅에 떨어져도 구태여 상점 것 사다 먹는 나라, … 고양이 밥이나 개밥이 사람 먹는 음식과 나란히 진열대에 놓여있는 나라, 하다못해 변소에도 네 가지 종류의 종이가 놓여있는 나라(깔개 종이, 둥근 휴지, 손 닦는 종이, 크리넥스) …

–「사랑하는 종문이 동생에게」 일부

그의 글은 차분하고 따뜻하다. 감성과 논리가 적절하게 배합되어 있어 독자의 마음을 부드럽고 따뜻하고 사색적인 정감으로 채워준다. 아무리 다급한 상황일지라도 정돈된 문장 속에 숨을 쉴 수 있는 공간을 장치하여 독자들로 하여금 감정이입과 함께 공감할 수 있는 여유를 갖게 한다.

그는 수필가이기 이전에 우주와 삶을 깊은 통찰력으로 사유하는 철학자이다. 그가 던지는 질문과 그가 지닌 의문은 우리 모두에게 절실한 주제들이다. 바쁘게 돌아가는 현대의 삶 속에서 언뜻언뜻 떠오르는 의문들을 그저 스쳐 보내는 경우가 다반사인데 그는 의문부호에 자신의 관점을 시원하게 털어놓음으로써 올곧은 그의 사람됨을 드러낸다.

그는 고민한다. "무엇으로 이웃을 도울 수 있으며, 그 동안의 사랑의 빚을 어떻게 갚을 수 있을까?" 그가 도달한 결론은 글을 쓰겠다는 것이다. "이제 남은 것이란 꺼져가는 촛불과 이 작은 가슴, 그리고 짧은 볼펜 뿐" 인 그는 글이라도 써서 사회에 환원하고 싶어 한다. 그는 "계속 글을 써야지! 어디에 가서든지 언제나, 이 생명 다할 때까지!" 라고 외친다. 하지만 진정 마지막 소원은 그가 평생을 지켜온 신앙을 실천하고 이웃과 더불어 따뜻하게 사는 것이다.

> 눈빛 하나, 말 한 마디에도 가시가 있고 뼈가 있다고 했는데, 말 한마디에 천 냥 빚을 갚는다고 했는데… 나는 눈빛 하나, 말 한 마디까지 하얀 양털 같은 예수님의 필터를 거쳐 이웃에게 어머님 같은 사랑, 그리고 나의 따뜻한 마음을 선물하고 싶어진다.
>
> –「양털같이 하얀 필터가 되고 싶다」 일부

글로써 세상에 대한 감사를 전하겠다고 결심한 그는 문학도 인생도 신앙을 통해 완성이 된다고 믿는다. 예수가 없는 사랑, 예수의 마음이 담기지 않은 문학이 무슨 의미가 있겠는가. 그는 문학을 사랑하지만 신앙의 절대 가치와 궁극의 지향점을 결코 잊지 않는 사람이다. 그의 시선은 늘 영원의 포구를 바라보고 있다.

4. 글 문을 닫으면서

문학인은 독자들에게 비전을 주고 꿈을 심어주는 사람이다. 문학을 감정의 배설장치나 자기과시의 수단으로 삼는 것은 진정한 문학인의 자세라고 말할 수 없다. 문학인의 책임과 사명은 독자들에게 미래에 대한 희망을 주고 현재의 고난을 이길 수 있는 용기와 격려를 주는 것이다. 이런 차원에서 볼 때 문학을 하는 사람이 예수님을 아는 것은 얼마나 중요한가? 자기 자신이 가야할 바를 모르는 사람은 다른 사람에게 그가 가야 할 삶의 지표를 제시하거나 안내할 수 없다.

이재춘 수필가는 그리스도인이자 문학을 하는 사람으로서의 책임과 사명을 깊이 인식하는 사람이다. 하나님이 창조하신 사람과 자연을 연구하고 묘사하는 작업에 성실하고 진지한 사람이다. 오묘하고 놀라운 창조 솜씨를 숙련된 필치로 설득력 있게 표현함으로써 그의 글을 읽는 독자들의 시선을 하늘로 향하게 하고 마침내 감사와 찬송과 영광을 드리게 하는 것이 자신의 본분임을 잘 아는 사람이다.

님이 하나님께서 내려주시는 축복 안에서 내내 강건하여서 계속 좋은 글을 많이 쓰시기를 바라면서 독자 제위께 이 수필집의 일독을 권한다. 아픈 마음이 다독다독 보듬어지고 맑고 따뜻해진 눈길로 아름다운 사물을 다시 바라볼 수 있는 혜안을 얻으리라 믿어마지 않는다.